Christoph Ransmayr

DIE LETZTE WELT

Christoph Ransmayr

DIE
LETZTE
WELT

Roman

*Mit
einem Ovidischen
Repertoire*

*Eichborn Verlag
Frankfurt am Main*

Zifferzeichnungen
von
Anita Albus.

Copyright ©
Vito von Eichborn GmbH & Co. Verlag KG,
Frankfurt am Main, 1991.
Satz: Greno, Nördlingen.
Druck und Bindung: Wiener Verlag, Himberg bei Wien.
ISBN 3-8218-4408-6

Andreas Thalmayr gewidmet.

Ein Orkan, das war ein Vogelschwarm hoch oben in
der Nacht; ein weißer Schwarm, der rauschend näher
kam und plötzlich nur noch die Krone einer ungeheuren Welle war, die auf das Schiff zusprang. Ein Orkan,
das war das Schreien und das Weinen im Dunkel unter
Deck und der saure Gestank des Erbrochenen. Das
war ein Hund, der in den Sturzseen toll wurde und
einem Matrosen die Sehnen zerriß. Über der Wunde

schloß sich die Gischt. Ein Orkan, das war die Reise nach Tomi.

Obwohl er auch tagsüber und an so vielen, immer entlegeneren Orten des Schiffes aus seinem Elend in die Bewußtlosigkeit oder wenigstens in einen Traum zu flüchten versuchte, fand Cotta auf dem Ägäischen und dann auch auf dem Schwarzen Meer keinen Schlaf. Wann immer seine Erschöpfung ihn hoffen ließ, drückte er sich Wachs in die Ohren, band sich einen blauen Wollschal vor die Augen, sank zurück und zählte seine Atemzüge. Aber die Dünung hob ihn, hob das Schiff, hob die ganze Welt hoch über den salzigen Schaum der Route hinaus, hielt alles einen Herzschlag lang in der Schwebe und ließ dann die Welt, das Schiff und den Erschöpften wieder zurückfallen in ein Wellental, in die Wachheit und die Angst. Niemand schlief.

Siebzehn Tage mußte Cotta an Bord der *Trivia* überstehen. Als er den Schoner an einem Aprilmorgen endlich verließ und sich auf der von Brechern blank gespülten Mole den Mauern von Tomi zuwandte, moosbewachsenen Mauern am Fuß der Steilküste, schwankte er so sehr, daß zwei Seeleute ihn lachend stützten und dann vor der Hafenmeisterei auf einem Haufen zerschlissenen Tauwerks zurückließen. Dort lag Cotta in einem Geruch nach Fisch und Teer und versuchte das Meer zu besänftigen, das in seinem Inneren immer noch tobte. Über die Mole kollerten verschimmelte Orangen aus der Ladung der *Trivia* — Erinnerungen an die Gärten Italiens. Es war kalt; ein Morgen ohne Sonne. Träge rollte das Schwarze Meer gegen das Kap von Tomi, brach sich an den Riffen oder schlug hallend gegen Felswände, die jäh aus dem Wasser ragten. In manchen Buchten warfen die Brecher von Schutt und Vogelkot bedeckte Eisschollen an den Strand. Cotta lag und starrte und rührte keine Hand, als ein dürres Maultier an seinem Mantel zu fressen begann. Als die See in seinem Inneren flacher wurde, Woge für Woge, schlief er ein. Nun war er angekommen.

Tomi, das Kaff. Tomi, das Irgendwo. Tomi, die eiserne Stadt. Mit Ausnahme eines Seilers, der dem Fremden ein unheizbares, mit grellfarbigen Wandteppichen ausgestattetes Zimmer im Dachgeschoß seines Hauses vermietete, nahm hier kaum jemand von der Ankunft Cottas Notiz. Erst allmählich und ohne die üblichen Ausschmückungen begann dem Fremden ein Gerede zu folgen, das zu anderen Zeiten vielleicht Anlaß zu feindseligen Gesten gegeben hätte: Der Fremde, der dort unter den Arkaden stand und fror; der Fremde, der an der rostzerfressenen Bushaltestelle den Fahrplan abschrieb und auf kläffende Hunde mit einer unverständlichen Geduld einsprach, — dieser Fremde kam aus Rom. Aber Rom war in diesen Tagen ferner als sonst. Denn in Tomi hatte man sich von der Welt abgewandt, um das Ende eines zweijährigen Winters zu feiern. Die Gassen waren laut vom Getöse der Blechmusik und die Nächte vom Geplärr der Festgäste — Bauern, Bernsteinsucher und Schweinehirten, die aus den verstreuten Gehöften und den entlegensten Hochtälern des Gebirges gekommen waren. Der Seiler, der auch an Frosttagen barfuß war und seine grauen Füße nur zu besonderen Anlässen in Schuhe tat, in denen er dann knarrend durch die Stille seines Hauses ging, er trug in diesen Tagen Schuhe. In den dunklen, schiefergedeckten Höfen zwischen den Terrassenfeldern vor der Stadt wurde süßes Brot mit Safran und Vanille gebacken. Über die Saumpfade der Steilküste zogen Prozessionen. Schneeschmelze. Zum erstenmal seit zwei Jahren waren die Geröllhalden, die zwischen Felsrücken, Schroffen und Graten aus den Wolken herabflossen, ohne Schnee.

Von den neunzig Häusern der Stadt standen damals schon viele leer; sie verfielen und verschwanden unter Kletterpflanzen und Moos. Ganze Häuserzeilen schienen allmählich wieder an das Küstengebirge zurückzufallen. Und doch zog durch die steilen Gassen immer noch der Rauch aus den Öfen der Erzkocher, die der Stadt ein minderes Eisen bescherten — das einzige, woran hier niemals Mangel geherrscht hatte.

Aus Eisen waren die Türen, aus Eisen die Fensterläden, die Einfriedungen, die Giebelfiguren und schmalen Stege, die über jenen Sturzbach führten, der Tomi in zwei ungleiche Hälften teilte. Und an allem fraß der salzige Wind, fraß der Rost. Der Rost war die Farbe der Stadt.

In den Häusern mühten sich früh alternde, stets dunkel gekleidete Frauen ab und in den Stollen hoch über den Dächern, hoch in den Abhängen, staubige, erschöpfte Männer. Wer hier zum Fischen hinausfuhr, der fluchte auf das leere Wasser, und wer ein Feld bestellte, auf das Ungeziefer, den Frost und die Steine. Wer in den Nächten wachlag, glaubte manchmal Wölfe zu hören. Tomi war so öde, so alt und ohne Hoffnung wie hundert andere Küstenstädte auch, und es erschien Cotta seltsam, daß an diesem vom Meer und vom Gebirge gleichermaßen bedrängten Ort, der so sehr in seinen Bräuchen, den Plagen der Kälte, der Armut und schweren Arbeit gefangen war, überhaupt etwas geschehen konnte, worüber man in den entrückten Salons und Cafés der europäischen Metropolen sprach.

Jenes Gerücht aus der eisernen Stadt, dem er dann so lange gefolgt war und dem gewiß noch andere folgen würden, hatte Cotta auf der Glasveranda eines Hauses an der römischen Via Anastasio erreicht; ein Geplauder zwischen Begonien und Oleander. Die Bilder aus Tomi, Bilder von raucherfüllten Gassen, überwucherten Ruinen und Eisstößen, waren an jenem Winterabend gerade gut genug gewesen, um eine Neuigkeit zu verbrämen, die ohne diesen Schmuck wohl zu dürr und unbewiesen geklungen hätte. Das Gerücht hatte sich dann ausgebreitet wie das Rinnsal auf der abfallenden Straße zur Mole, hatte sich verzweigt, war da und dort rascher und vielgliedriger geworden, anderswo zum Stillstand gekommen und versiegt, wo man solche Namen nicht kannte: Tomi, Naso oder Trachila.

So war dieses Gerücht verwandelt, weiter ausgeschmückt oder abgeschwächt und manchmal sogar widerlegt worden und war doch immer nur der Kokon für einen einzigen Satz geblieben, den es in sich barg wie eine Larve, von der niemand wußte, was aus ihr noch hervorkriechen würde. Der Satz hieß, *Naso ist tot*.

Die ersten Antworten, die Cotta in Tomi bekam, waren wirr und oft nur Erinnerungen an alles, was hier jemals seltsam und fremd gewesen war. Naso . . ? War das nicht der Verrückte, der gelegentlich mit einem Strauß Angelruten auftauchte und selbst bei Schneegestöber noch in einem Leinenanzug auf den Felsen saß? Und am Abend trank er in den Kellern, spielte Harmonika und schrie in der Nacht.

Naso . . . Das war doch der Liliputaner, der im August in einem Planwagen in die Stadt kam und nach Einbruch der Dunkelheit über die weiße Rückwand des Schlachthauses Liebesfilme dröhnen ließ. Zwischen den Vorstellungen verkaufte er Emailgeschirr, blutstillenden Alaunstein und türkischen Honig, und zur Musik aus seinen Lautsprechern heulten die Hunde.

Naso. Erst in der zweiten Woche nach seiner Ankunft stieß Cotta auf Erinnerungen, die er wiedererkannte. Tereus, der Schlachter, der selbst die Stiere überbrüllte, wenn er ihnen eine lederne Blende vor die Augen band und ihnen so den letzten Blick auf die Welt nahm; und Fama, die Witwe eines Kolonialwarenhändlers — sie nagelte an die Regale ihres Ladens stets Girlanden aus Brennesseln, um ihren halbwüchsigen, fallsüchtigen Sohn daran zu hindern, nach rot verpackten Seifen, Konservenpyramiden und Senfgläsern zu greifen. Wenn sich der Fallsüchtige die Finger an diesen Girlanden verbrannte, schrie er so gellend, daß man in den Nachbarhäusern die Fensterläden klirrend zuschlug . . . Tereus, Fama oder auch Arachne, eine taubstumme Weberin, die dem Fremden alle Fragen vom Mund las und dazu den Kopf schüttelte oder nickte — sie erinnerten sich wohl, daß Naso der Römer war, der Verbannte, der

Dichter, der mit seinem griechischen Knecht in Trachila hauste, einem aufgegebenen Weiler vier oder fünf Gehstunden nördlich der Stadt. *Publius Ovidius Naso,* haspelte der Fallsüchtige den von seiner Mutter bedeutsam ausgesprochenen Namen einige Male nach, als Cotta an einem Regentag im Halbdunkel von Famas Laden stand.

Gewiß, Naso, der Römer. Ob er noch lebte? Wo der begraben war? Ach, gab es denn nun auch ein Gesetz, das einen zwang, sich um einen Römer zu kümmern, der in Trachila verkam? Ein Gesetz, nach dem man Rede und Antwort stehen mußte, wenn ein Fremder nach dem Verbleib eines anderen fragte? Wer an dieser Küste lebte, der lebte und starb im Verborgenen unter den Steinen wie eine Assel. Was Cotta schließlich erfuhr, war nicht viel mehr, als daß man am Ende der Welt nicht gerne mit einem sprach, der aus Rom kam. Auch Lycaon, der Seiler, blieb schweigsam. In einem Brief, der die Via Anastasio Monate später erreichte, stand: Man mißtraut mir.

An einem der letzten Apriltage machte sich Cotta auf den Weg nach Trachila. Auf einem von Muscheln übersäten, unter jedem Schritt klingenden Strand kreuzte er eine Prozession, die einen Allmächtigen, dessen Namen er nicht kannte, um fruchtbare Felder anrief, um Fischschwärme, Erzadern und eine ruhige See. Die Prozession zog ihn ein Stück mit sich fort; einige der Andächtigen erkannte er auch unter der Aschenmaske, die ihre Gesichtszüge entstellte. Der Seiler war unter ihnen. Dann wandte sich Cotta ab und stieg auf einem von Wermut und Schlehdorn gesäumten Serpentinenpfad durch die Halden. Als er hoch im Geröll für einen Augenblick innehielt und in die Tiefe blickte, war die Prozession nur noch ein wirrer Zug gesichtsloser Wesen. Stumm krochen sie über den Strand; winzig flatterten ihre Fahnen, winzig war der Baldachin über dem Karren, an dem eine schwarze Rotte zerrte und schob. Die Böen machten den Gesang, den Jammer der Anrufungen und das Geklirr der Zimbeln unhörbar. Dort unten versuchten sich die Bewohner Tomis mit einem Himmel auszusöhnen, der ihnen nicht gnädig war. Im Dunst wurden sie eins mit der grauen Küste. Cotta war endlich allein. Er durchquerte die schmale Heide eines Hochtales, strauchelte durch den alten Bruchharsch im Schatten der Felswände und hatte immer das Meer tief und still unter sich. Hier war Naso gegangen. Das war Nasos Weg.

Nun ließen die Kare keinen anderen Blick mehr zu als auf den nächsten Schritt; sie wurden so steil, daß Cotta manchmal nur auf allen vieren vorankam. Und dann lag plötzlich ein steinerner Hund vor ihm, ein grob zugehauenes, zerschlagenes Standbild ohne Hinterläufe. Schwer atmend richtete sich Cotta auf. Er stand zwischen Ruinen.

Trachila: Diese eingebrochenen Mauern aus Kalkstein, Erkerfenster, aus denen Föhren und Krüppelkiefern ihre Äste streckten, diese geborstenen, in rußgeschwärzte Küchen, in Schlafkammern und Stuben gesunkenen Dächer aus Schilf und Schiefer, und die im Leeren stehengebliebenen Torbögen, durch die hindurch nur noch die Zeit verflog — das mußten einmal fünf, sechs Häuser gewesen sein, Ställe, Scheunen...

Und aus dieser Wildnis ragten Steinmale auf, Dutzende schlanker Kegel, mannshoch die größten, die kleinsten reichten Cotta kaum bis an die Knie. An den Kegelspitzen flatterten Stoffähnchen, Fetzen in allen Farben, es waren in Streifen geschnittene und gerissene Kleider, und als Cotta an einer der kleineren Steinmale herantrat, sah er, daß die Fähnchen Schriftzeichen trugen, alle waren sie beschrieben. Sachte zog er an einem blaßroten, gebleichten Streifen. Der Stoff war so zwischen die Steine geflochten, daß der Kegel zerfiel, als er das Fähnchen an sich nahm, um es zu entziffern. Die Steine kollerten einige von den Wurzeln einer Kiefer gesprengte Stufen hinab, und Cotta las: *Keinem bleibt seine Gestalt.*

Ein Sandrinnsal, das den Steinen nachgeflossen war, erstarrte. Es war wieder still. Und Cotta sah das inmitten der Verwüstung heil gebliebene Dach, auf dem Dohlen saßen, sah das Haus zwischen den Ruinen. Er ging darauf zu, auf die äußerste Entlegenheit zu, und begann noch im Gehen zu schreien, schrie seinen und Nasos Namen, immer wieder, schrie, daß er aus Rom gekommen sei, aus Rom hierher. Aber es blieb still.

Das Tor zum Innenhof war nur angelehnt. Er stieß es auf und blieb einen Augenblick später, den Arm noch vorgestreckt, wie von einem großen Schrekken gerührt stehen: Dort, in einem hellen Winkel des Hofes, in der Kälte dieses Gebirges, zwischen Schneeresten und gefrorenen Pfützen, stand sanft und grün ein Maulbeerbaum; sein Stamm war gegen das Wild gekalkt, und der Schnee in seinem Schatten war blau gefleckt vom Saft abgefallener Beeren.

Wie einer, der das Dunkel fürchtet, im Dunkeln

zu pfeifen und zu singen beginnt, begann Cotta wieder nach Naso zu rufen, durchquerte den Hof im Schutz seiner Stimme, betrat einen Laubengang, endlich das Haus des Dichters. Alle Türen standen offen. Die Räume waren menschenleer.

Vor den kleinen Fenstern blähten sich Leinenvorhänge und gaben im Rhythmus der Windstöße den Blick frei über das Dickicht eines Gartens, hinab in die milchweiße Tiefe. Unter diesem Weiß mußte das Meer liegen. Von Nasos Tisch sah man das Meer. Der Herd war kalt. Zwischen verkrusteten Töpfen, Teegläsern und Brotresten rannten Ameisenzüge. Auf den Borden, auf den Stühlen, auf einem Bett lag feiner, weißer Sand, der auch unter den Schritten knirschte, Sand, der von der Decke und den Wänden rieselte.

Cotta durchwanderte das Steinhaus zweimal, dreimal, betrachtete die Feuchtigkeitsflecken auf dem Verputz, eine römische Straßenansicht unter Glas im schwarzen Holzrahmen, strich über Buchrücken und sprach ihre Titel aus, aber rief keine Namen mehr, ging wieder auf die Treppe zu, die in das Obergeschoß führte und hielt immer noch achtlos das Stofffähnchen fest, das ihm nun ein Luftzug aus der Hand nahm und gleich wieder fallen ließ. Cotta bückte sich danach und starrte plötzlich in das nahe Gesicht eines Mannes. Im Dunkel unter der Treppe kauerte mit angezogenen Knien ein alter Mann, der auf das Stoffähnchen zeigte und in Cottas Atemlosigkeit hinein, bring das zurück, sagte.

Cotta spürte sein Herz toben. Naso, stammelte er. Der Alte griff mit einer raschen Handbewegung nach dem Fähnchen, zerknüllte es, warf es Cotta ins Gesicht zurück und kicherte: Naso ist Naso, und Pythagoras ist Pythagoras.

Eine Stunde nach seiner Entdeckung hockte Pythagoras immer noch unter der Treppe. Vergeblich sprach Cotta ihn an, vergeblich wiederholte er seine Fragen. Pythagoras, der Knecht Nasos, war keiner Anrede mehr zugänglich, verfiel aber manchmal in hastige, leise Selbstgespräche ohne Gebärden, schimpfte Cotta dann einen Aasfresser, der sich von den Leichen seiner Verwandten ernähre und seine treuesten Dienstboten erschlage, kicherte, schwieg, begann von neuem und irgendwo, verfluchte diesmal einen Diktator in der Ägäis, der es mit den Ziegen trieb, bevor er ihnen das Kreuz mit eigenen Händen brach, wurde auch freundlich, klatschte einmal sogar vergnügt in die Hände und pries das Wunder der Seelenwanderung; er selbst habe schon in den Gestalten eines Salamanders, eines Kanoniers und einer Schweinehirtin gehaust, auch ein Kind ohne Augen habe er jahrelang sein müssen, bis dieser heillose kleine Körper endlich von einer Klippe gefallen und ertrunken sei.

Cotta machte keine Einwände mehr, hörte stumm zu. In das Reich dieses Alten schien kein Weg zu führen. Erst später, irgendwann in der langen Stille der Pausen, in denen Pythagoras schweig, begann er doch wieder zu reden — zuerst so halbherzig, wie man mit Idioten spricht und nur, um vielleicht doch noch an das Vertrauen des Alten zu rühren. Aber schließlich begriff Cotta, daß er erzählte, um diesem wüsten Gerede aus dem Dunkel die Ordnung und die Ver-

nunft einer vertrauten Welt entgegenzusetzen: Rom
gegen die Unmöglichkeit eines Maulbeerbaumes im
Schnee vor dem Fenster; Rom gegen die in der Einöde hockenden Steinmale, gegen die Verlassenheit
von Trachila.

Er beschrieb dem Knecht die Stürme seiner Reise
und die Traurigkeit in den Tagen des Abschieds,
sprach vom bitteren Geschmack der wilden Orangen
aus den Hainen von Sulmona und geriet immer tiefer
in die Zeit, bis er schließlich wieder vor jenem Feuer
stand, das er vor neun Jahren in Nasos Haus an der
Piazza del Moro hatte brennen sehen. Aus einem
Balkonzimmer, in das Naso sich eingeschlossen hatte,
wehte dünner Rauch. Ascheflocken stoben aus den
offenen Fenstern, und im Hausflur, zwischen Ge-
päckstücken und dem Lichtmuster, das die Spätnach-
mittagssonne auf dem Marmorboden hinterließ, saß
eine Frau und weinte. Es war Nasos letzter Tag in
Rom.

So wie der Tod auch unzugängliche Häuser manchmal öffnet und dann nicht nur Verwandte und
Freunde einläßt, sondern auch die zur Trauer Ver-
pflichteten, die Neugierigen und sogar gleichgültige
Fremde, so war in diesen Tagen auch das hinter Zypressen und Schirmföhren verborgene Haus an der
Piazza del Moro von der Nachricht aufgesprengt worden, daß Naso in die Verbannung mußte. Auch wenn
die Ängstlichen vom Unheil verscheucht worden und
ferngeblieben waren, herrschte auf den Treppen und
im Salon doch das Gedränge eines Trauerhauses. Die
Abschiednehmenden kamen und gingen, und mit
ihnen kamen und gingen Losverkäufer, Bettler und

Straßenjungen, die Lavendelsträuße feilboten und von den Tischen die Gläser und aus den Vitrinen das Silber stahlen. Niemand kümmerte sich darum.

Blaß und mit schwarzen Händen öffnete Naso damals erst nach vielen Besänftigungen die Tür zu seinem Arbeitszimmer: Ein blauer Teppich lag dort unter der Asche wie beschneit; auf einem Tisch, dessen Intarsien sich unter der Glut zu Holzlocken eingerollt hatten, blätterte der Luftzug in einem verkohlten Packen Papier; gebündelte Hefte und Bücher lagen glosend auf den Regalen und in den Nischen; ein Stapel brannte noch. Naso mußte mit dem Feuer an seinen Schriften vorübergegangen sein, wie ein Küster mit dem Docht von einem Kandelaber zum anderen geht; er hatte seine Notizen und Manuskripte einfach an den Orten angesteckt, an die er sie in einer sanfteren Zeit stets mit viel Bedacht gelegt hatte. Naso war unversehrt. Seine Arbeit Asche.

Pythagoras hatte den Kopf auf die Knie gelegt und schien nichts zu hören und nichts zu verstehen von dem, was Cotta erzählte. Cotta rückte einen Stuhl an das Dunkel unter der Treppe, saß dann schweigend da und wartete darauf, daß der Knecht ihm in die Augen sah.

Gewiß, das Feuer an der Piazza del Moro hatte nur Nasos Handschriften verzehrt. Was von seinen Elegien und Erzählungen veröffentlicht, gefeiert und angefeindet worden war, lag damals längst geborgen in den Depots der Staatsbibliotheken, in den Häusern seines Publikums und in den Archiven der Zensur. In einem noch am Tag seines Erscheinens beschlagnahmten Zeitungskommentar aus Padua hieß es sogar, Naso habe dieses Feuer nur entfacht, um ein Fanal zu setzen gegen das Verbot seiner Bücher und seine Vertreibung aus der römischen Welt.

Aber es gab so viele Deutungen: Eine Bücherverbrennung — da habe einer aus Wut und Verzweiflung und ohne Besinnung gehandelt. Ein Akt der Einsicht — da habe einer den Sinn der Zensur erkannt und selbst Hand an das Zweideutige und Mißratene gelegt. Eine Vorsichtsmaßnahme. Ein Geständnis. Eine Täuschung. Und so fort.

Die Verbrennung blieb über allen Mutmaßungen so rätselhaft wie der Grund für die Verbannung. Die Behörde schwieg oder flüchtete sich in leere Reden. Und weil ein Manuskript, das man lange in sicheren Händen geglaubt hatte, auch über die Jahre verschwunden blieb, begann man in Rom allmählich zu ahnen, daß das Feuer an der Piazza del Moro keine Verzweiflungstat und kein Fanal, sondern tatsächlich eine Vernichtung gewesen war.

Cyparis, der Liliputaner, kam um die Mittagszeit aus den Staubwolken der Küstenstraße, aus dem ersten, kalten Staub des Jahres. Im Geschirr seines Plan-wagens zwei Falben, kam Cyparis das Meer entlang wie in allen Jahren zuvor, schrieb mit der Peitsche fauchende, wirre Zeichen in die Luft und schrie dazu die Namen von Helden und schönen Frauen gegen

Tomi: So kündigte der Liliputaner schon von weitem die Lust, den Schmerz und die Trauer und alle Leidenschaften jener Lichtspiele an, die er in der Dunkelheit der nächsten Tage über den abblätternden Kalk der Schlachthausmauer flimmern lassen würde. Cyparis der Filmvorführer kam. Aber es war Frühjahr. Im Keller des Branntweiners oder im Glutschein einer Esse, in Famas Kolonialwarenladen oder im Zwielicht eines Speichers, da und dort in Tomi unterbrach man, was man eben tat, trat vor die Tür oder öffnete das Fenster und blickte dem langsam heranwehenden Staub ratlos entgegen. Der Vorführer. Cyparis kam zum erstenmal im Frühjahr und nicht im August.

Wie in allen Jahren zuvor, mit einem langen Strick an den Planwagen gebunden, trottete auch diesmal ein müder, abgezehrter Hirsch dem Gespann hinterher. Der Liliputaner führte diesen Hirsch in den Dörfern der Küste stets als das Königstier seiner Heimat vor, die nach seinen Erzählungen irgendwo im Schatten des Kaukasus lag; er ließ das Tier zu klirrender Marschmusik auf der Hinterhand tänzeln, zog nach einem solchen Kunststück den schweren Schädel des Hirsches oft zu sich herab, flüsterte ihm in einer seltsamen, zärtlichen Sprache ins Ohr und verkaufte alljährlich das abgeworfene Geweih an den Meistbietenden in den Dörfern, an irgendeinen Trophäensammler, dem die Abwurfstangen dann zum Wahrzeichen und Skelett einer unerfüllbaren Jagdleidenschaft wurden. Denn in den unwegsamen, dornigen Wäldern dieses Küstenstriches gab es keine Hirsche.

Auf dem Platz vor Famas Laden scharten sich Alte und Müßige, auch einige Aschengesichter aus der Strandprozession und rußige, scheue Kinder um das Gespann des Vorführers. Battus, Famas Sohn, roch an den dampfenden Flanken der Pferde und strich ihnen mit der flachen Hand den Schaum von den Nüstern. Warum so früh, sprach und fragte es aus der Schar, während Cyparis die Falben ausschirrte, warum nicht zur gewohnten Zeit? Und die Satteldecke da, die schöne Malerei auf der Plane und das Messing am Zaumzeug, alles anders und neu? So schön alles.

Cyparis führte die Rösser an eine steingefaßte Tränke, aus der Bleßhühner aufflogen, warf dem Hirsch Kastanien und eine Handvoll getrockneter Rosenknospen vor und blieb bei allen Verrichtungen ganz und wie immer in seinem leichten Gerede, einem Tonfall, der in der eisernen Stadt fremd war: Was brauche sich einer wie er, Cyparis, den Vorschriften der Jahreszeit zu beugen und mit seiner Ankunft den Sommer abzuwarten? Der Sommer warte doch im Gegenteil auf ihn. Dort, wo Cyparis erscheine, da sei immer August. Und lachte. Das Zaumzeug, habe er auf dem Jahrmarkt in Byzanz gegen drei Vorführungen eingetauscht, eine Kostbarkeit. Und dort habe ihm ein Kulissenmaler auch die Wagenplane mit dem Tod eines griechischen Jägers verziert, Actaeons Tod, eines Idioten, der sein idiotisches Ende zwischen den Fängen seiner eigenen Schweißhunde gefunden habe. Das Tiefrote hier, über den Faltenwurf der Plane Verspritzte, das Leuchtende, das sei alles Jägerblut. Und lachte.

So oder ähnlich kannten die meisten Bewohner Tomis den Liliputaner. Der sprach immer in Geschichten, gleichgültig, ob die Rede von seinem Woher und Wohin war oder von der zarten Mechanik jenes schwarzen, mattschimmernden Projektors, der in einer mit Tüll ausgeschlagenen Kiste verwahrt lag, der Maschine, in die Cyparis ganze Schicksale einspannen und sie dann surrend in die bewegte Welt überführen konnte, ins Leben. Alljährlich erstand so auf Tereus Mauer unter den Handgriffen des Liliputaners eine Welt, die den Menschen der eisernen Stadt so fern ihrer eigenen erschien, so unerreichbar und zauberhaft, daß sie noch Wochen, nachdem Cyparis wieder in der Weitläufigkeit der Zeit verschwunden war, keine anderen Geschichten besprachen als Versionen und Nacherzählungen der nun für ein weiteres Jahr wieder erloschenen Lichtspiele.

Cyparis liebte sein Publikum. Wenn der Projektor nach langwierigen Vorbereitungen das Antlitz eines Helden ins Riesenhafte vergrößerte und die Schlachthausmauer zum Fenster in Urwälder und Wüsten wurde, dann saß der Liliputaner geborgen in der Dunkelheit und betrachtete die Gesichter der Zuschauer im blauen Widerschein. In ihrem Mienenspiel meinte er manchmal die Macht und die Unerfüllbarkeit seiner eigenen Sehnsüchte wiederzuerkennen. Cyparis, der selbst aufgerichtet nur den Gebeugten, den Krüppeln und auf die Knie Gezwungenen von Angesicht zu Angesicht gegenüberstand und dem ein Hofhund groß wie ein Kalb war, sehnte sich in diesem Dunkel nach Schlankheit, nach Größe und Erhabenheit. Aufragen wollte er. Und Cyparis, der sein Gespann durch mehr Städte und durch die Hochmoore und Einöden tiefer in die Fremde geführt hatte, als sich ein Erzkocher in Tomi auch nur vorzustellen vermochte, sehnte sich dann nach der Tiefe der Erde und gleichzeitig nach der Höhe der Wolken, nach einem unverrückbaren Ort unter einem unverrückbaren Himmel. Manchmal schlief er während der Vorführung über solchen Sehnsüchten ein und träumte von Bäumen, von Zedern, Pappeln, Zypressen, träumte, daß er Moos auf seiner harten, rissigen Haut trug. Dann sprangen ihm an den Füßen die Nägel auf, und aus seinen krummen Beinen krochen Wurzeln, die rasch stark wurden und zäh und ihn tiefer und tiefer mit seinem Ort zu verbinden begannen. Schützend lebten sich die Ringe seiner Jahre um sein Herz. Er wuchs.

Und wenn Cyparis dann, vom Klingen einer leergelaufenen Spule oder vom Schlagen eines gerissenen Zelluloidstreifens geweckt, hochfuhr, spürte er in seinen Gliedern noch das feine Knirschen von Holz, die letzte, leichte Erschütterung eines Baumes, in dessen Krone sich ein Windstoß gefangen und besänftigt hatte. In diesen wirren Augenblicken des Erwachens, in denen er an seinen Füßen noch den Trost und die Kühle der Erde empfand und mit seinen Händen doch schon nach Spulen, Flügelmuttern und Lichtern griff, war Cyparis, der Liliputaner, glücklich.

In Tomi gab es an großen Häusern nur das Schlachthaus und eine finstere, aus Sandsteinblöcken aufgetürmte Kirche, deren Schiff mit feuchten Papierblumenkränzen, modernden Bildern, verrenkten, wie unter furchtbaren Torturen erstarrten Heiligenfiguren und einer eisernen Erlösergestalt geschmückt war, die im Winter so kalt wurde, daß den Andächtigen, die ihr verzweifelt die Füße küßten, manchmal die Lippen daran festfroren. Das Schlachthaus und diese Kirche ausgenommen, gab es aber in Tomi keinen Saal und keinen Raum, der das Publikum des Vorführers oder gar seine prachtvollen, gewaltigen Bilder zu fassen vermocht hätte.

Und so saßen am Abend dieses seltsam milden Apriltages, zu einer Zeit, zu der ebensogut ein Eissturm aus Nordost an den Fensterläden hätte reißen und das Glas noch tief im Inneren der Häuser zum Klirren bringen können, die Menschen von Tomi hinter dem Schlachthaus auf Holzbänken im Freien und warteten auf den Beginn des ersten jener Dramen, die ihnen Cyparis einen ganzen Nachmittag lang angekündigt hatte. Aus einem Lautsprecher, der mit Draht ins Geäst einer Kiefer gebunden war, knisterte der Lärm von Zikaden. Die Zuschauer saßen dicht aneinandergedrängt; viele von ihnen waren in Roßhaardecken gehüllt und der Atem aus ihren Mündern verflog wolkig und weiß wie im Winter — aber der Projektor war wie in den Sommernächten der vergangenen Jahre von panischen Faltern umschwärmt; wenn einer am heißen Glas zu Tode kam, stieg eine Rauchlocke auf, und die Krämerin meinte in der Wildnis des Himmels ein Sternbild des Sommers zu erkennen. Endlich wurde es auf Tereus Mauer licht. Es *war* also August:

Ein langsamer, schweifender Blick glitt tief ins Land hinein, strich über Pinienwälder hinweg, über dahinrollende, schwarze Hügel, die Dächer von Gehöften, dann über die langen Kämme einer Brandung, schwang sich den Sicheln der Strände nach und näherte sich im tiefen Schatten einer Allee, nun wieder gleitend, einem Palast, der wie ein erleuchtetes, festliches Schiff in der Nacht lag; Kuppeln, Arkaden, Freitreppen und hängende Gärten. Der Blick wurde sorgfältig und musterte gelassen die Pilaster und Gesimse einer Fassade, als plötzlich an seinem äußersten, undeutlichen Rand eine schmale Fensteröffnung erschien. Wie von einem jähen Sog erfaßt, flog der Blick auf dieses Fenster zu und kam in einem schwach erleuchteten Gelaß auf dem Antlitz eines jungen Mannes kurz zur Ruhe, auf einem Mund, und der Mund sagte: Ich gehe. Nun senkte sich der Blick, wandte sich ab, dorthin, wo eine Frau an eine Tür gelehnt stand. Sie flüsterte, bleib. Battus stöhnte, als er die Tränen in ihren Augen sah. Fama zog ihren Sohn zu sich heran, legte ihm eine Hand auf die Stirn, beruhigte ihn. In den Gärten des Palastes waren die Zikaden laut und Zitronenbäume schwer von Früchten. Aber die Hitze der Glutbecken, die man hinter das Schlachthaus getragen hatte, nahm allmählich den Geruch von Blut und Jauche an. Die Traurigen auf Tereus Mauer, das mußten hohe Menschen sein. Fama fragte zweimal nach ihren Namen, obwohl sie im Knacken und Rauschen der Lautsprecher längst gefallen waren: Sie hieß Alcyone, und Ceyx er. Und sie nahmen so zärtlich und traurig Abschied voneinander wie an der Küste der eisernen Stadt noch kein Mann von seiner Frau.

Warum der Herr dort oben fortging, wollten die Zuschauer dieses Abends nur widerwillig verstehen;

sie murrten und machten dem Vorführer abfällige Zeichen. Sie sahen die Liebenden einander umarmen und halten, sahen sie in leichten Gewändern und dann auch nackt auf dem Kalk und begriffen nur, daß der Schmerz in dieser von Gobelins gedämpften Kammer groß war. Dann wußten sie sich eins mit Alcyone, wenn sie ratlos waren, daß einer fortgehen konnte, wo er liebte.

Gewiß, Ceyx, der Herr über diesen Palast, über das nächtliche Land und die Wachfeuer, die hinter Palisaden und in den Höfen loderten, sprach wohl von seiner großen Verwirrung und seiner Hoffnung auf den Trost des Orakels, sprach von einer Pilgerfahrt nach Delphi ... oder war es ein Feldzug, ein Krieg? Ach, er sprach vom Zwang einer Reise über das Meer. Er ging fort. Alles andere war ohne Bedeutung.

Als die Nachricht von Ceyx Abschied die Enge der Kammern und Gänge verließ und die Höfe erreichte, wurde es laut. Betrunkene Stallburschen rannten Weibern nach, denen sie zuvor Roßwut in die Suppe und in den heißen Gewürzwein getan hatten und glaubten nun, dieser Sud, ein Liebestrank, würde ihnen in der Dunkelheit endlich zutreiben, was am Tag vor ihnen floh. Von den Wehrgängen herab war das Lachen der Posten zu hören, die sich alle Bedrohungen mit tiefen, brennenden Zügen aus einer von Unterstand zu Unterstand weitergereichten Ballonflasche aus dem Sinn spülten. In einem der Ställe brach um die Mitternacht Feuer aus; die Flammen wurden dem Palast gerade noch verheimlicht und von den Schweinehirten erstickt. Das Gesinde, der ganze Hofstaat, hatte begonnen, sich von seinem Herrn, seinen Gesetzen und Ordnungen zu lösen, als wäre er längst fort und verschollen.

Bis tief in diese Augustnacht hinein hatte der Glanz von Ceyx Macht gereicht, hatte allein die Blendkraft dieses Glanzes genügt, um das Gefüge seiner Herrschaft zu erhalten. Stumm hatten die Posten gewacht und die Knechte stumm gehorcht. Aber nun begann dieses Gefüge spröde zu werden, ja zu zerfallen, als ob auf jeder Palisade, jeder Schanze und Mauerkrone die Ahnung aufgepflanzt worden wäre, daß der Herr diesmal für immer fortging.

Ceyx schien nun nicht einmal mehr die Kraft zu besitzen, seine Frau zu trösten: Sechs, sieben Wochen vielleicht, flüsterte er schläfrig und barg sein Gesicht an· Alcyones Schulter, einige Wochen, dann werde er glücklich zurück sein; glücklich und unversehrt. Und Alcyone nickte unter Tränen. Schwarz und schön und federleicht hob und senkte sich eine Brigantine im schimmernden Wasser des Hafenbeckens; an der Reling rauchten Pechfackeln, und unter Deck klirrten manchmal die Ketten schlafender Tiere. Erschöpft schlief Ceyx in Alcyones Armen ein.

Als Tereus eine Zote in das Bild dieser Ruhe grölte, blieb ihm die Zustimmung versagt; niemand lachte. Es hieß ihn aber auch keiner schweigen, als er den Unglücklichen dann eine Litanei von Ratschlägen zubrüllte. Tereus war jähzornig und ertrug keinen Widerspruch. Man hatte ihn an diesem Tag, es war Schlachttag gewesen, stundenlang im blutigen Schaum des Baches arbeiten sehen. Im seichten Schwemmwasser schlug er Stieren den Schädel ein. Wenn sein Beil dem gefesselten Vieh krachend zwischen die

Augen fuhr, wurde jedes andere Geräusch so nebensächlich, daß selbst das Rauschen des Baches für einen
Augenblick auszusetzen und sich in Stille zu verwandeln schien. Nach solchen Tagen, wenn er über und
über besudelt seinen Lastwagen mit säuberlich zer-
hackten Kadavern belud und sich am Bach die Hunde
um Eingeweidefetzen balgten, war Tereus so müde,
unberechenbar und wütend, daß ihn mied, wer ihn
meiden konnte. Dick und blaß, versunken in die
Vorführung des Abschieds, saß Procne auch an diesem Abend neben ihm, seine Frau. Der Schlachter
verschwand manchmal tagelang aus Tomi, und es
war ein schlecht gehütetes Geheimnis, daß er Procne
dann mit irgendeiner namenlosen Hure, die nur ein
Schäfer einmal hatte schreien hören, oben in den
Bergen betrog. Allein Procne schien nichts zu ahnen.
Kränklich und ohne Klagen begleitete sie ihren Gemahl durch ein häßliches Leben und tat, was er von
ihr verlangte. Ihr einziger Schutz gegen Tereus war
eine zunehmende Dickleibigkeit, ein mit Salben und
ätherischen Ölen gepflegtes Fett, in dem diese ehemals zarte Frau allmählich zu verschwinden schien.
Tereus schlug sie oft wortlos und ohne Zorn wie ein
ihm zur Schlachtung anvertrautes Tier, so als diente
jeder Schlag allein dem Zweck, einen kümmerlichen
Rest ihres Willens und den Ekel zu betäuben, den sie
vor ihm empfand. Schon am Hochzeitstag der beiden
hatte man in Tomi böse Zeichen gesehen. Auf dem
First ihres Hauses saß damals groß, unbeweglich und
ohne Scheu ein Uhu, der Unglücksvogel, der allen
Brautleuten eine finstere Zukunft verhieß. Endlich
schwieg Tereus.

Alcyone war neben ihrem schlafenden Mann wie erstarrt. Sie wachte mit offenen Augen und wagte keine Bewegung, um dem Schläfer keinen Anlaß zu geben, sich aufseufzend, träumend von ihr abzuwenden. Nun war sie allein mit den Bildern ihrer Angst. Und Cyparis Projektor machte jedes dieser Bilder sichtbar, die sie selbst den ganzen vergangenen Abend lang beschworen hatte, um Ceyx zum Bleiben zu bewegen oder wenigstens seine Einwilligung zu erreichen, daß sie ihn begleitete und mit ihm unterging. Alcyone sah ein nächtliches Meer und einen Himmel wie in Trümmern, Wogen und Wolken zu einem tosenden Einerlei zusammengeworfen, das sich im Rhythmus ihrer Atemzüge zu Gebirgen erhob und niederstürzte. Dann rauschten von den Steilhängen Gischtlawinen herab. Alcyone sah regenschwere, zerreißende Segel, seltsam genau jede Naht, jeden Faden des Tuches. Lautlos brach ein Mast. Dann schäumte ein Sturzbach über die Bordtreppe ins Dunkel des Zwischendecks hinab, so heftig wie die Kaskaden des Baches in Tomi. Baumstarke Wasserarme griffen durch die Luken ins Innere des Schiffes, und eine Bö schleuderte einen Albatros hoch über den Untergang hinaus, brach ihm irgendwo oben die Schwingen und warf einen Klumpen Fleisch und Federn ins Wasser zurück. Als der Horizont unter Blitzen für einige Augenblicke wieder erschien, war seine ehemals sanfte, ruhige Linie von Wellenkämmen gezackt wie ein Sägeblatt, das an einem im Holz verborgenen Eisenstück zuschanden geworden war. Über den Sägezähnen rauchte nun ein neuer, ein schwarzer Himmel empor, der rasend näher kam und sich endlich über allem schloß, was nicht von allem Anfang an zum Meer gehört hatte. Das Schiff sank. Und was zuvor über Bord gegangen war oder sich fürs erste hatte retten können, folgte ihm in langsamen, dann schneller und schneller werdenden Spiralen in die Tiefe nach. Am Ende wirbelte in den Strudeln und Wassertrichtern nur noch der Sand des Grundes. Es war eine grandiose Lächerlichkeit:

Die Zuschauer auf den Holzbänken kannten die Stürme des Schwarzen Meeres und hatten sich im Fortgang der Katastrophe längst darüber verständigt, daß über Tereus Mauer doch nur die Bilder einer schlechten Täuschung brausten, daß dieser Ozean dort oben in Wahrheit wohl nur laues, in einem Bottich aufgewühltes Wasser war und das gesunkene Schiff kaum größer als ein Spielzeug. Man war in Tomi zwar mit solchen und anderen Täuschungen und Trugbildern vertraut und sehnte sich in der Monotonie eines Jahres oft nach dieser betörenden Abwechslung, aber was Cyparis an diesem Abend zeigte, betraf das nachprüfbare, das eigene Leben, die Plagen an der Küste und auf dem Meer . . ., selbst der blöde Battus konnte sehen, daß an diesen Sturmbildern nichts Glaubhaftes war. Spielzeugmasten waren geborsten, Spielzeugsegel zerrissen, und auch der Orkan rührte wohl nur von einem Windrad her, ähnlich dem Ventilator, mit dem der Liliputaner die gleißenden Lampen seines Apparates kühlte. Im vergangenen Jahr hatten sich Tereus Sohn Itys einen Finger verstümmelt, als er in das Sirren dieses Ventilators griff; die Flügelblätter hatten sein Blut in tausend winzigen Tropfen auf die Vorführmaschine des Liliputaners verteilt.

Das Unheil war durchschaut. Als Cyparis begriff, daß sein Drama Gefahr lief, alle Kraft zu verlieren, erhöhte er die Lautstärke der Musik und des Sturmgeheuls und überspielte so den groben Spott aus dem Publikum.

Erst jetzt, inmitten dieses neu entfachten Wütens, entdeckte Alcyone ihren Geliebten. Ceyx trieb an ein Stück Bruchholz geklammert allein in der Gischt. In seinen Haaren glänzte Tang, auf seinen Schultern saßen Seeanemonen und Muscheln; er streckte eine blutige Hand nach Alcyone aus und öffnete den Mund zu einem Schrei, blieb stumm. Und so schrie Alcyone für ihn. Und erwachte. Und sah Ceyx tief und ruhig atmend neben sich auf dem Lager. Aber es war kein Trost, ihn so liegen zu sehen.

Am nächsten Morgen schwankten müde Fahnen auf den Hafen zu. Vor dem Fallreep der Brigantine standen sie still. Ceyx ging an Bord, wandte sich auf diesem kurzen, steilen Weg wieder und wieder um und stand dann doch an die Reling gelehnt, lange, während die Brigantine durch einen dichten, seufzenden Wald aus Masten und Rahen dem offenen Meer entgegen und aus der Sichtweite glitt. Von nun an geschah alles, wie es geträumt war, nur in dunkleren, leuchtenderen Farben.

Am Abend des dritten Tages nach dem Auslaufen erhob sich der Sturm aus dem Traum. Ceyx Gefährten arbeiteten wie rasend gegen ihr Ende, verzweifelten, schleuderten Ballast und schließlich Opfergaben in die Flut, und doch war das Schiff schon ein Wrack, als es sank. Ein Segelmacher, der dem Wasser zuvorkam und Hand an sich legte, starb als erster; andere kämpften noch eine Stunde und länger um das Leben und starben auch. Endlich war Ceyx so allein, wie Alcyone ihn längst gesehen hatte, klammerte sich immer noch fest und hustete und keuchte ihren Namen und alle Hoffnung aus sich heraus. Dann glaubte er zu erkennen, daß aller Trost allein in Alcyones Armen und nicht in Delphi und keinem Heiligtum lag. Wie sehr er sich nun nach ihr und dem Land sehnte, auf dem sie ging, nach festem Land. Dann versank auch er. Auf einer Planke blieben Blutflecken zurück, die das Wasser rasch auswusch, und einige Fetzen Haut; Seevögel ließen sich auf dem Holz nieder und schlugen mit ihren Schnäbeln nach diesem Rest. Darüber beruhigte sich das Meer.

Nun war es doch kalt geworden. In den schwarzen Bäumen von Tomi, im Labyrinth der Gassen und im schmiedeeisernen Zierat verfing sich der Nebelflor, der allabendlich von der Küste aufstieg und sich in der Nacht als Rauhreif niederschlagen würde. Auf dem Planwagen des Vorführers schimmerten die ersten Eiskristalle. Die Glutbecken glommen nur noch schwach und wurden nicht mehr gespeist. Die Zuschauer kannten die übliche Länge von Cyparis Dramen und ahnten, daß dieses hier auf sein Ende zulief und begannen sich ihre Vermutungen über den Ausgang zuzurufen. Cyparis gab sich geschlagen und nahm die dröhnende Lautstärke zurück.

Alcyones Traum war erfüllt; aber noch saß die Witwe mit zwei Freundinnen zwischen Lorbeer und

Rosenstöcken auf einer Veranda des Palastes und nähte an einem Kleid, das sie zum Fest von Ceyx Rückkehr tragen wollte. Mit ihren Gedanken war sie auch dieser Arbeit schon weit voraus, wand Girlanden, sah Ceyx die steile Straße herauf und auf sich zukommen und breitete die Arme aus.

Tot! brüllte nun Battus und lachte, glücklich darüber, daß er es war, er, der so viel Wichtiges vor der Schönen dort oben und vor allen anderen wußte, tot! Er ist tot.

Jeden Morgen, jeden Mittag und jeden Abend ging und rannte Alcyone die Küste entlang, verbrannte sich die Augen an der gleißenden Ferne und glaubte ihren eigenen Träumen nicht. Erst so allmählich wie das Leben selbst neigte sich ihre Hoffnung. Und dann kam der Tag, an dem eine spanische Galeere mit fünf Schiffbrüchigen an Bord in den Hafen einlief. Wie eine Furie bahnte sich Alcyone ihren Weg durch die Menge, die sich an der Mole drängte; heulend stieß sie beiseite, was sie behinderte, als ob es noch etwas zu retten gäbe, wo zwischen Untergang und Rettung längst entschieden war. Die Gesichter der Schiffbrüchigen waren von der Sonne und vom Salz verwüstet, ihre Lippen weiß und die Schultern so wund, daß sie nicht gekleidet, sondern nur in breite, helle Leinenbahnen gehüllt waren, auf denen sich langsam die nässenden Flecken ihrer Verätzungen abzeichneten. Dreiundzwanzig Tage, hieß es an der Mole, seien diese da auf einem überspülten Floß dahingetrieben, hätten sich in dieser Zeit kaum ernährt und nur zweimal, nach Wolkenbrüchen, getrunken. Die Geretteten wankten durch das Spalier der Neugierigen und antworteten auf keinen Zuruf. Einer von ihnen schien verrückt geworden zu sein; er lachte auf, bellte dann wie ein Hund, riß die Arme in die Höhe und schlug der Länge nach auf das Pflaster. Man zog ihn hoch, schleppte ihn weiter. Und plötzlich meinte Alcyone in seinem zerschundenen Gesicht Ceyx Züge wiederzuerkennen; inmitten dieser Schwären und Risse brannten Ceyx Augen. Alcyone warf sich dem Schiffbrüchigen an die Brust, spürte seinen Schweiß auf ihrer Stirn, hörte ihn stöhnen und sah endlich, daß dies nicht Ceyx Antlitz, sondern das Antlitz des Todes war. Die Schiffbrüchigen waren Fremde. Von einer Brigantine wußten sie nichts. Keiner erinnerte sich an ein anderes Unheil als an das des eigenen Untergangs.

Alcyone kehrte nicht mehr in den Palast zurück; sie blieb dem Meer, der Brandung und ihrem Glauben nahe, daß eine gnädige Strömung ihr wenigstens Ceyx Leichnam zu Füßen legen werde. In diesen Tagen schleppten ihre Diener Hausrat, Kleider und Körbe voll Brot, Dörrfleisch und Früchten in eine Höhle, deren Eingang zwischen turmhohen, von Möwen und Pelikanen gefiederten Klippen lag. Nach diesem letzten Dienst verlief sich das Gesinde. Alcyone blieb mit einer Magd, einer Freundin, im Dunkel der Höhle zurück, während an der Küste draußen die Herrschaft des Verschollenen verfiel. Stallknechte torkelten in Ceyx Kleidern über die Kais und Marktplätze, äfften seine Gesten und seinen Tonfall nach und warfen mit Flaschen und Steinen nach seinem Standbild. In den Sälen und Arkadengängen des Palastes wüteten die Armen. Pferde und Schweine,

Tauben, Pfauen und selbst Schoßhunde rannten und stoben aus offenen Käfigen, Schlägen, Ställen und Einfriedungen in die Wildnis davon. Was zurückblieb, wurde weggezerrt oder geschlachtet. Alcyone nahm nichts davon wahr. Sie hockte vor dem Eingang der Höhle oder am Strand, starrte hinaus und sprang plötzlich auf und lief im seichten Wasser die Kämme der Brandung entlang und weinte und keuchte, bis die Magd sie einholte und die Tobende, die keinem Zuspruch und keinem Trost mehr zugänglich war, in die Arme nahm. Dann rollte das Meer grau und ruhig auf die beiden Frauen zu, grau unter einem Himmel, der manchmal hoch und ungeheuer wurde und sich dann wieder jäh herabsenkte und kalt und undurchdringlich über dem Wasser lag. So wurde es Winter.

Unter den Zuschauern hatten sich einige aus Ungeduld oder der rasch aufgezogenen Kälte wegen von den Klappbänken erhoben und wärmten sich nun stampfend und mit den Armen um sich schlagend vor den erloschenen Glutbecken, als eine junge Frau aus der vordersten Reihe entsetzt aufschrie. Es war Proserpina, die unter den Frauen der eisernen Stadt als mannstoll galt; Proserpina lasse sich von den Viehhändlern begaffen wie eine Kuh und von den Bernsteinsammlern wie ein Kleinod, pflegte Fama in ihrem Laden hinter vorgehaltener Hand zu sagen; und hatte sie nicht auch dem Fremden aus Rom schon Augen gemacht? Dabei war Proserpina seit Jahren mit Thies verlobt, einem Deutschen, den ein vergessener Krieg an diese Küste verschlagen hatte und der in Tomi nur Der Reiche hieß, weil er zweimal im Jahr per

Schiffspost Geld aus einem Invalidenfonds bekam. Aber die schlimmste Krankheit, an der Thies der Deutsche litt, war ein verzehrendes Heimweh nach den Marschen und versunkenen Wäldern Frieslands; von Friesland sprach er oft, wenn er die Schafe schor. Thies konnte auch Haare und Bärte scheren, Wunden vernähen, rührte Salben und verkaufte einen heilkräftigen, grünen Likör, von dem er behauptete, er stamme aus den Karthausen der Schweiz. Wenn solche Mittel vergebens und alle anderen Heilkünste erschöpft waren, dann begrub Thies auch die Toten der eisernen Stadt und errichtete über den Gräbern Kuppeln aus Stein. Proserpina saß an diesem Abend von ihrem Verlobten feindselig entfernt; immer noch hielt sie eine Hand vor den Mund gepreßt und starrte durch ein Loch in einer langsam über Tereus Mauer treibenden Nebelbank auf ein weißes, langgezogenes Riff vor der Küste. Dort lag, nur noch von zierlichen Wellen umspült, Ceyx Leichnam.

Als ob Proserpinas Entsetzensschrei sie aufgeschreckt hätte, hob Alcyone, die wie an allen Tagen am Strand saß, den Kopf und sah den Toten nun auch. Wie nahe und deutlich ihr die Erinnerung an sein Gesicht plötzlich wurde, an jeden Zug, jede Miene. Glich dem gestrandeten Leichnam dort draußen das Bild noch, das sie an einem Medaillon um den Hals trug? Wie ohne Besinnung erhob sie sich nun und begann auf die Klippen, die Riffe hinauszulaufen, endlich hatte ihr Rasen ein Ziel, sie sprang, sie hüpfte, sie schnellte von Stein zu Stein und über Felsspalten hinweg, sie flog über die Küstenfelsen dahin. Und dann trieb die Nebelbank weiter und trübte die Sicht;

die Zuschauer verloren die Rasende einen Atemzug lang aus den Augen und sahen im nächsten Augenblick nur noch einen Vogel, der über die Klippen hinausstieß, einen Eisvogel, der flatternd über den Brechern stand, nach einer schönen Folge von Flügelschlägen über dem Leichnam war und sich auf seiner von Aasfressern geöffneten Brust niederließ. Ceyx. Um seine geschlossenen Augen trug er Ringe aus Salz und Salzblüten um die Mundwinkel. Es schien, als liebkose der Eisvogel mit seinen Schwingen das von Schnabelhieben zerhackte Gesicht, die zerrissenen Wangen, die Stirn. Und plötzlich tat sich in diesem zerstörten Antlitz etwas Kleines, Glänzendes, Lebendiges auf, plötzlich verblaßte das Violett und das Schwarz der Verwesung, war der stinkende Schaum in den Haaren nur ein Kranz aus Daunenfedern, weißer, frischer Flaum, taten sich also Perlenaugen auf; Augen. Dann erhob sich aus dem von einer sanften Brise ziselierten Meeresspiegel ein geschnäbelter, zierlicher Kopf, blickte ruckend und wie verwundert um sich, ein kleiner, gefiederter Körper, der sich flügelschlagend aufrichtete und dabei Salzblüten, Wasser und Wundschorf abschüttelte. Und die Zuschauer, die nun keinen Leichnam und keine Trauernde mehr, sondern nur zwei auffliegende Eisvögel sahen, begriffen; manche lachten auch erleichtert und klatschten in die Hände. Schriften erschienen und verlöschten. Namen von Schauspielern, Komponisten, Maskenbildnern; Danksagungen. Dann hörte Cyparis das Scheppern der Spule und griff nach den Knöpfen. Auf Tereus Mauer wurde es dunkel. Es war Nacht in Tomi. Vom Meer wehte ein rauher Wind, der Hundegebell, den Lärm aus der Branntweinstube und die Gespräche des heimkehrenden Publikums bis hoch in die Halden hinauftrug. Erst am Gestrüpp des Weges nach Trachila schien der Wind die letzten Geräusche aus der eisernen Stadt abzustreifen und wurde brausend und leer.

Während auf Tereus Mauer noch die Stürme tobten und das Schlachthaus in der Brandung lag, hatte Cotta hoch oben im Gebirge vergeblich Licht zu machen versucht. Im Haus des Dichters herrschte Dunkelheit. Die an einer Messingkette über dem Herd pendelnde Petroleumlampe hatte den Raum nach jedem Versuch Cottas nur kurz und unruhig erhellt und war dann unter einem Rußfaden wieder erloschen. Wie eine Nachtwache verharrten die beiden Männer nun wieder auf ihren Plätzen — Cotta eine schwarze Gestalt, deren Umrisse sich nur gegen eines der Fenster noch schwach abzeichneten, und Pythagoras reglos und unsichtbar in der jetzt undurchdringlichen Finsternis unter der Steintreppe; die Anwesenheit von Nasos Knecht war nur durch das gelegentliche asthmatische Brodeln seines Atems noch wahrnehmbar. Keiner sprach. Seit Stunden saßen die beiden nun so, und Cotta empfand dieses Schweigen und Stillhalten, dieses völlige Zurücksinken in sich selbst schließlich als die einzige diesem Ort im Gebirge gemäße Form des Daseins; dann erschien ihm die Stille von Trachila sogar groß genug, um den Lärm der gesamten übrigen Welt aufzunehmen und verhallen zu lassen, das Poltern der Steinschläge in den Hochkaren, das Niederbrechen von Mauern und Bäumen, das Stampfen der Manufakturen in den unterworfenen Provinzen — und die Stimmen, die unzähligen Stimmen der Bosheit, der Sanftmut oder Angst, und das Klacken der Elfenbeinkugeln auf den Billardtischen des Spielsalons an der Piazza del Moro auch . . .

In diesem Gebirge verhallte die Welt, und Cotta erinnerte sich an sie. Wie die Luftblasen aus der Wassertiefe nach oben torkeln und steigen, so stiegen aus seinem Inneren Bilder auf, aus der Vergessenheit, und wurden, endlich oben, wieder zu nichts; Bilder, die im Torkeln und Aufsteigen eine Schärfe annahmen, als habe es erst der Kälte dieses Gebirges, der Ruinen von Trachila und der Gegenwart eines verrückten Alten bedurft, um sich an sie zu erinnern. Was Cotta dem

Knecht noch vor Stunden erzählt und redend beschworen hatte, wurde nun auch ohne ein Wort und
lautlos Geschichte. Und doch war es, als hörte Pythagoras auch dem Unhörbaren immer noch zu, als
werde jede dieser stummen Erinnerungen von einem
Sog erfaßt, der sie dann in die Finsternis unter der
Steintreppe trug. So erschien die Pracht Roms und
verschwand; die Junisonne in den Fenstern der Paläste,
die bewegten Schatten der Zypressen auf Nasos Haus,
dessen Fenster nun vernagelt waren; dann die Kolon-
nen des Abendverkehrs, die unter den Platanen der
Boulevards dahinkrochen wie Züge glänzender Insekten.

Pythagoras Atem ging in einen langen, erstickten
Husten über und der Husten wieder in die Stille.
Dann schlurfte ein Schatten auf Cotta zu, der Schatten
eines gebeugten Mannes, Pythagoras Schatten. Nach
so vielen Stunden der Unnahbarkeit hatte sich der
Knecht aus seiner Verstörung erhoben, kam auf den
Römer zu, legte ihm sachte eine Hand auf den Arm
und flüsterte, was willst du.

Einen Augenblick lang empfand Cotta jene panische Ratlosigkeit, in die er stets verfallen war, wenn
ein Meteor einen kurzen, glühenden Strich durch den
Nachthimmel von Sulmona gezogen hatte und nach
den Regeln des Aberglaubens ein Wunsch gedacht
sein mußte, noch ehe die Sternschnuppe verglüht
war. Jetzt trieb ihn das Feuer des Meteors wieder in
das Haus an der Piazza del Moro zurück. Dort brannten Nasos Bücher, nein, brannte in den Flammen der
Handschriften ein einziges Buch. Allein der Titel
dieses Buches war in der Residenzstadt des Imperators

Augustus eine Anmaßung gewesen, eine Aufwiegelei in Rom, wo jedes Bauwerk ein Denkmal der Herrschaft war, das auf den Bestand, auf die Dauer und Unwandelbarkeit der Macht verwies. *Metamorphoses,* Verwandlungen, hatte Naso dieses Buch genannt und dafür mit dem Schwarzen Meer gebüßt. Cotta sah das Buch brennen und spürte noch einmal den Luftzug, der damals in den glosenden Seiten geblättert hatte, und wandte sich endlich dem Schatten des Knechtes zu und antwortete: Das Buch.

Das Buch. Wie von einem Bannspruch abgewehrt, ließ der Schatten von Cotta ab. Dann wurde es licht. Nasos Knecht stand nun über den Herd gebeugt; die Lampe, die er mit wenigen, knappen Handgriffen entzündet hatte, pendelte träge ins Lot zurück. An den Wänden krümmten sich die Schatten. Das Buch. Wie lange hatte Naso an diesem verbrannten Buch geschrieben? Vier Jahre? Fünf? Cotta kam aus einer Zeit, in der die Verwandlungen als *Nasos Projekt,* als ein ebenso rätselhaftes wie unerschöpfliches Thema immer wieder in den literarischen Zirkeln Roms oder im Feuilleton der großen Blätter besprochen worden waren. Naso, hieß es, arbeite nun in aller Stille an seinem Hauptwerk. Damals wurde eine Tragödie, die er geschrieben hatte, in den vornehmsten Schauspielhäusern des Imperiums und noch in den Provinztheatern beklatscht. Nasos Bücher lagen in den Schaufenstern der Buchläden zu Pyramiden und Mosaiken geordnet unter Plakaten mit seinem Porträt, und selbst die Huren in den Puffs der Residenz borgten sich ihre Decknamen aus seinen in hohen Auflagen gedruckten erotischen Gedichten. Auch die Liebesbriefe der besseren Leute waren oft nur Abschriften seiner wunderbaren Elegien. Nasos Name fiel aber schließlich auch, wenn von Skandalen die Rede war, von Gartenfesten, Banketten, modischem Luxus oder den Abenteuern der Macht ... Kein Zweifel, Naso war berühmt. Aber ein berühmter Dichter, was war das schon? Naso brauchte sich doch nur in einer Branntweinstube der Vorstadt zu den Handwerkern zu setzen oder ein, zwei Fußstunden von Rom entfernt unter den Kastanien eines Dorfplatzes zu den Viehhändlern und Ölbauern — und keiner kannte seinen Namen mehr oder hatte auch nur jemals von ihm gehört. Was war denn das kleine, elegante Publikum der Poesie gegen die ungeheuren Menschenmassen, die sich im Zirkus, in den Stadien und auf den Tribünen entlang der Rennbahnen vor Begeisterung die Hälse wundschrien? Nasos Ruhm galt nur, wo der Buchstabe etwas galt und war außer Kraft, wo auch nur ein Langstreckenläufer über die Aschenbahn einem Sieg entgegenkeuchte oder ein Artist auf dem Hochseil eine Straßenschlucht überquerte. Allein gegen das Rauschen der Kleider von hunderttausend Untertanen, die sich in der Arena von ihren Plätzen erhoben, wenn der Imperator unter seinen Baldachin trat, war der Applaus in einem Theater ein vergleichsweise bescheidener, lächerlicher Lärm. Obwohl Naso gewußt haben mußte, daß die Ovation der Arena eine der Poesie unerreichbare Form des Beifalls war, schien er manchmal einer Sucht nach diesem Jubel verfallen zu sein; dann hielt er sich ganze Tage lang in der Nähe der großen Stadien auf, saß dort im Schatten eines Sonnenschirms und hörte dem an- und abschwellenden Tosen der Begeisterung zu. Daß er schließlich selber vor die Massen wollte, war wohl auch eine der Bedingungen seines Unglücks. Denn was in den Stadien tobte und sich brüllend gefügig hielt, beanspruchte ein einziger für sich allein: Augustus, Imperator und Held der Welt.

Das Buch ..., sagte Pythagoras und wies mit einem Feuerhaken, mit dem er eben eine leere Aschenlade in den Herd zurückgestoßen hatte, auf Cotta, ... der da will unser Buch. Wie behende der Greis nun war. Licht hatte er gemacht, Feuer hatte er gemacht, hatte die Fenster geschlossen, ein steinernes Becken mit Wasser gefüllt und über allen Verrichtungen sein leises Selbstgespräch wieder aufgenommen: Der da, was will der da, geben wir ihm Zwiebeln, Brot geben wir ihm und Wasser für die Hände; ein Buch will er? Vielleicht hat er Durst, und die Fenster schließen wir auch ...

Cotta war ein höflicher Gast. Fröstelnd saß er in dem trotz des prasselnden Herdfeuers immer noch eiskalten Raum, nahm mit einer leichten, abwesenden Verbeugung eine Zwiebel aus Pythagoras Hand entgegen, ein Stück Schwarzbrot, dann eine Karaffe voll Essig und erhob sich gehorsam, als der Greis diese Karaffe schließlich in die eine und ein Windlicht in die andere Hand nahm, mit einem Tritt die Tür aufstieß und ihm zu folgen bedeutete.

Der Lichtschein aus Nasos Haus fiel lang über den alten Schnee des Hofes und streifte noch den Maulbeerbaum, aus dem der Wind die Beeren pflückte und über den Firn rollen ließ, schwarze Käfer. Dann zerriß eine Wolkenbank, als müßte nun auch dem römischen Gast in diesem Gebirge vorgeführt werden, was Naso und seinem Knecht so oft gezeigt worden war und den Verbannten vielleicht ebensosehr getröstet wie an seine Verlassenheit erinnert hatte: Der Nachthimmel über den Ruinen von Trachila, die Sternbilder der Leier, des Drachen und der Krone und ein narbiger Mond, der hinter einem Bergrücken aufging und dabei die Fichten auf einer Felsnase hoch oben als Scherenschnitte erscheinen ließ. Der Mond, sagte Pythagoras, ohne seinen Blick von den in Stein gehauenen Stufen zu wenden, die vom Hof in den Garten hinabführten in die Wildnis, die vor Nasos Fenstern lag. Der Mond, wiederholte Cotta so zögernd, als habe er eben das erste Vokabel aus der Sprache des Knechtes gelernt; *luna.*

Cotta stolperte dem Greis hinterher und spürte, wie Pflanzen sich an ihn herandrängten, schließlich an ihn streiften und ihn schlugen, Zweige, Blätter; waren das Farne? große Farnwedel, wie er sie in den verwilderten Olivenhainen Siziliens und Kalabriens gesehen hatte? Jetzt schloß sich die Wildnis hinter ihm und über ihm; der Knecht blieb mit seinem Windlicht voran; weiter, komm.

Am Nachmittag, aus Nasos Fenstern, war das hier nur ein dichter Garten gewesen, hatte Cotta nur irgendein Dickicht wahrgenommen, einen undeutlichen, dunkelgrünen Vordergrund für das Blaue des Meeres, das er in der dunstigen Tiefe dahinter mehr geahnt als gesehen hatte. Aber jetzt. Das Dickicht hatte Nasos Haus, hatte das Gebirge, selbst das Mondlicht verschluckt und schien sich allein vor den Schritten des Knechtes und dem Schein seiner Lampe nach und nach zu öffnen.

Jetzt blieb Pythagoras stehen und schrieb mit dem Windlicht einen langsamen Bogen in die Dunkelheit; die beiden waren ans Ende ihres kurzen Weges gelangt und standen nun auf einer schmalen, vom Dickicht fast völlig überdachten Lichtung, auf der jeder Bewuchs verdorrt zu sein schien. An den Rändern dieses dunkelgrünen Raumes schlossen sich die Pflanzen wie zur Undurchdringlichkeit. Cotta stand im Lampenlicht, wandte sich um und sah nur seinen Schatten, der gegen die Blätterwand zeigte, aber erkannte schon nicht mehr, an welcher Stelle sie aus dem Dickicht getreten waren. Pythagoras schrieb mit seiner Lampe an dem Bogen weiter, vollendete ihn zum Kreis, und im dahinhuschenden Licht sah Cotta Steine, Granittafeln, Menhire, Schieferplatten, Säulen und rohe, wuchtige Quader, aufrecht die einen, andere gestürzt und schon tief in die Erde gesunken, wie von einer großen Gewalt über diese Lichtung verstreut, von Flechten und Moos überwachsen, ein verfallener Skulpturengarten oder ein Friedhof. Nein, das war kein Moos, das waren keine Flechten auf den Steinen; das waren Hunderte, Tausende kleiner Nacktschnecken, ineinander verschlungen und übereinander kriechend bedeckten sie diese Steine an vielen Stellen, lange, schimmernde Polster.

Pythagoras ging zwischen den Steinsäulen umher wie zwischen Menschen oder ihren Gräbern, blieb hier stehen und murmelte einige unverständliche Worte, warf auf den nächsten Stein nur einen flüchtigen Blick, nickte einem Monument zu, stellte seine

Essigkaraffe zu Boden und faßte an einen Schnecken-
mantel wie an eine Schulter, griff in das schleimige
Geflecht und war schon einen Schritt weiter, als Cotta
Ekel empfand. Sie waren in Nasos Garten. Der
Knecht wandte sich nun einem Megalithen zu, der ihn
finster überragte und goß mit einer beiläufigen Bewegung einen Essigstrahl über eine Schneckenkolo-
nie.

Noch im gleichen Augenblick wich die Stille der
Lichtung einem hohen, vielstimmigen und feinen
Pfeifen, kaum lauter als das sehr ferne und in der
Weite fast unhörbar gewordene Geräusch einer Wind-
harfe, und Cotta begriff, daß dies der Lärm des Ster-
bens war, das Entsetzen und der Schmerz der Schnekken ... und sah, wie in dieses zähe, feuchte Strick-
werk aus Fühlern und Leibern die Bewegung des
Todes kam, ein jähes, zuckendes Leben. Die Schnekken wanden und krümmten sich unter der furchtbaren Wirkung der Säure und stießen zu ihrem Todes-
pfeifen Trauben von Schaum hervor, Schaumblüten,
glitzernde, winzige Blasen. Dann fielen die Tiere
sterbend ab, stürzten, glitten, rannen umarmt den
Stein hinab und gaben ihn frei. Und dann erschien
auf einer solchen, vom Leben befreiten Stelle das
Wort FEUER. Cotta sah, daß der Stein eingemei-
ßelte Schriftzeichen trug, und der Knecht fuhr mit
seinem Schneckenvernichtungswerk fort. Die Dunkelheit war erfüllt vom feinen Gesang des Schmerzes.
Der Knecht ging mit seiner Karaffe von Stein zu
Stein, verteilte den Essig mit Bedacht und wie nach
einem Plan auf die Schneckenpolster, und auf den
wüsten Flächen erschienen immer mehr Worte,

Sätze, unleserlich manche, andere ungelenk einge-
schlagen wie von einem, der sich in der Steinmetz-
arbeit erst versucht hatte, finger- und handgroße
Schriftzeichen.

Dreizehn, vierzehn, fünfzehn behauene Steinsäulen
zählte Cotta schließlich und las hier das Wort FEUER
oder ZORN, dort GEWALT, STERNE und EISEN und
begann zu begreifen, daß er vor einem auf fünfzehn
Menhire verteilten, gemeißelten Text stand, einer
Botschaft auf Basalt und Granit unter einem Mantel
aus Schnecken. Und dann war es Pythagoras, der
still stand und Cotta, der ihm das Windlicht aus der
Hand genommen hatte, zwischen den Steinen um-
hergehen sah, immer hastiger und ungeduldiger,
gierig nach dem Zusammenhang und Sinn der Sätze;
ein Bruchstück auf jedem Stein.

Cotta entzifferte und flüsterte die Worte wie einer,
der lesen lernt, zerriß nun mit seinen eigenen Händen
die Schneckenmäntel dort, wo er neue Worte vermutete und fügte, was zum Vorschein kam, aneinander, prüfte und verwarf den Sinn und Zusammenhang
einmal und wieder, begann das Spiel irgendwo anders
und neu, bis ihm schließlich schien, als seien alle
Möglichkeiten der Zusammensetzung und Verbin-
dung der Bruchstücke in einer einzigen Nachricht
erschöpft:

ICH HABE EIN WERK VOLLENDET
DAS DEM FEUER STANDHALTEN WIRD
UND DEM EISEN
SELBST DEM ZORN GOTTES UND
DER ALLESVERNICHTENDEN ZEIT

WANN IMMER ER WILL
MAG NUN DER TOD
DER NUR ÜBER MEINEN LEIB
GEWALT HAT
MEIN LEBEN BEENDEN

ABER DURCH DIESES WERK
WERDE ICH FORTDAUERN UND MICH
HOCH ÜBER DIE STERNE EMPORSCHWINGEN
UND MEIN NAME
WIRD UNZERSTÖRBAR SEIN

Obwohl Cotta auf der Welt nur einen einzigen Mann kannte, der zu einer solchen Vision fähig war, rief er dem Knecht durch die Dunkelheit zu, wer hat das geschrieben. Pythagoras stand am Rand des Lichtkreises und schabte mit einem dürren Stück Holz Schneckenreste aus der tief gemeißelten Gravur des ICH und sagte, was er sagen mußte, den Namen seines Herrn.

Aber wo war Naso? War er am Leben? Hielt er sich in dieser Wildnis verborgen? Fort, sagte Pythagoras nur, er ist fort. Was bedeutete *fort*? Fort bedeutete, daß Ovid sich eines Morgens wie immer erhoben und das Fenster geöffnet hatte, daß er das Eis im großen Steintrog des Hofes mit einer Axt aufschlug und einen Krug Wasser schöpfte; fort bedeutete, daß an irgendeinem Wintermorgen alles wie immer gewesen und Naso ins Gebirge gegangen und nicht wiedergekommen war. Wie lange dieser Morgen, dieser Winter zurücklag? Ein Jahr? Zwei Jahre? Und hatte jemand nach dem Verschwundenen gesucht? Aber jetzt zuckte der Knecht nur die Achseln und schwieg. Das ICH schimmerte nun blank, wie frisch gemeißelt auf dem Menhir. Pythagoras warf sein Schabwerkzeug zufrieden fort, trat einen Schritt zurück und betrachtete seine Arbeit: ICH HABE EIN WERK VOLLENDET.

Vollendet. In Rom hatte man nur Fragmente gekannt. In seinem Bedürfnis nach Applaus und Jubel hatte Naso von seinem Publikum Aufmerksamkeit und Zustimmung nicht nur für seine vollendeten Arbeiten verlangt, sondern auch für seine Vorhaben und ungeschriebenen Phantasien. So gehörte es schließlich zur Routine in den literarischen Quartieren der Residenz, daß Naso dort gelegentlich in überfüllten, stickigen Räumen die unterschiedlichsten Proben aus seinen entstehenden Verwandlungen vorlas, ohne dabei den Gesamtentwurf dieser Arbeit jemals preiszugeben. Diesen Lesungen folgten mit berechenbarer Regelmäßigkeit Vermutungen, Proteste und alle Zeichen einer neugierigen bis ehrfürchtigen Erwartung, die Naso als besondere Spielformen des Beifalls zu genießen schien. Wenn er vorlas, saß er zumeist tief gebückt über seinen mit einer winzigen Schrift bekritzelten Blättern und trug ohne Gesten und Pathos und so leise vor, daß die Zuhörer zu höchster Aufmerksamkeit gezwungen waren. Machte er Pausen, dann herrschte plötzlich eine große, atemlose Stille. In eine solche Stille hinein sprach Naso am Ende einer Lesung dann auch den fast unhörbaren Dank an die Zuhörer und verließ das Podium, ohne jemals Fragen zu beantworten oder sie auch nur anzuhören. Diese Schroffheit stand in einem seltsamen

Gegensatz zu der Offenheit und Freizügigkeit, mit der er über Liebe und Krieg und selbst über die Mühen des Erzählens schrieb und daraus vorlas. Es war, als hätte er nach und nach *alles,* was er zu sagen und zu schreiben imstande war, in das Reich seiner Dichtungen verlegt, in die gebundene Rede oder eine vollendete Prosa und wäre darüber in der Welt der Alltagssprache, des Dialektes, der Schreie und gebrochenen Sätze und Phrasen verstummt.

In seinen Lesungen aus den *Metamorphoses* brachte Naso aus jedem Zusammenhang gelöste Personen und Landschaften zur Sprache, Menschen, die sich in Bestien verwandelten und Bestien in Stein, beschrieb Wüsten und urzeitliche Wälder, sommerliche Parks und den Anblick von Schlachtfeldern nach der Schlacht; aber nur selten las er geschlossene Episoden vor, selten Geschichten, dabei schien das Heer seiner Erfindungen unübersehbar: Strahlende Helden traten auf und Schergen, Gedemütigte in Ketten, Menschen, sanfte und grausame, deren Genealogien durch die Reiche der Tiere und Pflanzen bis in die kristalline Welt hinabführten; Hunde und Kühe erschienen, die sprachen, klagten, Fabelwesen und vergessene Götter ... Das Publikum wurde aus dem großen Bogen, an dem entlang Naso seine Fragmente aneinanderreihte, nicht klug; schrieb Naso nun an einem Roman oder war es eine Sammlung kleiner Prosa, eine poetische Geschichte der Natur oder ein Album der Mythen, Verwandlungssagen und Träume? Naso schwieg und ließ alle Vermutungen zu, widersprach keiner, förderte aber auch keine andere und nährte so die allmählich wachsende Verwirrung um sein Werk, das schon jetzt sein *Hauptwerk* hieß, obwohl keiner mehr gesehen hatte als einige eng beschriebene Blätter und keiner mehr gehört als die öffentlichen Lesungen.

Wenn sich der Gang und die Ausbreitung der Gerüchte aber einmal verlangsamten, dann belebte Naso das Interesse jedesmal selbst mit einer neuen Lesung. Alle Fäden dieses Netzes aus Vermutungen und Erwartungen führten stets zu ihm zurück, der seine Arbeit mit so vielen Rätseln und Geheimnissen umgab und damit die dahinter verborgene Wahrheit nicht nur kostbarer machte, sondern sie auch jeder Kritik und Kontrolle entzog. Verwandlungen: Allein der Name dieses Werkes blieb durch alles Gerede hindurch außer Zweifel — ein Name, der schließlich auch zum Stichwort jener verhängnisvollen Vermutung wurde, Naso schriebe an einem Schlüsselroman der römischen Gesellschaft, in dem sich viele Bürger von Rang und Vermögen mit ihren geheimen Leidenschaften, Geschäftsverbindungen und bizarren Gewohnheiten wiederfinden würden: Von Naso maskiert und entlarvt, dem Klatsch und der Lächerlichkeit preisgegeben.

Auch wenn vorerst keine einzige Lesung diesen Verdacht begründete, blieb doch unbestreitbar, daß der auf so vielen Abendgesellschaften vorgeführte und in so viele Häuser geladene Dichter diese Gesellschaft, ihre Salons wie ihre Keller, gut genug kannte, um zu einem solchen Roman in jeder Hinsicht fähig zu sein. Nicht, daß er tatsächlich an diesem Roman schrieb, sondern daß plötzlich und erschreckend klar wurde, daß er ihn schreiben *könnte,* war dann auch einer der Gründe dafür, warum man diesem Dichter in Rom allmählich zu mißtrauen, ihn zu meiden und schließlich zu hassen begann. Aber Nasos Stern schien lange Zeit unangreifbar und stieg selbst zu einem Zeitpunkt noch weiter, zu dem ihm aus vielen Häusern das Mißtrauen schon unverhohlen entgegenschlug. Seine Berühmtheit steigerte sich durch einen Skandal sogar bis in jene Volksnähe, die seinen Namen nun ebenso groß und klobig wie den Namen irgendeines siegreichen Athleten oder Film-schauspielers in die Schlagzeilen zwang.

Der Skandal begann an einem heißen September-abend, an dem auf einer der kleineren Bühnen der Residenz eine Komödie Premiere hatte. Das Stück, eine lose Szenenfolge, hieß *Midas,* war nach den an den Bäumen der großen Boulevards plakatierten Ankün-digungen der Theaterdirektion ein weiterer Auszug aus Nasos rätselhaftem, entstehenden Werk und handelte von einem bis zur Verrücktheit musikbe-geisterten Reeder aus Genua, dem in einer rasenden Geldgier alles zu Gold wurde, was er berührte; zuerst waren es nur die Kiesel eines Gartenweges, Stuck-rosen und eine Strohgarbe, aber nach und nach er-starrten dem Reeder auch die Jagdhunde, die Früchte, nach denen er griff, Wasser, in dem er sich baden wollte, und schließlich die Menschen, die er liebkoste, festhielt oder schlug. Am Ende saß der Unglückliche starrend vor Schmutz, bis zum Skelett abgemagert in einer goldenen Wüste, umgeben von den mattschim-mernden Skulpturen seiner Liebsten und sprach aus dieser metallenen Welt einen hallenden Monolog, der nicht nur eine Verfluchung des Geldes, sondern eine pointenreiche Verspottung aller war, die danach gierten. In diesem vom Gelächter und Applaus des Publikums immer wieder unterbrochenen Monolog fielen endlich auch in Palindromen und Schüttelreimen verborgene Namen von stadtbekannten Aufsichtsratsvorsitzenden, Abgeordneten und Richtern ... Der Reeder wurde schließlich von seinem Fluch und dem Hunger nur im Tausch gegen ein anderes, wenn auch milderes Schicksal erlöst: Seine Ohren wurden haarig und lang und seine Stimme brechend und klagend wie die eines Esels. So trat er ab. Das Publikum johlte vor Vergnügen und warf Samtkissen und Blumen auf die Bühne. An diesem und an zwei weiteren Abenden war das Theater ausverkauft und die Luft vom Schweiß und Parfüm der vielen Zuschauer so schwer, daß die Platzanweiser auch während der Vorstellung Tannenduft aus bauchigen Flakons versprühten.

Am vierten Abend hinderte ein berittener Polizeitrupp mit Stahlruten und langen Gerten das Publikum am Betreten und die Schauspieler am Verlassen des Theaters; dabei wurden Schauspieler wie Zuschauer verletzt, die dann in ihren goldenen Kostümen und festlichen Kleidern blutend und klagend auf den Freitreppen und in den Säulengängen des Theaters lagen, bis sie weggezerrt wurden. Ein Senator aus Ligurien, der in Genua und Trapani Werften besaß, und von dem später bekannt wurde, daß er an seinem sizilianischen Sommerwohnsitz ein großes, privates Walzerorchester unterhielt, hatte die Komödie verbieten lassen.

Gegen die öffentliche Empörung, vor allem gegen den Protest der Zeitungen, der die Zensur scheinbar ungehindert passierte, rechtfertigte der Senator das

Verbot und den Einsatz der Berittenen mit zwei langen Reden, die auch gedruckt und als Flugblätter über die Theaterplakate geklebt wurden. Naso schwieg auch dazu. Seinen Höhepunkt erreichte der Skandal schließlich, als einer der Leibwächter des Senators an einem frühen Morgen dieser Tage am Ufer eines ausgedehnten Schilfteiches bei Rom in Ketten, mit zertrümmerten Hand- und Kniegelenken und so verstört gefunden wurde, daß er noch nach zehn Tagen zu keiner Erklärung, ja keinem einzigen Wort fähig war; der Mann starrte allen Fragern nur maßlos erschreckt und blöde ins Gesicht und blieb so gänzlich ohne Verstand und Sprache, daß man ihn, als das Interesse an seiner Verstümmelung nachließ, in eine geschlossene Anstalt brachte, wo er verkam. Zwar gelang es keiner Intrige, einen Zusammenhang zwischen der Empörung gegen das Verbot der Komödie und dem Elend des Leibwächters herzustellen, trotzdem blieb die Erinnerung an den Verstümmelten aus dem Schilf und das Fauchen der Stahlruten vor dem Theater an der Komödie und damit an Naso haften. Was war das für eine Dichtung, die eine solche Gewalt zu provozieren vermochte?

Naso hatte sein Schweigen nur ein einziges Mal gebrochen, als er über eine Tageszeitung verbreiten ließ, seine Gestalt des *Midas* sei an dem nun verwüsteten Theater bis zur Unkenntlichkeit entstellt worden, keinem Reeder und keiner lebenden Person habe er seine Szenenfolge gewidmet, sondern allein einem griechischen König, dem Urbild der Gier und des törichten Reichtums, ja er habe noch niemals das platte Gleichnis der römischen Wirklichkeit zu gestalten versucht; das Verbot könne also unmöglich ihm, sondern bloß einer falschen Auslegung gegolten haben ... Aber weil dies die einzige Erklärung blieb, die Naso zu seinem Werk jemals abgab, wurde sie als die übliche Vorsicht abgetan und fand kaum Beachtung. Und weil dieser Skandal schließlich auch für ihn selbst so gänzlich unerwartete Wirkungen zeitigte — auch die Losverkäufer, die Fisch- und Limonadenhändler, die Geldwechsler und Analphabeten kannten nun seinen Namen —, widersprach der Dichter der weiteren Entwicklung nicht mehr. Er wurde also *populär*.

Naso wechselte die Kreise. Sein Name erschien in den Klatschspalten. Als Hofnarr oder verruchter Aufputz der Anwesenheitsliste eines Banketts wurde er nun in Häuser geladen, in denen es zwar kaum noch Bücher gab, dafür marmorne Standbilder, Lichtschranken, versilberte Brunnenbecken und Jaguare im Zwinger. In solchen Häusern wohnte nicht bloß feine Gesellschaft, sondern die Gesellschaft der Macht, wohnten Familien, deren Prunk und von Hunden, glasscherbenbewehrten Mauern, Scharfschützen und Stacheldrahtverhauen gesicherter Luxus schon ein Abglanz des Imperators war. In einem dieser Häuser wurde irgendwann spät nachts, unter dem Beifall und Gelächter von betrunkenen Kostümierten und im Spinnenlicht von Feuerwerksgarben, auch der Vorschlag gemacht, doch diesen Dichter, diesen Provokateur aus Sulmona, eine der Festreden zur Eröffnung des neuen Stadions halten zu lassen; der vom Stadtsenat dafür bestimmte Redner, so hatte eine Nachricht gelautet, die das Gartenfest an diesem

Abend nur kurz unterbrach, sei am späten Nachmittag einem Blutsturz erlegen.

Diesem jähen Tod, dem Verlauf eines Gartenfestes und der selten einmütigen Laune einiger dazu geladener Würdenträger verdankte Naso schließlich einen Auftrag, der ihn am nächsten Morgen, vierzig Stunden vor der Eröffnung des Stadions erreichte und ihm weder die Möglichkeit der Ablehnung noch der Zustimmung, sondern nur die des Gehorsams ließ: Publius Ovidius Naso werde die achte von insgesamt elf Reden über die Wohltat des neuen Stadions halten, eine Rede von zehn Minuten Länge vor zweihunderttausend Römern im steinernen Oval — und dem Erhabenen in ihrer Mitte, Augustus Imperator, der jedem der elf Redner das Wort selbst erteilen werde.

Das aus Kalkstein und Marmorblöcken aufgetürmte Stadion, das sich aus einem unter großen Opfern entwässerten Moorgebiet des südlichen Tibertales erhob, sollte nach einem Traum des Imperators und nach seinem unbeugsamen Willen Zu den Sieben Zufluchten genannt werden. Jahrhundertelang hatten sich aus diesem Moor nur die flirrenden, schwankenden Säulen der Fiebermückenschwärme erhoben und Aasvögel den Himmel beherrscht, die über den Kadavern von Ziegen und Schafen, seltener auch den Leichnamen von Hirten kreisten, von Moorbewohnern, die von den Knüppelpfaden abgekommen und im Morast erstickt waren. Das Stadion Zu den Sieben Zufluchten war die Krönung eines epochalen Entwässerungswerkes, das in den Jahren der Grabarbeit als das größte Geschenk des Imperators an Rom gepriesen wurde.

In diesem gewaltigen Kessel aus Stein, in dem in der Eröffnungsnacht zweihunderttausend Menschen ihre mit Buntpulver bestreuten Fackeln nach den Kommandos einer Schar von Zeremonienmeistern zu lodernden Ornamenten erhoben, im Tosen der Blutorchester der Armee, die sich auf den Aschenbahnen zur Parade formierten, inmitten dieser entsetzlichen Herrlichkeit, in der sich das Volk von Rom unter den Augen des Imperators in ein einziges, brennendes, rasendes Muster verwandelte, begann Nasos Weg in die äußerste Einsamkeit, sein Weg an das Schwarze Meer. Denn auf einen Wink des Imperators, der nach sieben Reden schon gelangweilt schien und der nun auch dem achten Redner das Zeichen aus einer solchen Ferne gab, daß Naso nur die tiefe Blässe in Augustus Antlitz wahrnahm, aber keine Augen, kein Gesicht ..., auf einen müden, gleichgültigen Wink also, trat Naso in dieser Nacht vor einen Strauß schimmernder Mikrophone und ließ mit diesem einen Schritt das römische Imperium hinter sich, verschwieg, vergaß! die um alles in der Welt befohlene Litanei der Anreden, den Kniefall vor den Senatoren, den Generälen, ja dem Imperator unter seinem Baldachin, vergaß sich selbst und sein Glück, trat ohne die geringste Verbeugung vor die Mikrophone und sagte nur: Bürger von Rom.

Naso sprach leise wie immer, aber diesmal wurde die Ungeheuerlichkeit seiner Worte tausendfach verstärkt, hallte durch den samtschwarzen, mit Flammen und Sternen besetzten Raum des Stadions, rauschte die Logen, die Balustraden, Sperrmauern und Brüstungen entlang und dann die steinernen Kaskaden hinauf, brach sich erst hoch oben, irgendwo in dieser Unendlichkeit und schlug von dort in verzerrten, metallischen Wellen zurück. Unter den Baldachinen des Hofes verstummte plötzlich alles Flüstern und Geplauder, wich einer Stille, die einige Atemzüge lang jede Bewegung, selbst das Augenspiel und das Wehen der Pfauenfedern auf den Fächern unterbrach. Allein der Imperator saß zurückgelehnt im Schatten seiner Garde und starrte abwesend in das Feuerornament und schien wie taub und schien nicht zu begreifen, daß Naso, diese schmale, vornübergebeugte Gestalt dort in der Ferne, eben das erste Gesetz des Reiches gebrochen und ihm die Verehrung versagt hatte. Und damit nicht genug. Denn scheinbar ungerührt vom Entsetzen hinter seinem Rücken erhob Naso nun seine Stimme und begann die Schrecken der Pest zu beschwören, erzählte von einer Seuche, die im Saronischen Golf, auf der Insel Aegina, gewütet hatte, erzählte von der Dürre eines Sommers, in dem als erstes Zeichen des Unheils Millionen von Schlangen durch den Staub der Felder gekrochen seien und vom Gifthauch, der dem Zug der Vipern gefolgt war; von Ochsen und Pferden, die im Geschirr und vor dem Pflug plötzlich niederbrachen und verendeten, noch bevor ein Knecht sie aus dem Joch nehmen konnte, erzählte von den Bewohnern der Städte, denen der Tod in schwarzen Beulen aus dem Leib brach.

Endlich verdunkelte sich der Himmel und Regen fiel; aber es war nur heißes, übelriechendes Wasser, das die Pest noch in die letzte Zuflucht der Insel schwemmte. Eine große Mattigkeit senkte sich über das Land; die Menschen begannen in Massen unter den plötzlichen Schlägen des Fiebers zu taumeln und sanken dann neben ihr Vieh hin, das schon einen Panzer aus Fliegen trug; vergeblich versuchten die Bewohner Aeginas, ihre glühende Haut an den Felsen zu kühlen, preßten ihre Stirn gegen die Schollen und umarmten die Steine.

Aber diese Glut, sagte Naso, war nicht zu kühlen. An diesem Fieber, sagte Naso, erwärmten sich selbst die Felsen und alles Land. Jetzt krochen die Siechen aus ihren Häusern wie zuvor die Schlangen aus den Rissen und Löchern der Erde und lallten vor Durst und krochen den Vipern an die Ufer der Flüsse, der Seen und Quellen nach und lagen im seichten Wasser und tranken umsonst. Der Durst der Pest war nur mit dem Tod zu löschen. Also starben die Trinkenden und die Spiegel der Gewässer wurden blind.

Wem bis zu dieser Stunde noch die Kraft dazu geblieben war, sagte Naso, der tötete seinen Nächsten aus Mitleid und legte dann Hand an sich, stach zu, stürzte in eine Schlinge oder die Kalkklippen hinab oder fraß als letzte Arznei Kristallscherben und Glas. Aegina verging. Bald gab es keine Erde mehr, um die Leichen zu begraben, keine Wälder, um sie zu verbrennen und keine Hand, die noch eine Schaufel oder eine Fackel zu halten vermocht hätte. Allein die Fliegen nahmen sich der Kadaver und der Toten an; smaragdgrün und blau schillernd von ihren Schwärmen und summend lag Aegina unter Wolken im Meer.

An den Abhängen des Berges Oros, sagte Naso, dehnte sich damals das größte aller Leichenfelder aus; dort waren jene Verzweifelten gestorben, die aus der

Hitze und dem Verwesungsgestank der Niederungen ins Gebirge zu flüchten versucht hatten. Die meisten Toten lagen im Schatten einer Eiche, des einzigen Baumes weithin; diese Eiche war so alt wie die ältesten Bäume der Insel und mächtig wie eine Festung. In den Narben und Rissen ihrer Rinde und durch die Flechten und Mooswälder ihrer Astgabelungen stürmten Ameisenvölker in schimmernden Strömen dahin, unzählige Insekten, die dem Baum seine dunkle Farbe gaben und ein Aussehen, als bestünde er aus Abermillionen glänzender Schuppen.

Als auf Aegina in diesen Tagen auch die Klage des letzten Menschen verstummt war, verließen die Ameisenvölker ihre Eiche, flossen den Stamm hinab wie das Wasser eines Wolkenbruchs, verteilten sich in vielen Adern über die Leichenfelder und ergriffen dort von allen Leerräumen Besitz, eroberten gegen die Übermacht der Fliegen die Augenhöhlen, die offenen Münder, die Bäuche, Gehörgänge und die flachen Senken, die an der Stelle der Pestbeulen geblieben waren. In immer dichteren Scharen rannten sie dahin und schlossen sich in den Höhlungen zusammen, verdichteten sich zu neuen, zuckenden Muskeln, zu Augen, Zungen und Herzen, ja formten, wo Glieder verwest waren und fehlten, mit ihren Leibern das Fehlende nach, Arme, Beine, *wurden* zu Armen und Beinen und formierten sich zuletzt auch zu Gesichtszügen, zum Ausdruck und Mienenspiel; aus ihren schon verschwindenden Mäulern spieen sie dann weißen Schleim, der auf den Skulpturen ihrer Masse zu Menschenhaut erstarrte und wurden so vollends zum neuen Geschlecht von Aegina, einem

Volk, das im Zeichen der Ameisen stand: Es erhob sich schweigend, verließ die Hänge des Oros in Massen und bewegte sich auch in Zukunft nur in Massen fort; es war willig und ohne Fragen und folgte den neuen Herrschern, die von gleicher Herkunft waren, in die Triumphe wie in das Elend der Zeit, ohne Murren durch das Eis der Alpen, über die Meere und durch Wüsten, in Kriege, Eroberungszüge und selbst ins Feuer; es war ein genügsames, starkes Volk, das zu einem Heer von Arbeitern wurde, wo Gräben zu ziehen, Mauern zu schleifen und Brücken zu schlagen waren; in Zeiten des Kampfes wurde dieses Volk zu Kriegern, in denen der Niederlage zu Sklaven und im Sieg zu Herren und blieb durch alle Verwandlungen doch beherrschbar wie kein anderes Geschlecht.

Und was die Eiche der Ameisen für das Glück der Insel Aegina war, sagte Naso dann in den Strauß der Mikrophone und schloß seine Rede, das werde nun und in Zukunft dieses Bauwerk der Sümpfe, das Stadion Zu den Sieben Zufluchten, für das Glück Roms sein — ein Ort der Verwandlung und Wiedergeburt, ein steinerner Kessel, in dem aus Hunderttausenden Ausgelieferten, Untertanen und Hilflosen ein Volk gekocht werde, so wandelbar und zäh wie das neue Geschlecht von Aegina, so unbesiegbar. Und schwieg.

Nichts geschah. Kein Gewehr und kein Schlagstock der venezianischen Garden wurde gegen den Redner erhoben; die Waffen und Blicke des Hofes blieben gesenkt; das Feuerornament im Oval johlte und klatschte den gleichen Beifall, der auch nach den anderen Reden aufgerauscht war; vielleicht, weil in der Anwesenheit des Imperators nur Beifall und Zustimmung geboten, vielleicht aber auch, weil etwas von Stärke, von Unbesiegbarkeit gesagt worden war. Dann verebbte das Rauschen, und Naso trat unbehelligt in die Reihe der Redner, in die Komparserie zurück. Nichts geschah. Denn Augustus lag schlafend, schnarchend in seinen schweren Prunkgewändern unter dem Baldachin, während ein dünner Mann, ein Gymnastiklehrer aus den Abruzzen, ihm mit einem in Eukalyptusöl getunkten Pergamentfächer die Fliegen vom Leibe hielt.

Und so empfing Naso in dieser Nacht gemeinsam mit den anderen Rednern den Dank des Imperators, silberbeschlagenes Zaumzeug, und schritt nach den Regeln der Zeremonie die Stufen zur Aschenbahn hinab, sehr langsam. Dort wurden ihm die Riemen von einem Stallknecht des Hofes abgenommen, wurden elf Schimmel aufgezäumt und den Rednern übergeben, die dann in den Sattel mußten. Auf den Rücken ihrer Pferde, steif und schwankend wie elf Metronome, die den Takt gegeneinander schlugen, verschwanden die Beschenkten schließlich im Glanz der Parade, einem klirrenden Strom, der an den Masken des Hofes und den Fackeln des Volkes vorüber und durch das Nordtor des Stadions in die Nacht hinauszog, gegen Rom.

Vielleicht hatte sich Naso in einem maßlosen Augenblick seines Lebens seinen Triumph *so* vorgestellt: Hoch im Sattel unter den Augen des gesamten Hofes und der versammelten Mächtigen des Reiches, hoch zu Pferd vor dem Imperator, und so Hufschlag für Hufschlag durch den Jubel von einhunderttausend, zweihunderttausend Begeisterten. Vielleicht war die

Kulisse dieser Eröffnungsnacht tatsächlich die Erfüllung einer maßlosen Phantasie, in deren Wunschbilder Naso nun scheinbar ungerührt eintrat. Aber in ein Wunschbild einzutreten bedeutete auch in dieser Nacht nur, einen Rahmen so zu durchschreiten, wie ein dressiertes Tier durch einen Flammenreifen setzt und erst jenseits des Feuers gewahr wird, daß auch dort nur einer mit der Knute steht: Der Imperator also schlief und schnarchte. Die Gesichter des Hofes waren kalkweiß; die Blicke starr vor Wut. Das Volk johlte; aber die Begeisterung war Vorschrift und galt weder dem Dichter noch den verhallten Reden. Gut, Naso war hoch zu Roß. Aber wer ihm in diesen Augenblicken nahe war, sah die weißen Knöcheln seiner Fäuste, sah, wie sehr dieser Reiter sich festhalten mußte und nach einer anmutigen, tänzelnden Bewegung seines Pferdes dem Staub der Aschenbahn näher war als dem Triumph.

Am nächsten Morgen verfinsterte ein Taubenschwarm den Himmel über den Zypressen und Schirmföhren an der Piazza del Moro. Memnon, ein Asylant aus Äthiopien, der damals im Park um Nasos Haus einen Wildkirschenbaum veredelte und die Hecken beschnitt, deutete diesen Schwarm als ein Zeichen des Glücks. Niemand achtete auf sein Gerede; dem Äthiopier waren noch alle Vogelschwärme, Stare, Dohlen, selbst Saatkrähen, Glücksboten gewesen. In Wahrheit enthielt dieser Taubenschwarm, dessen Schatten über das Haus, den Park, das ganze Viertel dahinhuschte, schon die Farbe des Schwarzen Meers.

Im Stadion waren an diesem Morgen dreihundert Sträflinge des Zuchthauses Trinità dei Monti damit beschäftigt, den Unrat der Eröffnungsnacht wegzuschaffen; unter den Flüchen und Hieben der Aufseher sammelten sie Pechstumpen, Flaschen, Scherben und die verkohlten Hülsen der Figuren des bengalischen Feuers, Erinnerungen an verglühte Saturnsonnen, Brillantfächer und Besensterne. Die Stärksten unter den Sträflingen behängten sich mit zerrissenen Girlanden und stopften sich Ochsenfleischreste aus dem Abfall in die Taschen, während die Furchtsamen mit Schabeisen und Drahtbürsten den Kot vom Marmor der Tribünen kratzten. Dann kroch eine lange Kolonne von Mistkarren über die Knüppelwege der Sieben Zufluchten zu den Müllhalden der Residenz.

Am Hof des Imperators kam an diesem Morgen aber auch ein ebenso vielgliedriger wie nahezu unsichtbarer Mechanismus in Bewegung, ein Werk aus Flüsterstimmen, Aktenvermerken, Hinweisen und Empfehlungen, das unter seinen vielen Funktionen auch die Bestimmung hatte, Augustus nach und nach zu Bewußtsein zu bringen, was er in den Nächten wie zu anderen Zeiten überhörte, übersah und verschlief. Nasos Rede gehörte nun mit zu dem Material, aus dem der Apparat seinem obersten Herrn das Bild der Wirklichkeit wie an jedem Morgen zusammenzufügen und zu deuten begann.

Was den Redner Nummer acht der Eröffnungsfeierlichkeiten im Stadion anbelangte, erinnerte sich der Apparat aber nicht nur an vergessene Huldigungen, unterlassene Kniefälle und die Verweigerung der Demut, sondern rief sich alles ins Gedächtnis, was an Naso im Lauf der Jahre jemals auffällig geworden war, Gedichte und Haartrachten, Seereisen,

Wohnungswechsel und die Bravos irgendeines Thea-
terpublikums ebenso wie die schwarzen Balken der
Zensur. Das Gedächtnis des Apparates hatte den
genauen Wortlaut von Elegien und Flugblättern bewahrt, den Hohn einer Komödie, die Erinnerung an
die Eselsohren eines Reeders und vor allem den
unverschämten Namen einer Dichtung, von der es
geheißen hatte, sie sei nur deswegen noch immer
unveröffentlicht, weil kein Drucker sich an ein Werk
wagte, das dem Dichter zur Bloßstellung und Beleidigung Roms mißraten war: *Metamorphoses*. Und
dieser achte Redner von gestern, dieser Langnasige
aus Sulmona, sagte der Apparat an diesem Morgen
mit einer seiner vielen Stimmen an einem seiner vielen Orte — es war ein von Schwertlilien und Trauer-
weiden überwachsener Holzsteg, der an den Wasser-
künsten eines Hofgartens vorüberführte —, dieser
Naso ... habe doch gelegentlich und zu allem Überfluß auch noch Huren beherbergt, Huren in seiner
Villa an der Piazza del Moro, obwohl Augustus Imperator in seinen Botschaften an das Reich unermüdlich
die Heiligkeit der Familie und die Kostbarkeit des
Anstandes beschwor.

Naso hatte sich im Stadion Zu den Sieben Zufluchten zum ersten und einzigen Mal seines Lebens an das
Volk gewandt, an ein ungeheures, zu allem bereites
Publikum. Aber schon an diesem ersten Tag nach
seinem Auftritt zeigte sich, daß alles, was er mit seiner
Rede zu bewegen vermocht hatte, der hellhörige,
vielstimmige und unendlich fein übersetzte Staats-
apparat war: Bewegt hatte er einen Sekretär, der auf
dem langen Weg durch eine Zimmerflucht das Bild

der Insel Aegina und ihrer Toten gestikulierend über-
lieferte und sich dabei noch einmal erhitzte; bewegt
hatte er einen Amtsvorsteher, der seine Journal-
blätter ausfertigte und weiterreichte; eine Stimme
am Telefon, die von Gedichten und Hymnen wie von
Pamphleten sprach ..., und auch einige Boten, die
Laufzettel zu überbringen hatten, Briefe, die nun von
irgendeinem vielbeschäftigten General in Zivil nur
deswegen gelesen wurden, weil vor dem Aktenzeichen
der Name des achten Redners stand. Über die Zerstörung dieses Namens, soviel hatte man in den
Schreibstuben rasch begriffen, führte nach dem Skandal eines Gleichnisses von Ameisen und Pest mög-
licherweise der eigene Weg nach oben.

Gewiß, die Bewegungen des Apparates waren langsam, leidenschaftslos und frei von jener Wut, die sich
in den Gesichtern des Hofes gespiegelt hatte. Aber
anders als diese Wut, die vielleicht zu besänftigen war
und verrauchte, war der Apparat weder zu besänftigen noch zum Stillstand zu bringen. Und so begann in
diesen Tagen das durch Akten verbürgte Wissen über
den Dichter Publius Ovidius Naso allmählich in Fluß
zu geraten, schwemmte dabei Nachsicht und Sympa-
thien aus den Kanälen der Bürokratie und stieg
schließlich wie das Stauwasser bis zur Deichkrone
hoch, an die Schwelle der Audienzräume des Imperators. Dort schäumten die Nachrichten, die Kommen-
tare und Expertisen, bis das erste Stichwort diese
Schwelle übersprang, eine Windsee, die den Deich
überspülte und auf seiner Landseite hinabrauschte:
Verwandlungen — die Schrift eines Staatsfeindes; die
Beleidigung Roms; das Dokument einer Verwirrung;

Beweis aber auch für die Niedertracht und Undank-
barkeit eines durch die Einladung zur Eröffnung der
Sieben Zufluchten geadelten Redners.

Augustus saß reglos auf einer Steinbank am Fenster
und verfolgte von dort das Schlammbad eines Nashorns, ein Geschenk des Protektors von Sumatra, das
sich ohne einen Laut des Behagens in einem von Palisaden gesicherten Pfuhl des inneren Hofes wälzte;
rostrot gefiederte Madenhacker, Vögel, die sonst auf
dem Rücken des Viehs auf und ab trippelnd Wache
hielten und vom Ungeziefer zwischen den Runzeln
seiner Panzerhaut lebten, flatterten nun kreischend
durch einen Regen aus Schlamm. Der Imperator
hatte sich nicht von diesem Anblick abgewandt, als
der Berichterstatter eingetreten war und auf das
Handzeichen eines nervösen Sekretärs zu sprechen
begonnen hatte.

Gelesen? Hatte der Imperator jemals eine Elegie
des Naso gelesen? ein Gedicht? eines seiner Bücher?
Augustus schien von der Behendigkeit der Bewegungen des urzeitlichen Tiers unter seinem Fenster wie
gebannt; das Nashorn schleuderte Morastfontänen
hoch und riß mit seinem Horn tiefe Furchen, Halb-
kreise und Wellenlinien in den weichen Grund. Ein
Mächtiger las keine Bücher; keine Elegien. Wie alles,
was in der Welt dort draußen, jenseits des Pfuhls
geschah, erreichten den Imperator auch Bücher nur
über die zusammenfassenden, erklärenden Berichte
seiner Untertanen. Wenn Augustus über den Vollzug
einer Strafexpedition oder den Bau einer Talsperre
unterrichtet werden konnte, ohne daß er dabei seine
Augen am Anblick von Staubwolken, Ketten und

Baugerüsten ermüden mußte — um wieviel mehr konnte man ihm dann nicht den Inhalt ganzer Bibliotheken zu Füßen legen, ohne daß er jemals ein Buch auch nur aufzuschlagen brauchte? Wer aber zu Augustus Gemächern Zutritt hatte, der war selbst mächtig genug, um zwischen sich und die Welt eine Horde von Zuträgern und Überlieferern zu befehlen; wer mit dem Allerhöchsten vertraut war, mußte die Lava Siziliens oder den Aschenregen über Neapel nicht erst auf der eigenen Haut gespürt haben, um von der Glut eines Vulkans mehr zu wissen als irgendein versengtes Opfer. Nein, im Herz des Palastes hatte niemand Elegien gelesen. Bücher waren diesem Herzen so fern wie die Welt.

Die Schlammschicht, mit der sich das Nashorn zweimal und dreimal am Tag umgab, schützte es jedesmal nur kurz vor den Pferdebremsen und Fliegenschwärmen. Wenn dieser Mantel in der Sonnenhitze brach und dem Tier dann in großen Platten vom Leib sprang, schienen die Insekten mit umso größerer Wut über die ungeschützte Schwarte herzufallen und versetzten das Vieh manchmal in eine solche Raserei, daß es plötzlich losstürzte und zerstampfte und zerpflügte, was sich ihm in den Weg stellte, um sich dann endlich an den Stämmen der Palisaden und an den Bäumen des Pfuhls mit einer Heftigkeit zu reiben, als wollte es nicht nur die Fliegen und alles Ungeziefer, sondern seinen mächtigen grauen Leib selbst abstreifen. Das Holz der Palisaden und Bäume war an vielen Stellen entrindet und glatt wie polierter Stein.

Aber genug jetzt. Kein Wort mehr. Nicht an die-

sem Morgen. Nicht an diesem Fenster. Vielleicht
später. Geh. Verschwinde.

Ohne ein Wort, nur mit einer jähen, knappen
Handbewegung, die kaum heftiger schien als das
Abschütteln einer Stubenfliege, hatte Augustus den
Berichterstatter unterbrochen und war dann ganz in
den Anblick des Nashorns zurückgesunken. Eine
flüchtige Bewegung Seiner Hand. Es war genug. Der
Hof brauchte keine ganzen Sätze und keine fertigen
Urteile. In den Ratskammern, an den Schreibtischen
und in den Speichern der Archive hatte man nun
ein Zeichen; was daran zu einem Urteil noch fehlte,
war ohne Mühe zu ergänzen. Ein schlechter Diener
Roms, wer eine jähe Bewegung Seiner rechten Hand
nicht als ein Zeichen des größten Unmuts, ja des
Zorns zu deuten wußte.

So wie das Bild des Dichters und der Inhalt seiner
Werke den Weg nach oben gefunden und sich dabei
verformt und verwandelt hatten, so nahm nun das
Zeichen des Imperators, die tief eingegrabene Erinnerung an eine flüchtige Bewegung Seiner Hand, den
Weg durch die Überlieferung zurück nach unten und
unterlag dabei den gleichen Gesetzen der Verzerrung.
Zuchthaus, sagte einer im Konferenzsaal und griff
nach der Wasserkaraffe, Trinità dei Monti, drei Jahre
mindestens, vielleicht vier. Lagerhaft, flüsterte ein
anderer, Castelvetrano, zu den Steinschneidern nach
Sizilien. Irrtum: Das Zeichen sei gewiß nicht mehr
gewesen als die Verhängung des Schreibverbots für
ein Jahr; Tantiemenverfall allerhöchstens; vielleicht
aber auch nur Entzug der Reiseprivilegien bis zum
Herbst. Nur eine Warnung.

Wie so oft in der Geschichte des Vollzugs blieb es auch diesmal der Phantasie und dem Vorstellungsvermögen der Untertanen überlassen, den Willen des Imperators, der an diesem und ähnlich belanglosen Fällen nicht besonders interessiert war, auszulegen und zu erfüllen. Eine Handbewegung. Das Zeichen wurde weitergegeben und sank durch die Instanzen der Herrschaft nur sehr langsam nach unten. Fürsorglich nahm sich der Apparat aller Deutungen an. Der Dichter trat nicht mehr auf. Der Hof schwieg.

Nasos Schimmel gedieh ohne Sattel und Zaumzeug und stürmte als bloße Zierde des Anwesens durch den Park an der Piazza del Moro, und die Rede im Stadion Zu den Sieben Zufluchten schien beinah vergessen, als das Zeichen des Imperators endlich jenen Grund erreichte, an dem die Schläge tatsächlich ausgeteilt und nicht bloß verhängt wurden, an dem die Zellentüren tatsächlich ins Schloß fielen und ein Jahr im Gefängnis nicht bloß das Prädikat eines Richtspruchs, sondern Lebenszeit war. Irgendwo also tief unten, schon ganz nahe am wirklichen Leben, *befand* schließlich ein Vorsitzender, es war kurz vor der Mittagspause, und diktierte einem teilnahmslosen Schreiber in der Gegenwart zweier Zeugen, daß eine Bewegung Seiner Hand *Fort* bedeute: *Aus meinen Augen!* Aus den Augen des Imperators aber hieß, ans Ende der Welt. Und das Ende der Welt war Tomi.

Die Steine waren entziffert. Blank, noch glänzend vom Essig und dem Schleim der Schnecken, spiegelten sie das Flackern des Windlichts. Erst jetzt empfand Cotta seine Erschöpfung und die Kälte. Der Nachtfrost kam über Nasos Garten. Auf den Blättern und Baststrähnen des Dickichts, selbst auf den Farnwedeln wuchsen Dornen, Nadeln und Borsten aus Eis. Pythagoras kauerte vor einem unbeschrifteten

Menhir und schien diesen verwilderten Ort ganz dem römischen Gast ausgeliefert und überlassen zu haben. Das Gesicht des Knechtes war von Hauchfahnen und dichten Atemwolken verhüllt: Während Cotta noch lesend zwischen den Steinen umherirrte, hatte Pythagoras wieder leise, unverständlich und unaufhörlich in die Dunkelheit zu sprechen begonnen, und es war, als fielen seine Worte als Rauhreif auf die Welt. Redend und achtlos nahm der Alte dann auch das Windlicht aus Cottas Hand zurück und ging ihm voran, auf die grüne Wand der Lichtung zu. Unter ihren Schritten knirschten und klirrten die abgefallenen, an der Erde festgefrorenen Schneckenleiber. In diesem Frost war der Weg über die Kadaver ein Weg über Glas. Aus dem Klirren und Splittern traten Nasos Knecht und der Römer in das Tiefgrün des Dickichts.

Cotta folgte dem Greis durch das Labyrinth aus Stämmen und Zweigen und war zu müde, um sich noch gegen die Schläge der Sträucher zu schützen, folgte dem unaufhörlich Redenden schließlich gepeitscht und an den Schläfen blutend die Steintreppen hinauf in den Hof, der weiß unterm Mond lag. Der Wind hatte nachgelassen. Die Blätter des Maulbeerbaumes klangen wie Metall. Das Haus des Dichters war nur ein Schatten vor der fahlen Ungeheuerlichkeit des Gebirges, das noch die schimmernden Fetzen der Schneedecke zweier Winterjahre trug. Dieser kleine Schatten nahm sie auf. Aber dann wehrte sich auch Nasos Haus gegen den Fremden so heftig wie zuvor das Dickicht des Gartens: Ein Mauerhaken riß an Cottas Mantel, als er hinter dem Knecht über die

Türschwelle trat, dann schlug der Stiel einer an die Wand gelehnten Axt gegen sein Knie, daß er sich vor Schmerzen krümmte, und als Pythagoras ein Scheit auf die matte Herdglut warf, sprang ein Schwarm dunkelroter Funken den Römer an und versengte ihm die Augenbrauen und das Haar. Der Knecht nahm die rasche Folge dieser Mißgeschicke wahr, ohne sein Reden zu unterbrechen, wies mit dem Feuerhaken auf eine Bettstatt zwischen zwei Bücherborden in einer rußigen Ecke des Raumes, auf eine zerwühlte, nach Ruß und Fett stinkende Decke aus Roßhaar und ein verfilztes Schaffell, wandte sich dann jener steilen Treppe zu, die zum Obergeschoß führte, verharrte lange auf dem Treppenabsatz und starrte nach oben, als wollte er die Plage des Steigens noch einmal abwägen und alle Kräfte für diese Anstrengung sammeln. In dieser Pose, gebeugt, die Lampe über den Kopf erhoben und zögernd vor dem ersten Schritt, sah Cotta den Knecht plötzlich als ein uraltes, unmenschlich altes Wesen, das an den äußersten Rand des Lebens gekommen war, und erschrak. Keuchend und doch immer noch redend, als sei sein Gestammel untrennbar mit seinem Herzschlag und seinem Atem verbunden, stieg der Greis dann endlich hinauf, blickte in der schwarzen Öffnung einer Falltür über die Schulter zurück, löschte das Windlicht und verschwand über die Bohlen des Obergeschosses polternd in der Dunkelheit; sein Selbstgespräch blieb noch als fernes Gemurmel zu hören, als der Lärm seiner Schritte erstarb. Es war tiefe Nacht.

Cotta tastete sich durch die von einigen Ritzen voll Mondlicht und dem Glutschein des Herdes gemilderte

Finsternis auf das Lager zu, sank dort in den Gestank nach Fett und Rauch und Fell und war eingeschlafen, noch ehe er die Roßhaardecke über seine Schultern gezogen hatte. Durch ein vergittertes, in die Feuertür des Ofens eingelassenes Fenster aus Marienglas starrte die Glut den Schlafenden lange an und wich darüber immer tiefer in die Asche zurück, bis auch der letzte Jahresring des Brennholzes aufgezehrt war und nur ein langsam abkühlendes, lautloses Dunkel blieb. Irgendwann im Verlauf der Erkaltung des Raumes — am Fenster verwandelte sich der Atem des Schläfers allmählich in Promenaden winziger Eispalmen, in zierliche Urwälder, Rosengärten und Disteln aus Eis — sprang die Tür zum Hof krachend auf. Ein Sturzbach frostiger Luft schäumte an das Lager heran und ließ den Schläfer hochfahren. Jetzt zerfloß die Finsternis, und Cotta sah in einem seltsam silbrigen Licht eine Mißgeburt über die Schwelle treten, einen grobschlächtigen, in einen Fellmantel gehüllten Viehhirten, der an der Stelle des Kopfes ein glitzerndes, schädelgroßes Gebilde trug, das den Schaumtrauben der im Essig verendeten Schnecken glich. Aber was auf den Schultern des Viehhirten glänzte, das waren keine Blasen, keine Schaumblüten, die sich mit feinen Schmerzenslauten füllten und zerplatzten —— das waren Augen, Dutzende, Hunderte Augen. Der Viehhirt trug auf seinen Schultern einen Klumpen, der aus Wimpern, Lidern, Tränensäcken und Augäpfeln bestand, auf denen sich das Silberlicht in Sternen spiegelte und brach, trug einen rundum blinzelnden, starrenden, schauenden, stierenden Klumpen, einen Schädel aus Augensternen, schön und furchtbar.

Lautlos trat die Mißgeburt an den Herd und hockte sich dort auf den Boden wie vor ein Lagerfeuer und kümmerte sich nicht um den Schläfer. Cotta spürte, wie ihn das Entsetzen faßte, spürte einen hohlen, langen Schrei, der aus seinem Innersten kam, einen fremden, tierischen Laut, der seinen Rachen, die Nasen- und Stirnhöhlen erfüllte, seinen Kopf vibrieren ließ und endlich als Gebrüll gleichzeitig aus Mund und Nase hervorstieß: Es war das Brüllen einer Kuh.

Starr vor Schreck über diese Stimme, seine eigene Stimme, sank Cotta auf die Roßhaardecke zurück und lag verrenkt, wie mit gebrochenen Gliedern da. Unbarmherzig umschloß ihn die Welt. Der Hirtenschädel schimmerte jetzt wie ein einziges, aus unzähligen Facetten zusammengesetztes Auge, ein seidiger Fliegenkopf, aber keines der vielen Augen schien den muhenden Gelähmten auf dem Lager zu sehen. Der Hirt kauerte vor dem kalten Eisen des Herdes und begann an einem Strick zu zerren, der sich durch die offenstehende Tür in die Nacht hinaus straffte; er riß und zerrte, bis im Weiß der vielen Augen das haarfeine, rote Aderngeäst seiner Anstrengung erschien — und im Türstock eine Kuh, eine schneeweiße Kuh vor dem mondhellen Gebirge. Aber der Hirt mühte sich vergeblich. Das Tier scheute diesen Stall, ließ sich an der Schwelle von Nasos Haus schwerfällig nieder und begann zu käuen und zu mahlen und glotzte dabei in die Ecke des Schläfers; plötzlich hielt es in allem inne und lauschte. Jetzt hörte auch Cotta die Musik. Was er eben noch für das Orgeln des Windes gehalten hatte, einen an- und abschwellenden Baßton, waren nun die Takte einer langsamen Melodie, die von weither kam, über die Geröllfelder, vielleicht auch aus einem der Hochtäler; eine Musik, deren Sanftheit Cotta an die Wiegenlieder von Sulmona erinnerte, an Liebkosungen und den Geruch warmer Haut, an eine längst vergangene Geborgenheit; war das der Ton eines Fagotts? einer Flöte?

Der Sternenschädel hielt seine Augen unverwandt auf die weiße Kuh gerichtet und wiegte sich doch schon abwesend im Takt dieser Melodie und blickte durch die offene Tür über das Vieh hinweg ins Gebirge, als kämen auch ihn jetzt Erinnerungen an, die Strophen der Spottlieder auf eine Mißgeburt, und war gerührt und blinzelte, bis ihm das Wasser in die Augen stieg und Tränen ins Fell seines Mantels tropften. Aber dieser ferne Klang führte nicht nur verjährte Bilder und Gefühle herauf, sondern mehr noch eine große Müdigkeit; jeder Blick verwandelte sich unter dieser Melodie in Müdigkeit. Schon fielen dem Hirten ganze Augenreihen zu und huschte der Schlaf über hundert Augen wie ein Möwenschatten über einen Schwarm Fische, deren Schuppenleiber vor dem jähen Abtauchen in die Tiefe noch einmal silbrig aufblitzten. Wo eben noch Augen über Augen gestarrt und gewacht hatten, lagen nun nur noch geschlossene Lider, dafür taten sich an einer anderen Stelle dieses Schädels glänzende Reihen schwarzer Pupillen auf; es war ein wogendes Blinzeln, ein Hochschrecken, Einnicken und Kämpfen gegen die Träume, bis der Schlaf allmählich doch mächtiger zu werden begann und Stern um Stern erlosch, ohne daß anderswo ein neues Licht aufging. Schon träumte der Viehhirt seine Kuh bloß und der Römer träumte den Hirten und waren Mond und Gebirge nur ein Gespinst, als die Musik plötzlich abbrach und ein Schatten vor Nasos Tür erschien, über die Schwelle glitt, nach der am Boden liegenden Axt griff und die schlafende Mißgeburt ansprang. Und zuschlug.

Unter der Wucht des Beilhiebes fielen die Hirtenaugen ab wie Schuppen, stoben über die Bodenbretter in die Winkel davon, Quecksilbertropfen. Der Sternenschädel barst. Aus einer klaffenden Wunde kochte das Blut hervor und wusch Auge um Auge ab, schwemmte Netzhäute, Tränensäcke und Wimpern fort. Der Schatten war ohne einen Laut und längst wieder in den Hof, in die Nacht zurückgewichen, als sich die vom Blut ihres Hirten gesprenkelte Kuh erhob und das Ende des Strickes aus der sich langsam öffnenden Faust des Erschlagenen zog. Und entkam. Und Cotta ein zweites Mal schrie: Er hatte seine Stimme wieder, seine römische Stimme, und träumte doch weiter — sah, wie sich die Bretter des Bodens bewegten, sah die ungehobelten, genagelten Bohlen als lange Vogelfedern, sah den Boden von Nasos Haus als das Feder für Feder aufgeschlagene Rad eines Pfauen. Und sah, wie die aus dem Schädel der Mißgeburt geplatzten Augen auf der Schleppe des Pfauen haften blieben und von einem Daunenkranz gefaßt wurden. Als keine Federnspitze mehr ohne Auge war, klappte der Pfau seinen Fächer rauschend zu und verschwand mit dem Klagelaut seiner Art in der Nacht.

Endlich erwachte der Römer. Verstört richtete er sich auf. In Trachila graute der Morgen; nein, es war doch nur der Mond. Eine Bö hatte einen der Fensterläden aufgeschlagen. Zwischen den Eismustern des Glases hing doch nur der Mond. Die eisernen Angeln des Fensterladens kreischten mit Pfauenstimmen, und im Obergeschoß leierte immer noch Nasos Knecht. So monoton, so unaufhörlich leierten auch die Frauen von Sulmona an den Bahren ertrunkener Schwammtaucher, die in Zinnkisten eingelötet von der Küste in ihr Heimatdorf zurückgetragen wurden; so leierten die Vorbeter aller Trauergemeinden Italiens an den von Blumen und Kerzenreihen gesäumten Leichengerüsten, und Cotta glaubte zu begreifen, daß dieses Gemurmel, das so unverständlich wie stetig aus dem Obergeschoß nach unten drang, ihm galt. Das waren die Strophen der Klage über seinen Tod. Sein Lager war ein Katafalk.

Der Schlaf, ein nächster Traum hatte Cotta beinah überwältigt, als er sich endlich aufraffte und nach seinem Mantel und seinen Schuhen griff wie einer, dem zur Flucht kaum noch Zeit bleibt. Hastig kleidete er sich an. Er mußte noch in dieser Nacht zurück nach Tomi. Er mußte diesen Verrückten und Nasos Haus verlassen, bevor ihn diese furchtbare Einöde und der Verfall von Trachila auch am Tag verwirrten, umfingen und nicht mehr losließen. In der Verlassenheit dieses aufgegebenen Ortes im Gebirge erschien ihm Tomi so fern und tröstlich, als ein Ort der Menschen und der Geborgenheit, ja als die einzige Zuflucht vor den Drohungen des Schlafes, der Trugbilder und der Abgeschiedenheit. Noch stand der Mond hoch; ein Weg, der kaum einen Tag alt war, mußte auch im Mondlicht zu finden sein.

So verließ Cotta das Haus des Dichters, ohne noch einmal nach Pythagoras zu sehen, schloß die Tür so

behutsam, wie er sie bei seiner Ankunft am Nachmittag, damals, geöffnet hatte, lief über den Hof,
hastete zwischen den Steinmalen hinab, die ihm mit
ihren ungelesenen Fähnchen zuwinkten, schlug sich
an einem quer über dem Weg liegenden Fensterbo-
gen das Schienbein wund und fühlte doch, wie sich
mit jedem Schritt eine Umklammerung löste und
schließlich jener vertrauten Ängstlichkeit wich, die er
oft allein in einer nächtlichen Landschaft empfand.
Endlich lagen die Ruinen von Trachila hinter ihm.

Der Weg hinab zur Küste war mühsamer als der
Aufstieg und voller Zweifel: War es tatsächlich dieser
im Schlagschatten einer Felsenzinne liegende Schuttkegel gewesen, den er auch am Nachmittag durch-
quert hatte? führte seine Route nicht doch über jene
Halde, die dort drüben so weiß im Licht lag? Und
was sich jetzt vor ihm auftat — war das die Schlucht,
die er kannte oder nur ein Abgrund in die tiefste
Nacht? Manche Passagen seines Abstiegs waren Cotta
so fremd, daß er sich schon verirrt glaubte und schließlich bereit war, in einer Felsnische auf den Morgen zu
warten, als er in einem der alten Schneefelder endlich eine Spur fand, seine eigenen Fußstapfen, und
ihnen bis an den Scheitel sanfterer Abhänge folgte.
Dort beruhigte er sich: In der Tiefe sah er jetzt den
Keil der Mondbahn auf der leicht aufgeraspelten
Weite des Schwarzen Meeres und sah dort, wo sich
dieser Lichtkeil im Dunkel der Küste verlor, einige
flimmernde, goldene Funken. Das waren die Lichter
der eisernen Stadt.

Als Cotta auf dem Serpentinenpfad zu jenem
Strand hinabstieg, über den er die Prozession der

Aschengesichter hatte ziehen sehen, hörte er plötzlich ein Geräusch, das dem Klatschen nackter Fußsohlen auf Pflastersteinen glich, dachte an den Seiler Lycaon, an die riesigen, nackten Füße seines Zimmerherrn, und sah noch in diesem Augenblick die Umrisse eines Mannes, der von Schieferplatte zu Schieferplatte springend den Abhang in der Fallinie herauf keuchte; Lycaon. Cotta erkannte in diesem Läufer tatsächlich den Seiler; barfuß, den Vollmond im Rücken, hastete er über den Glimmerschiefer, der wie ein großes, geborstenes Dach über das Kar verstreut lag, ins Gebirge.

Erschrocken und zugleich erleichtert, eine vertraute Gestalt erkannt zu haben, rief Cotta seinen Zimmerherrn an. Aber der wandte nicht einmal den Kopf nach ihm, lief dicht an ihm vorüber, entfernte sich schnell. Daß ein Mensch in diesem Steilhang so laufen konnte. Schon hoch über ihm, dort, wo Cotta die Funken der eisernen Stadt gesehen hatte, hielt nun auch der Seiler inne, um Atem zu holen; er rang nach Luft, als ob er die ganze Weite des Nachthimmels einatmen wollte, stieß die Luft keuchend wieder aus seinen Lungen — und es klang wie Geheul. Dann wandte er sich wieder dem Gebirge zu und hetzte weiter, eine Steinrinne hinauf, durchquerte das Hochkar im weißen Licht, und Cotta glaubte den Speichel zu sehen, der dem Seiler in schaumigen Flocken aus dem Mund troff. Lycaon stürmte über das Geröll dahin, blind, ohne Zögern, wie in einer ungeheuren Wut, strauchelte plötzlich und schien der Länge nach hinzuschlagen. Und was dann geschah, drängte Cotta an den Rand der Alpträume von Trachila zurück: Der

Seiler stürzte nicht, er fiel nicht, er *warf* sich aus vollem Lauf auf die Steine und blieb nicht liegen und richtete sich auch nicht wieder auf, sondern rannte, hetzte auf allen vieren weiter, auf allen vieren immer höher und tiefer in die Nacht.

Cotta hörte nur noch das Rieseln und Kollern losgetretener Steine und die Schreckensschreie auffliegender Dohlen, als ihn eine Erinnerung an den Tag seiner Ankunft in der eisernen Stadt überfiel, an seine erste Stunde im Seilerhaus. Lycaon hatte damals die Zimmermiete für einen Monat im voraus verlangt, einen kleinen Betrag für einen, der aus Rom kam, und hatte das Geld dann achtlos aus der vollen Hand in einen gußeisernen, von breiten Rostschlieren gestreiften Panzerschrank geworfen, der an einer Wand seiner Werkstätte stand. Der Seiler hatte die mit schweren Stahlbändern armierte Tür dieses Tresors nur mit Anstrengung aufzuziehen vermocht und bemühte sich, sie rasch wieder zu schließen, als der Römer in seinen Rücken trat. Ein kurzer Blick hatte genügt, um Cotta ein seltsames Durcheinander im Innern des Schranks erkennen zu lassen, der ohne Fächer war: Lederriemen lagen da in Knäueln, loses, schwärzliches Silberbesteck, zerknittertes Papiergeld und Briefe, verstreute Münzen und eine Armeepistole — zuunterst aber lag ein borstiger, steingrauer Balg, ein zerfressenes Fell, das der Seiler vielleicht als Erinnerung an eine vor Jahrzehnten abgeblasene Hetzjagd im Tresor verwahrte, Trophäe eines kostbaren Abenteuers, von dem ihm doch nichts geblieben war als diese Borsten, eine Schnur Mottenkugeln und der kalte Ölgeruch von Waffen im Futteral. In diesem

Pelz, den Cotta nun auf dem Rücken des Seilers hoch oben auf einem mondhellen Kamin wieder ebenso matt glänzen sah wie damals in der Öffnung des Panzerschrankes, hatte er am Tag seiner Ankunft das Fell eines Wolfes erkannt. Mit dem Ärmel seines Mantels, so heftig, als ob ihn eben ein Raubtier mit seinem warmen Geifer besudelt hätte, wischte er sich den Schweiß von den Schläfen und begann zu laufen.

Ohne noch auf den Weg zu achten, sprang, stürzte Cotta den Steilhang hinab auf das Meer zu, und um ihn flossen und rauschten Rinnsale aus Schotter und Sand. Erst als er die Sichel des Strandes beinah erreicht hatte, erkannte er, daß sein Fluchtweg auch der Weg Lycaons gewesen war, der Wolfsweg.

Endlich klirrten Muscheln unter seinen Schritten. Seine Knöchel waren wund und schmerzten; keuchend stand er am Meer. Das Wasser war ruhig. Aus dem Gebirge erreichte ihn nun kein Laut mehr. Auf den Pfützen, die das Flugwasser der Brandung am Strand hinterlassen hatte, blinkte von Möwenkrallen gemustertes Eis. Der Mond sank hinab. Aber die eiserne Stadt, die dem Erschöpften immer langsamer und zögernder näher kam und schließlich vor ihm zurückzuweichen schien, verhieß keine Ruhe. In Tomi tobten die Lichter. Jetzt hörte Cotta auch die Blechmusik der vergangenen Nächte wieder, das Grölen, die Pauken und Schellen, die hallenden Schläge der Betrunkenen gegen Fensterläden und Tore. In den Gassen von Tomi wütete immer noch die Begeisterung über das Ende zweier Jahre im Schnee; die eiserne Stadt lag in einem Taumel der Erleichterung und einer gewalttätigen Freude, die an dieser

Küste schon schlimmere Verwüstungen hinterlassen hatte als die überstandenen Winterstürme, als das Eis und die Steinschläge. In Tomi war Fastnacht. Die glimmenden Zeilen und Funken, die aus der Ferne noch als die verstreuten Lichter eines Zufluchtsortes erschienen waren, loderten nun als offene Feuer und Fackeln eines besinnungslosen, johlenden Kaffs.

Als Cotta sich auf einem Karrenweg dem Hafen näherte, einer Mole, die den Schlägen der Brandung nicht mehr standgehalten hatte und längst nur noch als Trümmerhaufen und Wellenbrecher in der Bucht vor der eisernen Stadt lag, hörte er das Klatschen von nackter Haut auf den Steinen und blickte sich schon nach dem Wolfsfell des Seilers um — und sah zwei halbnackte Körper auf einem der mächtigen Schluß-quader der Mole. Auf dem vereisten Stein wälzten sich zwei Gestalten zwischen ihren abgestreiften Klei-dern, umklammerten sich wie Ertrinkende und lall-ten und stöhnten vor Lust, während über den in der Kälte dampfenden Leibern der Dunst ihrer Körper-feuchtigkeit als blasse Aureole in den Farben des Regenbogens erschien. Es waren Procne, die feiste, kränkelnde Frau des Schlachters, und in ihren weißen Armen ein unablässig flüsternder, schmächtiger Mann, Thies, der Salbenrührer aus Deutschland. Auf dem Podest eines Steinquaders der Mole waren Te-reus Frau und der von seinem Heimweh nach den Wäldern Frieslands geplagte Verlobte Proserpinas wie ein Denkmal dessen, was in den späten Nacht-stunden dieser Frühjahrstage in den verfallenen Gas-sen und auf den abschüssigen Plätzen der eisernen Stadt geschah: Aus allen Häusern brachen Vermummte hervor, um die Fastnachtsfreiheit bis zum Morgengrauen und zur Erschöpfung zu nützen. Jeder verwandelte sich in sein Geheimnis und Gegenteil. Erzkocher wurden zu Herren, Fischer zu chinesischen Kriegern; wer das Jahr über im Keller des Branntweiners Abend für Abend Zoten gegrölt hatte, der schwieg jetzt betrunken und stimmlos; wer viel geschwiegen hatte, der schrie; und wer sich ein Jahr lang in der Angst vor Schlägen geduckt und gekrümmt hatte, der schlug nun selber zu, schlug vom Schnaps betäubt mit Ruten und Ochsenziemern wahllos und ungestraft auf jeden ein, der nicht rechtzeitig floh; jeder wurde, was er nur für den hundertsten Teil eines Jahres sein durfte. Es war eine der letzten dieser alljährlichen Stunden der Freiheit, in der Thies der Deutsche auf dem Stein den großen Leib der Schlachterin liebkoste und sich zwischen ihren Brüsten und Schwarten krümmte, als ob er jenes zarte Wesen, das sich vor der Gewalt der Welt und Tereus Haß tief ins eigene Fett zurückgezogen hatte, aus dieser Zuflucht wieder hervorzerren, ja befreien wollte. Wem sonst als diesem aus dem Krieg zurückgebliebenen, melancholischen Mann hätte sich Procne in dieser Nacht der Verzauberung auch hingeben dürfen, wen sonst umarmen als einen von der Sehnsucht Gequälten, der das Geheimnis ihrer Lust in seinen Salbentiegeln und in seinem Gedächtnis ebenso sicher verwahren würde wie sie in ihrem Fett und in ihrer Angst vor der Wut des Schlachters. So drängten sie sich aneinander und Thies flüsterte seiner Geliebten unerhörte, obszöne Worte ins Ohr und ins Haar, das noch nach jenem milden Parfüm duftete, das er aus den winzigen Blüten des Purpurmooses und dem Salz seiner Tränen gewann. Procnes dünner Schrei, mit dem sie ihrer Lust endlich einen jähen Raum verschaffte, erstickte, als Cotta im Schatten einer Hafenmauer stolperte. Auch der Deutsche war plötzlich wie der Stein, den sie mit ihren Körpern wärmten. Und so verharrten die beiden als eine Skulptur der Lust und des Schreckens, während Cotta unsichtbar im Schutz der Mauer davonging, beschämt und vorsichtig, bis er den von Pechfackeln erleuchteten Platz vor dem Hafenamt erreicht hatte.

Dort lief er einer mit Fellen und Ochsenhörnern kostümierten Horde von Betrunkenen in die Arme; die Masken umringten ihn, zerrten ihn johlend in ihre Mitte zurück, als er in eine der flackernden, steilen Gassen zu fliehen versuchte, und brüllten Parolen und Fragen in einer Sprache, die er nicht verstand. Dann riß eine Hand, eine Klaue, an seinen Haaren, eine andere schnellte ihm an den Hals, und eine dritte und vierte schlossen sich zur Klammer um seinen Kopf, zwangen ihm den Mund auf und flößten ihm unter Schreien und Gelächter aus einer Feldflasche Schnaps ein, eiskalten, glühenden, erstickenden Schnaps. Cotta wand sich vergeblich unter den Faustschlägen und Griffen zottiger Arme; er rang nach Luft, hustete, schluckte, trank, spürte das kalte Blechgewinde der Feldflasche zwischen den Zähnen und sah, wie über den gehörnten Schädeln seiner Peiniger der Sternenhimmel zerrann. Dann ließen ihn die Klauen los. Der Römer schlug auf das Pflaster. Seine Kleider sogen eine ölige Pfütze auf, während Stiefel und schwere Schuhe aus seinen Augen stampften. Tomi, die Stadt, in der er tagelang vergeblich nach Naso gefragt hatte, in der er sich umsonst um die Aufmerksamkeit wortkarger, schwerfälliger Menschen bemühte, — diese Stadt hatte ihn nun zum erstenmal angefaßt.

Als Cotta sich nach einigen Minuten schweren Atmens und tobender Herzschläge wieder erhob, war er betrunken. Wankend überquerte er den Platz und wich nun den Narren nicht mehr aus, von denen sich einige mit Fackeln und Flaschen bewarfen und andere gleich ihm dahintorkelten. Schmutzig und betäubt, in seinen im Gebirge und auf dem Pflaster zu Lumpen gewordenen Kleidern, war er nun einer von ihnen. In der durch den Verfall wieder breit gewordenen Gasse, die zwischen geborstenen Fassaden und schwarzen Höfen zum Haus des Seilers führte, geriet er schließlich in den großen Narrenumzug dieser Nacht, in einen langgezogenen Haufen von Trollen, lebenden Steinen, Vogelmenschen, Eselsreitern und kettenschwingenden Kriegern, die von einer völlig aus dem Takt und aller Ordnung geratenen Blechkapelle begleitet wurden. Viele von den Kostümierten trotteten zu dieser Stunde, am Ende eines beschwerlichen, spiralenförmigen Weges durch die Stadt, nur noch schweigend und erschöpft im Zug; stürzte einer im Rausch und erhob sich nicht wieder, spielte die Kapelle einen matten Tusch. Es war kurz vor Morgengrauen. Der Zug drohte Cotta wieder ans Meer hinabzuzerren; er kämpfte mit aller Kraft gegen die Hände, gegen die Schultern und Tritte der Masken, ein Betrunkener in einem trägen Gewühl, und kam dem Seilerhaus doch kaum näher; er stampfte auf der Stelle, während Maske um Maske an ihm vorübertaumelte: Ein General mit breiten, aus Schweinsohren geschnittenen Epauletten hielt die Enden zweier Schnüre in seinen gepanzerten Fäusten; wenn er daran zog, schlugen und klirrten die Schwingen seines Flügelhelmes. Ein riesenhaftes, rot bespritztes Weib mit einem Oberkörper aus Holz und Stroh schleuderte mit zwei dünnen Armen, die aus ihrem Schoß wuchsen, einen Pappschädel wieder und wieder hoch und fing ihn mit gellenden Schreien auf. Ein Bischof segnete unablässig seine eigenen Schritte. Ein Phallus stieß zwei Luftballons als Hoden vor sich her. Ihm folgte ein Mann, der sich unter dem Gewicht eines Bauchladens krümmte, auf dem er einen elektrischen Apparat trug, eine von Salpeterblüten überwucherte Batterie, die einen Kranz Glühlampen speiste, der den Gekrümmten umgab. Und dann rumpelte ein weißgestrichener Ochsenkarren über das Pflaster; auf dem Kutschbock hielt sich ein Fuhrmann nur noch mit Mühe aufrecht und schwang eine brennende Peitsche; Tereus. Cotta erkannte in diesem mit Goldpapierfetzen und Chromsplittern geschmückten Kutscher den Schlachter. Auf seinem Kopf trug Tereus ein mit Lederzöpfen festgeschnalltes Vogelbauer, durch dessen Gitterwerk weiße Flocken stoben; der mit feinen Daunen gefüllte Käfig hielt zwei Ratten gefangen, die in ihrer Wut und Angst vor den Flammen der Peitsche immer wieder gegen das Drahtgitter sprangen, tobten, übereinander herfielen und es so um den Kopf des Schlachters Daunen schneien ließen. In einem Augenblick des Atemholens, in dem die Kapelle zum Tusch für

einen Gefallenen ansetzte und die Breite des Karrens
ihn dicht an eine Hausmauer zwang, hörte Cotta nur
noch die Peitsche, das Scharren der Rattenklauen
und die kleinen Schreie der auf Tod und Leben
kämpfenden Tiere und begann zu begreifen, was dieser Umzug wüster Gestalten in der letzten Stunde der
Fastnacht darzustellen versuchte: Tereus Maske war
ein Zerrbild, eine rohe Karikatur, erinnerte aber
immer noch an die verwitterten Reliefs an den Fassaden römischer Tempel, Ministerien und Paläste, erinnerte an eine Darstellung des Sonnengottes auf seinem Feuerwagen. — Der Schlachter wollte Phoebus
sein. Die Viehhirten aus den Hochtälern des Küstengebirges, die Erzkocher und Bergleute aus Tomi äfften in dieser Stunde die Pracht des römischen Himmels nach: Der erste unter den Göttern schleppte
eine Batterie auf einem Bauchladen durch die Gassen
der Stadt, Iuppiters Glorie und seine Blitze waren das
Gleißen von Wolframdrähten im Vakuum der Glühbirnen. Der wie ein Schwachsinniger an seinen Zug-
schnüren zerrende General war der Unsterbliche des
Krieges und das rote Weib die blutbesudelte Medea,
die ihren eigenen Bruder abgeschlachtet, den kindlichen Leichnam zerstückelt und den abgeschlagenen
Kopf gegen die Felsen der Steilküste geschleudert
hatte, einen verschmierten, haarigen Ball; Medea,
die Titelfigur jener Tragödie Nasos, die an allen
Theatern des Imperiums gefeiert und beklatscht
worden war und ihren Dichter in eine Berühmtheit
verwandelt hatte; Medea, eine besudelte Vogelscheuche aus Lumpen und Stroh, die in diesem Narrenzug dahinwankte.

Eingekeilt zwischen den lebendig gewordenen Reliefs und Statuen Roms, streckte sich der Betrunkene nach dem Seilerhaus. Immer deutlicher traten ihm die Bilder aus dem brüchigen Stein der Metropole entgegen: Wer war der Krumme dort, der ein blechernes Schiff auf dem Kopf trug? — Und der im schwarzen Sackleinen mit einer Zither unterm Arm, ein Orpheus ...?

Gewiß, dieser Narrenzug konnte nur ein stumpfer Abglanz jener Mythen sein, in denen sich die Phantasie Roms ausgetobt und erschöpft hatte, bis sie unter der Herrschaft von Augustus Imperator in Pflichtbewußtsein, in Gehorsam und Verfassungstreue verwandelt und zur Vernunft gebracht worden war. Aber auch wenn dieser Umzug nur noch ein kläglicher Rest war, konnte doch selbst ein Betrunkener erkennen, daß diese Fastnacht ein uraltes Bild Roms widerspiegelte, Bilder von Göttern und Helden, deren Taten und Wunder in der Residenz des Imperators schon für immer vergessen schienen. Und war es nicht Naso gewesen, der mit seinen Elegien, mit seinen Erzählungen und Dramen wieder an das Vergessene gerührt und das zum Staat verblaßte Rom an archaische, unbändige Leidenschaften erinnert hatte? Naso, dessen Dichtungen schließlich im Reich der Amtsstuben, der Kommandanturen und Magistrate als die letzten Zeichen einer schwindenden Vorstellungskraft denunziert worden waren, Wahnbilder einer untergehenden Welt:

Der Betrunkene grölte jetzt mit den Masken, die ihm entgegendrängten, als sei auch sein zerrissener Mantel, die zerschundenen Hände und das zerkratzte

Gesicht nur Kostüm: War denn dieser Narrenzug nicht auch ein Beweis dafür, daß die Bewohner der eisernen Stadt dem Verbannten um vieles näher gestanden hatten, als sie vor einem verdächtigen Fremden, vielleicht einem Spitzel aus Rom, zugeben mochten? ein Beweis, daß Naso die Gestalten seiner Poesie mit sich in die Verbannung genommen hatte und am Ort seines Unglücks nicht verstummt war, sondern seine Geschichten weitererzählte. Wie sonst käme der Schlachter eines verlorenen Kaffs zu der Vorstellung, sich zur Fastnacht in einen Sonnengott zu verwandeln, seine Ochsen in Feuerpferde? Wie das urzeitliche Nashorn in den Gärten des Imperators, schien auch in Tomi noch wild und lebendig, was in der Residenz und in anderen Großstädten des Imperiums schon Vergangenheit war, zu Denkmälern und Museumsstücken erstarrt, versteinert zu Reliefs, Reiterstandbildern und Tempelfriesen, über die das Moos kroch.

Träge und so unaufhaltsam wie ein Zug Lemminge wälzte sich die Narrenhorde gegen das Meer, ließ von dem Römer ab, ließ ihn zurück. Nur einige Versprengte torkelten noch aus den Öffnungen der Gassen und dem Troß nach. Mühsam tastete sich Cotta an der Gartenmauer des Seilerhauses entlang, als ihm einer von diesen Letzten in den Weg trat und sich gleich wieder abwandte, als er sah, daß sein Opfer der Römer war. Aber jetzt hielt Cotta den Narren fest; diese Gestalt, die ihm vor den Augen zu zerrinnen drohte, die sich unter seinem Griff wand und sich den Hals nach einer Fluchtmöglichkeit verrenkte, dieser Kopf mit der großen, hakigen Nase glich jenem Bildnis, das ein ebenso furchtloser wie vermögender Bewunderer Nasos nach dessen Verbannung aus Rom auf Silbermünzen hatte prägen und an die nächsten Freunde des Dichters verteilen lassen, ein Medaillon zur Erinnerung. Die Verschworenen jener geheimen Zirkel, in denen auch nach Nasos Fall und Vertreibung noch aus seinen verbotenen Büchern vorgetragen wurde, aus den Protokollen seiner Reden und den wie Kleinodien gehüteten Mitschriften seiner Lesungen aus den *Metamorphoses* . . . Dieses nicht einzuschüchternde, letzte Publikum zeigte bei seinen geheimen Zusammenkünften die Silbermedaillons den jeweiligen Gastgebern vor, Zeichen eines harmlosen Verschwörertums, das der Macht des Imperators nicht schadete, dem Verbannten nicht half und den Freunden seiner Poesie die Illusion ermöglichte, Freunde einer ebenso gefährlichen wie bedeutsamen Sache zu sein. Die Prägung des Medaillons hatte die seltsam große Nase des unglücklichen Dichters mit einer fast spöttischen Genauigkeit wiedergegeben, eine Nase von einer so auffälligen und einprägsamen Form, daß sie dem Dichter in einer unbeschwerteren Zeit seines Lebens den manchmal liebevoll, manchmal ironisch gebrauchten Beinamen eingetragen hatte: *Naso* riefen ihn seine Freunde und schimpften ihn seine Gegner; mit *Naso* waren auch jene eilig gekritzelten, knappen Nachrichten überschrieben, die man ihm im Billardsalon an der Piazza del Moro oder am Tor seines Hauses hinterließ, wenn das Tor verschlossen und der Salon leer war. Und dieser Kopf, der sich nun so heftig von Cotta abwandte und sein Gesicht nicht zeigen wollte, trug eben jene große, unverwechselbare Nase, eine Pappnase an einem Gummiband, das schnalzend zerriß, als Cotta der um sich schlagenden Gestalt grob ans Gesicht griff und plötzlich den maßlos erschreckten Battus vor sich hatte, den Fallsüchtigen. Quiekend wie ein Ferkel entwand sich der blöde Sohn der Kolonialwarenhändlerin schließlich den Armen des Römers, gab seine Pappnase verloren und rannte in die Finsternis davon.

Der Mai kam blau und stürmisch. Ein warmer, nach
Essig und Schneerosen duftender Wind fraß die letz-
ten Eisrinden von den Tümpeln, fegte die Rauch-
schwaden aus den Gassen und trieb zerrissene Gir-
landen, Papierblumen und die öligen Fetzen von
Lampions über den Strand. Nach der Inbrunst und
Demut ihrer Bittprozessionen und der erschöpfenden
Maßlosigkeit der Fastnacht wandten sich die Bewoh-

ner von Tomi wieder ihrer Arbeit im Berg zu, dem Erz, den steinigen Feldern, dem Amboß und dem Meer.

Die Alten und Siechen der eisernen Stadt, die in der Kälte alle ihre Kräfte gespart und doch allein von der Hoffnung auf die Schneeschmelze am Leben gehalten worden waren, sie atmeten endlich auf; in dieser grenzenlosen Erleichterung, in diesem Nachlassen und Zurücksinken erreichte viele von ihnen der Tod. In der ersten Woche des Südwinds hob Thies der Deutsche drei Gruben aus, in der zweiten vier und errichtete über den Gräbern seine kunstvollen Kuppeln aus Stein.

Bis in die tiefe Dämmerung waren in der Bucht von Tomi noch durch das Donnern der Brandung die wiedergekehrten Vögel zu hören und aus den Häusern die Totengebete, die Hammerschläge des Schreiners und das Gebrüll des Schlachtviehs. Alle Fenster und Tore standen offen. Tagsüber flatterte und winkte die gekochte Wäsche über dem Efeu der Gärten, und auf den flachen Strandfelsen lagen Teppiche zum Trocknen aus. Es war Frühling.

Umzingelt von den grellen Darstellungen auf den Wandbehängen seiner Kammer überstand Cotta in diesen Tagen ein Fieber, das er sich in der Hitze der Fastnacht oder in der Kälte Trachilas geholt hatte und wehrte sich im Schüttelfrost gegen die Ornamente und Gestalten, die sich aus den Maschen der von Arachne gewebten Tapisserien lösten und über ihn herfielen. Niemand stand ihm bei. Im Morgengrauen beruhigte er sich stets und schlief dann bis in die Nachmittagsstunden. Als sein Blick wieder klarer wurde und die Temperatur seines Blutes sank, sah er den Seiler mit einer Blechkanne und einem Teller Milchbrot am Fußende seines Lagers und richtete sich auf, trank und aß und sah, daß Lycaon wieder barfuß war, sah die zerschundenen Füße, die Hände mit den rissigen Nägeln und glaubte seiner eigenen Erinnerung nicht mehr: Diese Hände eines alten Mannes, diese Füße eines alten Mannes sollten Klauen gewesen sein? Wolfsläufe?

Der Seiler blieb in diesen Tagen des Fiebers wortkarg wie immer, aber als Cotta zu Kräften kam und an einem Freitagmorgen über die Wendeltreppe von seiner Kammer nach unten stieg, sah er Lycaon zum erstenmal lächeln. Der Seiler hockte auf einem Dreifuß und zupfte Werg aus alten Tauen. Er war nicht allein. Auf dem Bretterboden der Werkstatt kniete eine schwarzgekleidete Frau und rieb mit Schmierseife und Bürste ein seltsames Muster vom Holz ab, das Cotta an die Spuren erinnerte, die schmutzige oder blutige Pfoten hinterließen.

Wölfe, sagte Cotta; ich habe im Gebirge Wölfe gesehen.

Der Seiler ließ ein silbrig gebleichtes Stück Tau durch die Hand gleiten; schwieg.

Die Schwarzgekleidete unterbrach ihre Arbeit und richtete sich auf; eine junge Frau. Unwillkürlich wich Cotta einen Schritt zurück. Das ebenmäßige Gesicht der Knienden, die zu ihm aufsah, war über und über mit Schuppen bedeckt, mit weißen Flocken abgestorbener Haut, als hätte sie ihr Gesicht, ihre Hände in Kalk getaucht, der nun über der Anstrengung ihrer Arbeit trocknete, riß und absprang.

Wölfe, flüsterte sie, *im Gebirge?*

Das Tau klatschte aus der Hand des Seilers zu Boden. Lycaon bückte sich ächzend danach und es schien, als habe er weder Cottas Stimme noch dieses Flüstern gehört.

Wölfe, sagte Cotta und wandte sich an die Schwarzgekleidete: Wer bist du? und als die keine Antwort gab, an Lycaon: Wer ist sie?

Jetzt hielt sich die Kniende die flache Hand vor den Mund, als wollte sie sich selbst am Sprechen hindern, Hautflocken schneiten auf ihre Brust, sie starrte Cotta an und wiederholte, *wer bist du?* streckte aber dann ihre Hand nach dem Seiler aus und fragte ihn im Tonfall Cottas, *wer ist sie?*

Lycaon lächelte.

Wie das verwirrte und beschämte Opfer eines hundertmal geübten Wortspiels zwischen Eingeweihten, flüchtete sich Cotta in ein ratloses Gerede: Arbeitet sie für dich? fragte er Lycaon, der ihn nicht ansah, wie heißt sie? und stellte sich dann der Schwarzgekleideten wie einer Blödsinnigen vor, zeigte auf seine Brust und sagte, Cotta.

Cotta, wiederholte die Schwarzgekleidete und ließ ihn nicht aus den Augen, *arbeitet sie für dich? Wie heißt sie?*

Echo, sagte der Seiler endlich, sie heißt Echo; sie hält mein Haus sauber.

Haus, flüsterte Echo nun wieder tief über das Muster der Spuren gebeugt, *mein Haus.*

Echo wußte nicht woher sie kam. Einen vergangenen Sommer lang hatte sie in Tomi als eine Verwandte oder ein Mündel der taubstummen Arachne

gegolten, weil man sie eines Tages im Haus der Weberin entdeckt hatte; sie ging dort der Alten zur Hand
und ertrug die Launen der Gichtkranken mit einer
von den seltenen Besuchern stets bewunderten Geduld. Arachnes sanfte Dienstbotin komme aus Troas,
hieß es damals in einem Gerücht aus Famas Laden,
sie sei das verstoßene Kind eines Bruders der Weberin,
das nun als Magd getarnt in Arachnes Haus Unterkunft gefunden habe. Aber in Famas Laden waren
im Verlauf des Sommers und dank der Unzugäng-
lichkeit und Schroffheit der Weberin auch andere
Versionen gepflegt worden: Echo sei mit einem Zug
Scherenschleifer aus Colchis gekommen; nein, der
Filmvorführer Cyparis habe sie mitgebracht, das ab-
gesprungene Flittchen eines Schaustellers.

Troas? hatte man Echo gefragt, du kommst aus
Troas? *Aus Troas*, hatte Echo mit jenem unbeirrbaren
Gleichmut zur Antwort gegeben, mit dem sie später
auch *aus Colchis, aus Petara* oder *aus Tegea* sagte ...
Arachne beherberge eine Schwachsinnige, hieß es
schließlich. Als aber damals der Herbst kam, be-
schuldigte die Weberin ihre Magd des Diebstahls,
verbot ihr das Haus und bedeutete einer Nachbarin,
keine Verwandte und kein Mündel habe sie davon-
geschafft, sondern nur eine Fremde, eine Landstrei-
cherin.

Echo blieb in der eisernen Stadt, schlief bis tief
in den November unter freiem Himmel und flüchtete sich dann vor den Winterstürmen in den innersten Raum einer Ruine, die im Schatten eines Felsenüberhanges lag, in einen dunklen, unzerstörbaren
Raum, der zur Hälfte aus dem Urgestein geschlagen

war, mehr Höhle als Zimmer. In dieser feuchten, lautlosen Abgeschiedenheit, die Echo seit dieser Zeit bewohnte, lag sie manchmal tagelang bewegungslos und litt an einem tobenden Kopfschmerz, der allein im kühlen Dämmerlicht dieser Ruine erträglicher wurde und nachließ. Schlimmer als an diesem periodisch wiederkehrenden Schmerz, der vielleicht nur der Widerhall des Lärms der Welt in ihrem Kopf war, litt Echo aber an einer Krankheit, die durch keine Dämmerung und keine Stille zu lindern war, litt an ihrer Haut, der die oberste, schützende Schicht fehlte und die deshalb von einer solchen Verletzlichkeit war, daß schon ein einziger Sonnenstrahl oder ein staubiger Windstoß Spuren auf ihr hinterließ; noch im milden Licht und in der würzigen, trockenen Frühlingsluft riß, brach und schuppte sich diese Haut und schneite der Unglücklichen vom Leib.

Erst später sollte Cotta erfahren, daß Echos Leiden stets auf eine begrenzte Fläche ihres Körpers beschränkt blieb, auf einen großen, ovalen Schuppenfleck, der unstetig und langsam über diese schlanke Gestalt wanderte, eine dichte Flockenherde, die einmal Gesicht und Hals befiel und über die Schultern, die Arme weiterzog zur Brust oder zum Bauch. Wanderte dieser Fleck endlich über ihr Gesicht hinaus und verschwand unter den Kleidern, dann war Echo für eine Woche oder für einen Monat von einer berückenden Schönheit, ihre Haut makellos. Kehrten die Schuppen aber auf ihr Antlitz zurück, dann bereitete ihr oft nicht nur jede Berührung, sondern schon ein gaffender Blick einen solchen Schmerz, daß von ihr ließ und sie mied, wer sie liebte.

Wenn auch heimlich, wurde Echo doch von vielen Bewohnern der Küste geliebt. Viehhirten wie Erzkocher suchten sie im Schutz der Dunkelheit manchmal in ihrer Höhle auf, um sich in Echos Armen, fern von ihren harten, geplagten Frauen in Säuglinge, in Herren oder in Tiere zu verwandeln. Ihre Liebhaber wußten sich durch Echos undurchdringliche Verschwiegenheit vor allen Vorwürfen und aller Scham geschützt und hinterließen dafür im Schutt der Ruine Bernstein, Felle, getrockneten Fisch und Töpfe voll Fett.

In das Haus des Seilers kam Echo in unregelmäßigen Abständen und nur, um hier aufzusammeln, zu entfernen oder abzuwaschen, was Lycaon gerade zum Unrat und Abfall erklärte — es war bei jedem ihrer Besuche etwas anderes: Plötzlich wurden dem Seiler alle Pflanzen innerhalb seiner Mauern zuwider und mußte Echo Moos von den Steinen schaben, Efeu und Gras entwurzeln und selbst Dahlien- und Orchideenstöcke zum Abfall werfen oder aus dem Haus schaffen; dann wieder ertrug der Seiler den Rost nicht mehr, mußte Echo mit Feilen und Glaspapier alle Gitter, Türangeln, Gerätschaften und eisernen Zierat abschmirgeln und den weißen Glanz, der sich in der Feuchtigkeit der Meeresluft bald wieder verlor, mit einem durchsichtigen Anstrich versiegeln.

Nur selten aber war es der Staub, der den Seiler störte. Wie flinke, vielgestaltige Tiere huschten mit feinsten Spänen, Haaren und Hanffasern durchsetzte Pelzchen aus Staub über den Boden des Seilerhauses und der Reeperbahn ... Und als gestaltloser Endzustand der Welt lag der Staub auch auf den Garnspulen, den Lochplatten, Kardeelen, Schnüren, Litzen und Trossen, erhob sich im geringsten Luftzug, wurde im einfallenden Sonnenlicht manchmal glänzend und kostbar und senkte sich dann in melancholischen Wirbeln und Schwaden wieder auf Lycaons Einsamkeit herab.

Echo kam, wenn der Seiler nach ihr schickte, sie stellte keine Fragen, wiederholte folgsam alle Anweisungen, warf weg, was man sie wegwerfen hieß und vergoldete, was zu bewahren war. Seit jenem Freitag, an dem das Fieber ihn losgelassen hatte und Cotta die schwarzgekleidete Frau im Morgenlicht auf dem Boden der Werkstatt hatte knien sehen, erschien ihm die eiserne Stadt weniger kalt und öde, so, als habe Echos Antlitz, dessen Schönheit auch unter den weißen Flocken ihrer Haut noch erkennbar blieb, in ihm nicht nur die Erinnerungen an die langsamen, weichen Hände und die Liebkosungen der Frauen Roms wachgerufen, sondern als sei ihm Rom selbst durch Echos Augen, ihren Blick und die Anmut ihrer Bewegungen wieder nähergekommen.

Echo hatte am Morgen von Cottas Genesung auch seine Kammer gesäubert, hatte die blinden Fenster gewaschen und mit Rehleder poliert, die Tapisserien vom Staub eines ganzen Jahres befreit und den Behängen damit ihre leuchtenden Farben wiedergegeben, die von einer solchen Eindringlichkeit waren, daß Cotta noch im Kerzenlicht der folgenden Nacht glaubte, es sei allein die Kraft dieser Farben, die ihn nicht müde werden und nicht schlafen ließ.

Cotta berührte Lycaons Magd zum erstenmal an jenem Nachmittag, an dem der Filmvorführer die eiserne Stadt verließ. Krummbeinig und langsam schritt Cyparis durch die Gassen und pries dabei die Sensationen seiner Vorführungen noch einmal in einem leiernden Sprechgesang; in der einen Faust hielt er die Zügel der Falben seines Gespanns, das monströs hinter ihm schwankte, und in der anderen den Strick, an dem er seinen Hirsch nachzog. Das Tier hatte sich beim Aufbruch gegen diesen Strick so heftig gewehrt, daß es während seiner Überwältigung mit den noch weichen, bastüberzogenen Enden seines eben erst nachgewachsenen Geweihs gegen den Stein einer Toreinfassung geschlagen war. In den Pausen seines Sprechgesangs versuchte der Liliputaner das Tier zu besänftigen; aus zwei Brüchen des Geweihs tropfte Blut, rann in wirren, feinen Adern den Schädel hinab und sprenkelte das Pflaster der eisernen Stadt: Ein Unglückszeichen, sagte Fama, die, den Arm um ihren Sohn gelegt, in der Reihe jener Zuschauer stand, die den Auszug des Filmvorführers verfolgten und ihm ihr Bedauern zuriefen.

Cyparis letzte Vorstellung war am vergangenen Abend von Lichas, einem Missionar der Altgläubigen aus Konstantinopel, mit einem gellenden Wutgeschrei unterbrochen worden. Lichas kam jedes Jahr um die Osterzeit mit einem Fischkutter vom Bosporus nach Tomi, um in der Dämmerung der verwahrlosten, von Flechten und Schimmelpilzen befallenen Kirche eine endlose Litanei von Torturen vorzulesen, denen Mitglieder seiner Sekte unter römischer Herrschaft erlegen waren; ein Missionar, der die Grausamkeit Roms verfluchte und die Herrlichkeit irgendeines Gottes beschwor, brauchte in den Einöden und Ruinendörfern dieses Küstenstriches weder Behörden noch Denunzianten zu fürchten.

Der Missionar war an diesem Abend mit erhobenen Fäusten aus der Kirche auf die von Bildern strahlende Schlachthausmauer zugestürzt, hatte das überraschte Publikum des Liliputaners verwünscht und geschrien, daß an einem geheiligten Tag wie diesem, an einem Karfreitag! selbst an einem verlorenen Ort wie Tomi der Leiden und Qualen des gekreuzigten Beherrschers der Welt gedacht werden müßte, hatte unter dem Gelächter des Publikums gegen die Bordwände des Planwagens getrommelt, auf dem Cyparis Projektor surrte, und schließlich, als alle Beschwörungen vergeblich blieben, die einzige Glocke des Kirchturmes so lange geläutet, bis der Liliputaner die Vorführung abbrach und die Schlachthausmauer erlosch.

So war den Menschen der eisernen Stadt das blutige Ende des letzten von drei Filmen verborgen geblieben, die Cyparis aus Pietät gegenüber den Todesfällen und Leichenbegängnissen dieser Frühjahrstage an drei aufeinanderfolgenden Abenden gezeigt hatte — es waren drei Tragödien gewesen, bombastisch ausgeschmückte Versionen des Untergangs dreier Helden, deren Namen in der eisernen Stadt bis dahin fremd gewesen waren: *Hector, Hercules* und *Orpheus.*

Für Cotta, der jeden dieser Abende auf den Holzbänken vor Tereus Mauer miterlebt hatte, waren es drei Namen seiner Jugend — an Hercules oder Orpheus erinnerte er sich, wenn er an die schmachtenden Nachmittage in den Studiersälen und der Bibliothek des Internats von San Lorenzo dachte, in dem man ihm die Schicksale dieser und anderer Helden wieder und wieder abverlangt hatte: Leben und Tod des Hercules! Leben und Tod des Orpheus! Aus dem Gedächtnis und in Hexametern!

Wo immer Orpheus Name fiel, wurden Cotta auch die weit geöffneten Fenster von San Lorenzo wieder gegenwärtig, durch die ein wilder Orangenbaum und Oleandersträucher ihre Zweige gestreckt hatten, Pflanzen, deren bitteren Saft sich die Verwegensten unter den Zöglingen in der Not gelegentlich auf die Netzhaut träufelten, um durch eine ebenso schmerzhafte wie unbezweifelbare Augenentzündung von der Wiederholung und Prüfung der Heldenschicksale für einige Tage befreit zu sein.

Cyparis hatte der eisernen Stadt den Untergang Troias gezeigt, lodernde Felder aus Helmbüschen und bis an den Horizont wogende Plantagen starrender Lanzenschäfte, verwehende Brände, Rauchwolken, die größer waren als der Himmel über der Stadt, und hatte vor dieser Kulisse die Verstümmelung des Troianers Hector vorgeführt, der so lange um die Mauern seiner eigenen Festung geschleift worden war, bis sein furchtbarer Tod an einer langgezogenen Meute von Hunden sichtbar wurde, die sich um die weithin verstreuten Fetzen seines Fleisches balgten.

Am zweiten Abend hatte Cyparis das Schicksal des Hercules in Tomi bekannt gemacht, der alle Mühsal der Welt ertragen und alle ihre Gefahren überstehen und besiegen mußte, um sich schließlich mit seinen eigenen Händen zu zerfleischen: Hercules verging unter dem Staunen und Entsetzen der Erzkocher am Zauber eines vergifteten Hemdes, das er sich ahnungslos überstreifte und dessen Gewebe augenblicklich mit seiner Haut verwuchs, auf seinem Leib wie siedendes Öl zu brennen begann und nicht anders wieder abzustreifen war als mit dem Leben selbst.

Stöhnend, brüllend, schließlich rasend vor Schmerz riß sich dieser unbesiegbare Mensch mit dem Hemd Haut und Fleisch von den Knochen und legte seine tropfenden Sehnen bloß, die Schulterblätter, den Brustkorb, einen roten Käfig, in dem seine Lungen verglühten, sein Herz. Er fiel. Und das Licht dieses Tages sammelte sich in sieben Teichen, zu denen das Blut und der Schweiß dieses Unglücklichen zerrannen, sieben Spiegel, die das Bild des Himmels trugen, Wolken, Schatten, Leere. Dann wurde es Nacht. Aber das Licht der sieben Teiche blieb und erhob sich, Sterne unter Sternen, zum Firmament.

Und schließlich, an diesem Karfreitag, hatte Cyparis auch den Martertod eines Dichters namens Orpheus angekündigt, der von in Pantherfelle und Rehdecken gehüllten Frauen gesteinigt werden sollte, gehäutet und mit Beilen und Sicheln zerstückelt, und hatte eben die ersten Bilder des durch einen Wald Steineichen flüchtenden Opfers gezeigt, als der Missionar aus der Kirche hervorgestürzt kam ...

Deutlicher als an den Tod der Heroen aber hatte sich Cotta an diesen drei Abenden an die Lehren und die Zucht von San Lorenzo erinnert, an das Kalkweiß der hallenden Gänge, die in den Nachmittag geöffneten Fenster, vor denen verboten und unerreichbar Fischteiche und verwilderte Wiesen lagen, und war durch die Zeit und tiefe, schattige Höfe zurückgeglitten, bis er Naso, den Ehrengast, umdrängt von nervösen Präfekten und Honoratioren durch die Arkaden von San Lorenzo schreiten sah, den gefeierten Dichter, der den Festsaal des Kollegiums an der Seite des Rektors an einem Maiabend betrat, vielleicht war es auch schon Juni. Der hohe Besuch.

Die Anwesenheit Nasos, eine Lesung, hatte damals die Feierlichkeiten zum hundertjährigen Bestand von San Lorenzo gekrönt und hätte noch die Chronik der Anstalt veredeln sollen. Die Wandmalereien des Festsaals, haushohe Heiligenbilder, waren unter den vielen Spruchbändern und der Blütenpracht von Girlanden und Kränzen verschwunden, und über der Versammlung der Zöglinge und Professoren lag der schwere Duft von Flieder, als Naso seine Stimme erhob. Aber die Zöglinge erkannten damals unter den Magnesiumblitzen des Hausfotografen und bedroht von der bleiernen Andacht des Rektors in manchen Passagen dieser Lesung doch nur Verse und Worte wieder, mit denen sie in den Schulstunden gequält wurden:

Auf Stroh fand der Römer
Die Gabe des traumlosen Schlafs
Und als er erwachte und sich
Aus der Spreu zu den Sternen erhob
Flackerte über dem Erdenkreis
Ein rotes Gestirn
Schimmerten purpurn vom Blut
Die Narben des Monds.

Starr vor Ehrfurcht hatte Cotta damals Nasos Züge mit den grob gerasterten Bildern jener Zeitungsausschnitte verglichen, die in den Tagen vor dem Fest von einem Schuldiener an das schwarze Brett von San Lorenzo geheftet worden waren, und hatte den Dichter im Auditorium kaum wiedererkannt, kaum die verwirrende Größe seiner Nase, die unsteten Augen, einen Blick, der zu Beginn und am Ende der Lesung über die Köpfe der Versammelten hinweg und die Girlanden entlang ins Unendliche und von dorther wieder zurückglitt auf die Seiten eines aufgeschlagenen Buches. Selbst aus der ersten Reihe der Zuhörer war dem Zögling Cotta der Dichter Publius Ovidius Naso von einer solchen Unberührbarkeit und Entrücktheit erschienen, daß er den Lesenden kaum länger als einen Atemzug unausgesetzt zu betrachten wagte, um nicht von einem jähen, zufälligen Blick aus dem Moosgrün dieser Augen getroffen und beschämt zu werden.

Noch Jahre nach der Festversammlung von San Lorenzo bewahrte Cotta dieses seltsam verklärte Bild Nasos als das unwandelbare, wie für immer aus der Zeit genommene Bild eines Dichters in seinem Gedächtnis, eine gläserne Erinnerung, an der er den allmählichen Verfall und die Verwandlungen des lebendigen, alternden Naso insgeheim maß, das Verblassen seiner Glorie und noch die Tiefe seines Sturzes: Wenn ein Mensch aus einer solchen Verehrung und Unnahbarkeit in die Verachtung stürzen konnte, verjagt an die Felsenküsten des Schwarzen Meeres und selbst sein bloßes Abbild aus den gerahmten Erinnerungsfotos von San Lorenzo und den Schaukästen der Akademien verschwand, wegretuschiert, verwandelt in einen milchigen oder silbergrauen Nebelfleck — mußten dann nicht auch in den prunkvollsten Palästen der Residenz schon die Umrisse der Schutthaufen erkennbar werden, zu denen sie im Flug der Zeit wieder zerfallen würden? und erkennbar in den Blütenwolken der Gärten und Parks schon das Gleißen künftiger Wüsten und noch in den unbekümmerten oder begeisterten Mienen des Komödien- und Zirkuspublikums die Blässe des Todes.

Als Naso tatsächlich fiel, nahm Cotta das Wasserzeichen der Vergänglichkeit selbst an den Steinen wahr. Am Vergleich zwischen dem gläsernen Bild von San Lorenzo und dem schluchzenden Mann, der an einem wolkenlosen Dienstag im März sein Haus an der Piazza del Moro für immer verließ, wurde ihm zum erstenmal die federleichte Bauweise der Welt bewußt, die Anfälligkeit der zu Sand verfliegenden Gebirge, die Flüchtigkeit der Meere, die zu Wolkenspiralen verdampften und das Strohfeuer der Sterne ...

Keinem bleibt seine Gestalt: Durch dieses Bewußtsein, das ihn noch in San Lorenzo mit einem ebenso pathetischen wie pubertären Weltschmerz erfüllt hatte, war Cotta schließlich jenem Kreis von Freunden des Dichters verwandt geworden, die Naso selbst in seinem Sturz bewunderten und nach seinem Verschwinden so beharrlich und hingebungsvoll in seinen verbotenen Büchern lasen, bis Hunderte von Wendungen und Versen unauslöschlich in ihrem Gedächtnis bewahrt waren.

Cyparis der Filmvorführer verließ die eiserne Stadt an diesem Nachmittag, wie Naso einst San Lorenzo und Rom verlassen hatte: Ausgesetzt den Spalieren der Neugierde, überragt von seinem Schicksal und mit dem unverwechselbaren, abwesenden Gesichtsausdruck eines Menschen, der weiß, daß er niemals zurückkehren wird.

Als der Vorführer die Enge der Gassen hinter sich hatte, band er den langen Halsstrick des Hirsches an eine Strebe des Planwagens, kletterte ächzend auf den Kutschbock und kritzelte mit der Peitsche dicht über den Mähnen der Falben Spiralen und Schleifchen in die Luft, als wollte er den Zugtieren und jenem Rest seines Publikums, der ihm bis hierher gefolgt war, das Labyrinth seiner zukünftigen Wege beschreiben. Ruckartig setzte sich dann der Planwagen auf jener von Schlaglöchern und Steinen übersäten Straße in Bewegung, die Tomi mit der verlassenen Stadt Limyra verband.

In der schneefreien Zeit, wenn der Morast der Straße erstarrte und zu Staub zerfiel, verkehrte auf dieser Route manchmal ein vom Rost zerfressener Linienbus, dessen Fenster unter den Steinschlägen längst geborsten und niemals ersetzt worden waren; wer nach drei oder vier Tagesreisen das von der Zeit verwüstete Limyra in diesem Bus erreichte, um dort im Schutt nach bronzenen Fibeln, Gehängen und Armreifen zu wühlen, glich schon bei seiner Ankunft den von Staub und Schlamm bedeckten Bergleuten der eisernen Stadt, wenn sie erschöpft aus den Stollen kamen.

Nach dem ersten, kaum hundert Meter langen Stück seines Weges in die Zukunft rauchte hinter Cyparis Planwagen bereits eine so mächtige Staubfahne auf, daß die Zuschauer durch das in den Augen schmerzende Ocker und Grau seiner Spur nur noch die anfeuernden Schreie des Liliputaners vernahmen und dann die Hände vors Gesicht schlagen mußten, um sich vor den Sandwirbeln zu schützen. Es war, als würde sich aller Staub dieser Küste gegen die eiserne Stadt erheben, um ihr den letzten Blick auf den Auszug des Filmvorführers zu verwehren, auf das allmähliche Kleinerwerden und Verschwinden des Gespanns, mit dem auch die Hoffnung auf den Trost der Geschichten und Bilder des Liliputaners verschwand.

Wie die Insassen eines Straflagers, die eben einen Begnadigten ans Tor begleitet hatten, machte sich Cyparis Publikum dann auf den Rückweg ins Innere der Stadt; die Ängstlichen und Abergläubischen streuten Zwiebelschalen und zu Zöpfen geflochtene, gedörrte Lichtnelken auf die zarten Blutspuren, die der Hirsch hinterlassen hatte, um das von Fama vorausgesagte Unheil zu bannen und an den Boden zu fesseln, wenn es sich vom Köder dieser Blutspur angelockt aus der Tiefe erhob.

Auch Cotta war an diesem Nachmittag dem Zug der Neugierigen bis an den äußersten Rand der Stadt gefolgt, hatte sich an seine Spitze gesetzt, als dieser Zug langsamer und langsamer wurde und war nicht umgekehrt wie alle anderen, als sich die Staubwolke hinter Cyparis schloß. Blinzelnd, mit brennenden Augen war er dem schon unsichtbaren Gespann in die Sandwirbel gefolgt und erkannte zunächst nur einen schmalen, gesichtslosen Schatten, der ihm entgegenkam. Es war Echo. Ohne eine schützende Hand vor ihrem Gesicht, scheinbar unbehelligt vom Staub, kam sie auf ihn zu, und Cotta fühlte mehr, als er mit seinen tränenden Augen tatsächlich wahrnahm, daß sie ihn ansah. Je näher ihm Echo kam, desto schwerer fühlte Cotta diesen Blick auf sich lasten, so schwer, daß er schließlich ins Bodenlose trat, es war nur eine flache, vom Schmelzwasser ausgewaschene Kuhle, taumelte und gestürzt wäre, hätte Echo ihm nicht ihren Arm entgegengestreckt.

Noch war sie einen Herzschlag zu weit entfernt, als daß Cotta ihren Arm tatsächlich hätte ergreifen können, aber allein diese Geste, Echos Bereitschaft, ihn zu halten, gab dem Taumelnden seine Sicherheit wieder. Er faßte sich und richtete sich auf: Jetzt waren sie allein im Innern der Staubwolke, in einer plötzlichen Windstille, wie sie im Zentrum von Wirbelstürmen herrscht; jetzt klarten Cottas Augen allmählich auf; jetzt stand er ruhig da, sah Echos Antlitz makellos, nur einen Anflug von Blässe, und ergriff ihre Hand.

Aschgrau wie die Passagiere einer Reise nach Limyra traten der Römer und die Magd des Seilers an diesem Nachmittag aus der Staubwolke, die nur langsam verwehte und den Wermutsträuchern entlang der Straße das Aussehen von Versteinerungen gab. Cyparis Abschiedspublikum hatte sich schon in den Gassen der Stadt verlaufen, und Fama, als sie sich noch einmal nach der Spur des Liliputaners umblickte, bevor sie wieder ins Dunkel ihres Ladens trat, sah in der Ferne nur noch den Römer und Echo als verdächtiges, langsames Paar.

Es war ein zögerndes, von vielen schweigsamen Schritten unterbrochenes Gespräch, das Echo und Cotta auf ihrem Rückweg in die Stadt führten, aber sie verstanden ihre Befangenheit voreinander so zu verbergen, daß es schien, als wären diese beiden staubbedeckten Spaziergänger zumindest durch einen weiten gemeinsamen Weg miteinander vertraut: Die zerschundenen Füße des Seilers, Cyparis traurige Filme oder sein plötzlicher Abschied — worüber die beiden auch sprachen, es unterschied sich kaum vom alltäglichen, leidenschaftslosen Tratsch, wie er an irgendeiner Ecke von Tomi oder zwischen den Regalen und Melassefässern von Famas Laden ausgebreitet wurde; auch glichen Echos Antworten stets dem, was Cotta schon wußte, mehr noch, Echo erzählte ihm in seinen eigenen Worten von der eisernen Stadt. Und dennoch empfand Cotta durch alle Wiederholungen und Belanglosigkeiten einen osmotischen Austausch wirrer Gefühle, ein sprachloses, rätselhaftes Einverständnis. Kaum erkannte er in Echo jene verstörte, eingeschüchterte Dienstbotin wieder, die er zu Lycaons Füßen auf dem Boden der Seilerwerkstatt hatte knien sehen — und schließlich schien ihm sogar, als sei das Gespräch mit dieser Frau die erste Begegnung mit einem menschlichen Wesen seit seiner Abreise aus Rom.

Als Echo den von überwachsenen Mauern gesäumten Weg zu ihrer Behausung einschlug, blieb Cotta unter einem Vorwand an ihrer Seite und versuchte den Augenblick der Verabschiedung mit immer neuen Fragen hinauszuzögern. Aber über diesem erfolglosen Versuch, die Minuten dieses Nachmittags zu verschleppen, setzte tickend, trommelnd und schließlich rauschend ein schwerer, warmer Frühlingsregen ein, der allen Staub wieder zur Erde zwang und das Wasser in lehmgelben Kaskaden über die Treppen und durch die Rinnsteine der eisernen Stadt hinabschießen ließ. Die beiden hasteten durch den Wolkenbruch, sprangen über Pfützen und Rinnsale und waren durchnäßt und außer Atem, als sie Echos Ruine erreichten. Geschützt von den Wasserschleiern standen sie dann unter einem Felsvorsprung, der mit den Mauerresten wie verwachsen war, und starrten sich keuchend an.

Ohne noch auf eine Antwort zu hoffen, allein, um den Abschied ein letztes Mal aufzuschieben, japste Cotta in das Rauschen des Regens zwei oder drei seiner abgenützten Fragen nach Naso, Fragen, die er sich auf dem Weg verboten hatte, um diese Frau nicht in die gleiche Verschlossenheit zurückzudrängen, an die er in der eisernen Stadt nach ähnlichen Fragen schon so oft geraten war, fragte Echo also nach dem Dichter aus Rom, nach einem Verbannten im Gebirge und seinem verrückten Knecht und hörte das Rauschen des Regens als das Rauschen der Schirmföhren an der Piazza del Moro, als Echo beiläufig und wie selbstverständlich *ja* sagte, gewiß, der arme Naso sei doch bekannt bis Limyra und darüber hinaus.

Der Regen hatte Cotta Haarsträhne um Haarsträhne in die Stirn gewaschen; tropfend, bewegungslos stand er auf dem trockenen Sandboden unter dem Felsvorsprung und hörte Echo reden, als habe es erst eines Losungswortes, erst der Erwähnung von Nasos Namen bedurft, um ihre einsilbigen Antworten in Erzählungen zu verwandeln: In der schneefreien Jahreszeit käme Naso mit seinem Knecht alle vier oder fünf Wochen aus dem Gebirge an die

Küste herab; auch hier, in dieser Höhle habe sie der Verbannte schon besucht und wilden Honig und Vogelbeeren aus den Karen von Trachila mitgebracht.

Tot? Naso habe die eiserne Stadt oft monatelang gemieden, ohne daß ihn deshalb einer für tot gehalten hätte.

Hier, auf dem Sandboden habe er sein Feuer angezündet, eines seiner vielen Feuer, die überall brannten, wo er hockte und ins Erzählen kam. Noch an den Tischen des Branntweiners habe er in Tellern und Töpfen Feuerchen aus Spänen, Holzlocken und Wolle entfacht, wenn er dort im Keller saß und trank.

Der arme Naso behaupte ja von sich, in den Flammen, in der Glut und noch in der weißen, warmen Asche lesen zu können, behaupte, in seinen Bränden die Worte, die Sätze und Geschichten eines ganzen Buches zu entziffern, das ihm an irgendeinem finsteren Tag seines Lebens verglüht sei.

In Tomi habe man diesen Römer anfangs für einen Brandstifter gehalten, sagte Echo unter dem Felsendach, habe ihm seine Feuerchen und Brände ausgetreten und erstickt und ihn so böse behandelt, daß er schließlich im Gebirge eine Zuflucht finden mußte, in Trachila.

Aber nach und nach habe man auch in der eisernen Stadt die Harmlosigkeit dieses Verbannten erkannt, sei dann auch gerne an seinen Feuern gesessen, wenn er um das Lebensnotwendigste ans Meer herab kam und habe ihm zugehört, wenn er aus der Glut vorlas.

Was immer diesem Unglücklichen einmal verbrannt sei, sagte Echo, müsse wohl ein Buch über
Steine gewesen sein, ein Katalog seltsamer Mineralien. In den Feuern unter ihrem Felsendach habe er
jedenfalls immer nur Korallen, Versteinerungen und
Kiesel gesehen, auch in der Glut das Immergleiche,
Zeile für Zeile nur Steine.

Das Jahr wurde trocken und heiß wie keines zuvor in den Breiten der eisernen Stadt. Wochenlang blieb der Himmel über Tomi wolkenlos. Die Luft wurde glasig. Der Horizont begann zu flimmern, zerfloß. In der Windstille verebbte die Brandung; das Tosen blieb — es war der Lärm blaßgrüner Wildbäche, die, vom Schmelzwasser aus den Gletscherregionen des Küstengebirges im Überfluß genährt, durch Hohlwege und Klammen herabstürzten und manchmal als Wasserschleier verwehten, bevor sie die Buchten und Talsohlen erreichten.

Gleißend, still wie ein See lag das Schwarze Meer vor der Steilküste. In den Lagunen wie über türkisblauen Untiefen erwärmte sich das Wasser so sehr, daß an Eisschollen und Schneetemperaturen angepaßte Hellebardenfische in panischer Flucht vor der warmen Flut aus dem Spiegel des Meers auf den Strand schnellten und sich dort flossenschlagend in Panzer aus Sandkörnern und Perlmutt hüllten, während sie erstickten. Die Bewohner der eisernen Stadt lasen neun Schwärme dieser rasenden Fische auf und begruben sie, weil es nicht genug Hunger gab, um sie zu verzehren, und nicht genug Hände, um sie zu dörren. Noch in der frischen Kühle nach Sonnenuntergang lag der Gestank der Verwesung über der Küste, kroch mit der Dämmerung die Steinhalden empor und lockte Schakale ans Meer. Abend für Abend, wenn nur die höchsten Gipfel und Grate noch rot aus den Schatten ragten, stießen aus den Wüsten jenseits der Baumgrenze Schwärme von Aasvögeln herab. Selbst Fama und die ältesten Bewohner der Stadt konnten sich an kein solches Frühjahr erinnern und deuteten alle Phänomene der Erwärmung als die Zeichen einer neuen, unheilvollen Zeit.

Eines Morgens wurde Tomi von der Hafensirene und dem entsetzten Geschrei der Fischer geweckt: Das Meer hatte seine Farbe verloren. Gelb, schwefelgelb, stumpf und reglos lag das Wasser in der Bucht. An der Mole versammelte sich eine verstörte Menge, aus der keiner seine Hand in diesen Schwefel zu tauchen wagte, bis Arachne erschien, mit ausgebreiteten Armen, gestikulierend, das Haar gelöst, kam sie eine Gasse herab und öffnete den Mund zu lautlosen Schreien, aus denen Echo schließlich herauslas, daß die Weberin ein solches Meer schon einmal, an der ausonischen Küste, gesehen hatte. Das Schwefelgelb sei nur verwehter Blütenstaub, der unermeßliche Blütenstaub von Pinienwäldern.

Pinien? wurde der Taubstummen bedeutet, was sind Pinien?

Die Verstörung wich erst dann der Erleichterung, ja der Heiterkeit, als eine träge Strömung den Blütenstaub wieder mit sich nahm, einen goldenen, zerrissenen Schleier, und so den Fischern ihre vertrauten Tiefen wieder enthüllte.

Cotta dachte in diesen Tagen oft an das Rätsel des Maulbeerbaumes von Trachila, an die mannshohen Farne in Nasos Garten und fand in den Abraumhalden der Stollen über den Dächern von Tomi blaue Färberdisteln, Taubnesseln, Reseden und Lavendel. In den Sprüngen und erdigen Rissen des Platzes vor dem Hafenamt blühten Strandflieder und Sternklee. Keines dieser Gewächse war jemals zuvor auch nur in den Gärten oder auf den Feldern der eisernen Stadt gediehen. Manche Pflanzen erschienen den Erzkochern so seltsam und kostbar, daß sie die Blüten mit Zucker bestäubt oder in Honig getunkt aßen.

Als das Fischsterben nachließ und die Küste ihren Verwesungsgeruch verlor, kehrte nach einem zwei Tage und Nächte tobenden Gewitter der stetige Wind vom Meer wieder und mit ihm die Brandung;

es war ein hochsommerlicher, dörrender Wind, der in den Stunden der Mittagshitze den Duft namenloser Gewürze über die Ruinen und Halden trug und die Sturzbäche leiser und schmal werden ließ.

In Tomi begannen sich die Menschen allmählich in die Temperaturen einer unbegreiflichen Wetterlage zu fügen wie zu anderen Zeiten in den Frost und die Eisstürme — und schließlich wandte sich die eiserne Stadt von ihrer neuen, prunkenden Vegetation mit der gleichen Ungerührtheit ab wie zu anderen Zeiten von den bizarren Formen der Eisstöße am Strand oder den Barrieren einer Schneeverwehung: In den Schächten und Horizonten des Bergwerkes war ein wolkenloser Himmel so unsichtbar wie ein verhangener, und auch wenn im Geröll über den Mundlöchern der Stollen, in den Wänden und Abraumhalden nun Kräuter und Strohblumen wuchsen, blieb es tief im Inneren des Gebirges, an den rußigen Stirnwänden des Vortriebs ja doch so kalt und finster wie je. Der Funkenregen vor den Öfen der Erzkocher erlosch nicht und die Gluthitze vor den offenen Feuertüren kühlte auch in einem ringsum blühenden Jahr nicht ab. Die Felder blieben steinig; die Herden klein. Und nachdem das Aas des letzten der gestrandeten Fischschwärme in den Räucherkammern oder einer Dunggrube verschwunden war, schien auch das Meer wieder so fischarm und unfruchtbar wie in den Zeiten der Kälte.

Nach und nach begannen der Tratsch und das Gerede in Famas Laden und im Keller des Branntweiners wieder um das alte Leben zu kreisen, um die hundertmal beklagten Nöte und Beschwerden der

Armseligkeit und erfaßten als einzig ergiebige Neuheit nur ein Liebespaar, das sich dem Vernehmen nach am Tag der Abreise des Filmvorführers gefunden hatte: Cotta und Echo. Wo immer die beiden in diesen Tagen gesehen wurden, forderten sie jenes boshafte, manchmal gehässige Gerede heraus, mit dem die von zweckmäßigen Ehen und engen Verwandtschaften bestimmte Gesellschaft der eisernen Stadt jede vermeintliche oder tatsächliche Affäre ahndete, die sich ihrer Aufsicht zu entziehen schien.

Man sah den Fremden an Echos Seite über Saumpfade gehen. Man sah, daß er am hellen Tag vor ihrer Behausung auf sie wartete, sah vor allem, daß sie mit ihm sprach. Was die beiden verband, mußte also mehr sein, viel mehr als alles, was ein Bauer oder Erzkocher im Schutz der Dunkelheit mit der Schuppenfrau trieb. War dieser Römer denn nun ein Verwandter, ein Freund des Verbannten oder nur der Beauftragte irgendeiner fernen Behörde, die den Stand der Dinge an dieser Küste zu prüfen hatte und sich dabei der gutgläubigen Echo bediente?

Hier, an dieser Küste, verloren sich die Gesetze, die Macht und der Wille Roms in der Wildnis. Hier! grölte einer im Keller des Branntweiners, hier! würde ein Spitzel auch unter den Röcken einer Dorfhure nicht finden, was Tomi verbergen wollte ... Und doch: Echo sprach mit dem Fremden. Sie sprach doch sonst nie. Wovon erzählte sie ihm, während sie zur Mole hinab oder am geöffneten Tor einer Schmiede vorübergingen? Von Tereus Besuchen in der Nacht? Von der Großzügigkeit des Branntweiners Phineus, der Echo mit seinen Geschenken, Korallenketten und Ballonflaschen voll Schnaps zu bewegen versuchte, ihm an seinen fauligen Schwanz zu fassen? Oder davon, daß selbst Fama Weizendunst und Sultaninen in Echos Höhle getragen und sie um eine Stunde der Zärtlichkeit für ihren halbwüchsigen Battus gebeten hatte, damit der Fallsüchtige wenigstens für eine Nacht vom Gezerre seiner Geilheit befreit werde; Fama, von der Echo auch wußte, daß sie ihr lallendes Kind vor Jahren mit einem Absud aus Zyklamen und Seidelbastblüten zu vergiften versucht hatte, damit dieses mißratene Wesen die Welt ebenso fiebernd und schmerzlos wieder verlassen würde, wie es einst unter dem schweißüberströmten Gewicht eines durchreisenden Mineurs gezeugt worden war ...

Jeder in Tomi hatte ein Geheimnis zu hüten — wenn schon nicht vor Rom, so doch vor seinen Nachbarn. Und Echo kannte viele Geheimnisse der eisernen Stadt, von denen ihre Erinnerung an den verbotenen Umgang der Erzkocher mit dem Verbannten wohl nur eines der unbedeutendsten war.

Cotta fühlte, daß Tomi ihn zu beobachten, ja zu belauern begann. Der Branntweiner Phineus war der erste, der mit feindseligen Fragen die Nähe des Römers suchte, um in Erfahrung zu bringen, was von ihm zu erwarten, zu hoffen oder zu fürchten war. Aber dieser Fremde, soviel glaubte der Branntweiner schon nach einem durchzechten Nachmittag zu wissen, war ebenso harmlos wie der Verbannte oben in Trachila.

Cotta war einer von vielen: In diesen Jahren der augustäischen Herrschaft verließen immer mehr Untertanen und Bürger Roms die Metropole, um der

Apparatur der Macht zu entgehen, der allgegenwärtigen Überwachung, den Fahnenwäldern und dem monotonen Geplärre vaterländischer Parolen; manche flohen auch vor der Rekrutierung oder bloß vor der Langeweile eines bis in die lächerlichsten Pflichten vorgeschriebenen Staatsbürgertums. Weitab von der Symmetrie eines geordneten Lebens suchten sie irgendwo an den verwildernden Grenzen des Imperiums nach ihrer Selbstbestimmung oder auch den Bildern einer romantischen Phantasie, vor allem aber nach einem Leben ohne Aufsicht.

Im Jargon der Regierungsblätter wie in den Akten der Polizei hießen Reisende dieser Art *Staatsflüchtige:* Sie selbst aber gaben sich keine Namen, zu vielfältig und verschieden waren die Gründe ihres Abschieds von Rom. Viele von ihnen verkamen in den Einöden und Kaffs der endlosen Landschaften und endlosen Küsten des augustäischen Reiches; sie schliefen unter freiem Himmel oder hausten wie Echo in Ruinen und Höhlen und glaubten damit den Marmor ihrer Herkunft für immer hinter sich gelassen zu haben; sie legten auf schmalen Rodungen Kartoffeläcker und struppige Gärten an oder verkauften auf Treppen und Bahnsteigen Spielzeug und Glasschmuck; andere verbrachten ihre Tage bettelnd an den Molen der Hafenstädte, zogen sich auf der Flucht vor Behörden und Polizeistreifen in immer entlegenere Gegenden zurück und verschwanden schließlich in der Wildnis, starben an Erschöpfung oder unter den Prügeln archaischer Kulturen, die von den Armeen des Imperators zwar irgendwann überrannt, aber niemals beherrscht worden waren.

Wie immer, wenn ein Großer fiel, hatte auch Nasos Sturz die römische Gesellschaft wenn nicht aufgewühlt, so doch bewegt; die Folgen dieses Sturzes liefen wie die konzentrischen Wellenkreise über den Spiegel eines stehenden Gewässers noch lange über jene Tiefen dahin, in denen der Verbannte verschwunden war: Während aus den Fenstern des Hauses an der Piazza del Moro noch die Ascheflocken brennender Manuskripte stoben, hatten Nasos Feinde und Neider schon ihren Vorteil aus seinem Unglück zu ziehen begonnen und später den öffentlichen Beifall für ihren lange verheimlichten Haß gesucht. Dann, im zweiten Wellenkreis, säuberten die Bibliotheken ihre Bestände, die Akademien ihre Lehrmeinungen und die Buchhändler ihre Schaufenster ...

Gemäß den Gesetzen der Physik gerieten die Wellen der Anteilnahme an Nasos Fall umso flacher, je größer die Kreise um die unumstößliche Tatsache seiner Verbannung wurden, und erreichten schließlich doch das Ufer, erfaßten den Rand der Gesellschaft, die Unzufriedenen, die verbotene Opposition und alle, die Augustus Residenz nicht erst unter Zwang, sondern freiwillig verlassen wollten oder längst verlassen hatten. Erst von diesem Rand rollten die Wellen gebrochen in das Zentrum der Macht zurück: Eines Morgens waren die Mauern des Justizpalastes mit Schmähungen beschmiert, und auf dem Forum loderte ein Scheiterhaufen aus Fahnenschäften und Standarten und hoch in den Flammen eine Vogelscheuche, die um den Hals das Bild eines Nashorns trug, das Herrschaftsabzeichen des Imperators.

Obwohl der Verbannte weder zur gemäßigten Opposition noch zu den Staatsflüchtigen oder den radikalen, aus dem Labyrinth der Katakomben zuschlagenden Gruppen des Untergrundes jemals Kontakte unterhalten hatte, waren manche seiner Gedichte doch gelegentlich in den Flugschriften des Widerstandes aufgetaucht, wenn es galt, die Utopie zu beschwören:

Das erste Menschengeschlecht
Kannte kein Gesetz und keine Rache
Ohne Soldaten zu brauchen
Lebten die Völker sorglos
Und in sanfter Ruhe dahin

Sein Aufstieg, seine Popularität und sein Reichtum hatten Naso in den Kreisen der Opposition zwar immer wieder verdächtig gemacht — auf einer unter Tränengaswolken erstickten Kundgebung in Turin war er von Sprechchören sogar als *Mann für alle Jahreszeiten* verhöhnt worden —, seine Bücher blieben aber in den Ledersäcken und Segeltuchkoffern der Staatsflüchtigen ebenso sorgsam verwahrt wie lange Zeit auch in den Vitrinen der Aristokratie.

Erst nachdem der Dichter ans Schwarze Meer verschwunden war, wurde er von nahezu allen Flügeln der Opposition beansprucht und auf Plakaten und Flugblättern so oft erwähnt und zitiert, daß den Behörden seine Entfernung aus Rom noch nachträglich als unumgänglich erscheinen mußte: Wessen Schicksal auf dem Forum einen Brand zu entfachen und den Marmor des Justizpalastes zu besudeln vermochte, der war an den Felsenklippen des Schwarzen Meeres gnädig aufgehoben. In einer nach Spiritus riechenden, hektographierten und noch vor der Verteilung beschlagnahmten Kampfschrift war der Verbannte sogar als Held der Auflehnung gegen die Allmacht des Imperators gefeiert worden, als ein Poet der Freiheit und Volksherrschaft und so fort . . .

Mit welcher Zustimmung oder Begeisterung sein neues, geächtetes Publikum den Dichter auch aufnahm — für seine Begnadigung oder Überstellung an einen milderen Ort konnte und wollte man weder in den Katakomben noch in irgendeiner anderen Zuflucht der Staatsfeinde kämpfen: Ein berühmtes, gebrochenes Opfer diktatorischer Härte konnte schließlich den Zielen des Widerstandes um vieles nützlicher werden als ein getrösteter oder gar glücklicher Mann; auch standen einem verfolgten *Dichter der Freiheit* die düsteren Grautöne der Felsenküste bei Tomi weitaus besser an als der Luxus einer Villa an der vornehmen Piazza del Moro und die Wasserkünste eines Gartens im Schatten hundertjähriger Bäume. In den Katakomben verlangte man von einem Dichter nicht viel mehr, als daß er in seinen Schriften gegenwärtig sei und nicht in den Salons, ein Mythos unter Mythen.

Gewiß erreichten auch in den Jahren nach Nasos Verschwinden noch Bittschriften und Gnadengesuche unerschrockener Freunde den Palast des Imperators — keine dieser Eingaben drang aber je wieder in das Herz der Macht vor, bis in jenes Erkerzimmer, in dem Augustus am Fenster saß und auf das Nashorn hinabstarrte, an dessen gewaltigem Körper der Lauf der Zeit keine Spuren zu hinterlassen schien; allein die

Generationen von Fliegen, Ungeziefer und Vögeln, die das Nashorn auf seinem gepanzerten Rücken trug, alterten, starben und erneuerten sich, aber das Tier im Pfuhl, das alle diese Wesen ernährte und sie erdrückte, wenn es sich im Staub und im Schlamm wälzte, blieb sich in den Jahren gleich wie ein Stein.

Gewiß, auch aus der eisernen Stadt kamen Briefe nach Rom. Zerknittert, gefleckt von den Händen der Überbringer, der Feuchtigkeit einer Jahreszeit, von Tränen oder der Gischt, erreichten Nasos Gesuche nach monatelangen Postwegen endlich die Metropole, um hier irgendwo in den Gängen und Saalfluchten, die zu den Gemächern des Imperators führten, für immer zu verschwinden; im Dämmerlicht dieser Gänge galt der Fall des Dichters Publius Ovidius Naso längst als erledigt, zu den Akten gelegt, gelöst, und es schien, als sei am Schicksal dieses Verbannten nur noch erneut zu beweisen, daß jeder Untertan Roms die Aufmerksamkeit des Imperators, des mächtigsten und unerreichbarsten Mannes der Welt, nur ein einziges Mal herausfordern durfte und selbst der größte Dichter seines Reiches keine zweite Chance bekam.

Aus der Sicht der Katakomben wie jener der Staatskanzleien war Nasos Existenz durch seine Verbannung aus Rom in ein Stadium zwischen Leben und Tod geraten, in einen Zustand, in dem jedes Zeichen dieser Existenz zum Mahnmal wurde, erstarrt in jener Bewegung, in der es vom Bannspruch des Imperators erreicht worden war: So versteinerte der Dichter seinen Feinden als ein Symbol der Gerechtigkeit römischer Justiz, die allein auf das Wohl des Staates achte und dabei für den Glanz der Berühmtheit blind sei —

seinen Anhängern aber als ein unschuldiges Opfer der Macht; bewahrten die einen Nasos Andenken als Mahnung an die Dummheit wie Vergeblichkeit jeder Empörung gegen die Herrschaft des Imperators, hielten die anderen das Beispiel seines Schicksals als revolutionäres Andachtsbild hoch, an dem sich die Berechtigung und Notwendigkeit dieser Empörung zeigen ließ. . . .

Zu welchen Mythen Nasos Schicksal unter den Schlägen der Politik auch immer zerfiel — alle Deutungen seiner Verbannung blieben stets nur Spielmarken der Propaganda in den Kämpfen um die Macht, waren verschiedenen Parteien auf verschiedene Weise nützlich und brauchten deshalb weder bewiesen noch sonstwie mit den Tatsachen des Exils und des wirklichen Lebens zur Übereinstimmung gebracht zu werden.

Die Freunde des Dichters, auch Cyane, seine Frau, eine mißtrauisch gewordene, menschenscheue Schönheit aus einer der großen Familien Siziliens, hatten der Propaganda nichts entgegenzusetzen als ihre Trauer, den privaten Protest, verschwiegenen Zorn und schließlich die Vision, daß Naso irgendwann begnadigt und triumphal nach Rom zurückkehren werde. Auch sie erhielten in langen, unberechenbaren Abständen Briefe aus Tomi: Diesen Zeugnissen der Verzweiflung, der äußersten Armut und einer durch die Verlassenheit ins Unendliche gesteigerten Liebe waren manchmal auch Gedichte und epische Fragmente beigelegt, Bruchstücke, von denen ihre Empfänger hofften, sie würden sich nach und nach wieder zum verkohlten Werk des Dichters zusammenfügen und der Verbannte wenigstens in seinen *Metamorphoses* heimkehren. Aber die Briefe wurden von Jahr zu Jahr karger, was sie enthielten, blieb eine von Tränen und Träumen glitzernde Scherbenwelt.

Nur wenige Freunde des Dichters hatten jemals den aussichtslosen Versuch unternommen und bei der Behörde um die Erlaubnis einer Reise ans Ende der Welt nachgefragt, eines Besuches in der eisernen Stadt. Diese wie alle anderen Bemühungen, die Unüberwindlichkeit zu überwinden, die Naso längst von Rom und seiner Welt trennte, endeten stets im Geleier gleichartiger Bescheide: Kein Paß. Keine Reiseerlaubnis. Kein Trost. Ein Verbannter habe seinen Anspruch auf Gesellschaft verwirkt. Die Last der Einsamkeit habe er ebenso allein zu tragen wie die Verantwortung seiner Verbrechen am Staat. Wer von seinen Verwandten eine besondere Gnade des Imperators nicht ausschöpfe und den Delinquenten nicht vom ersten Tage an in die Verbannung begleite, der habe seine verwandtschaftliche Nähe für immer preisgegeben. Besuche, Begegnungen späterhin, blieben ihm und allen verwehrt. Im gegenständlichen Fall habe der römische Bürger Publius Ovidius Naso die Residenz allein und ohne Beistand verlassen und damit alle daraus resultierenden Bestimmungen selbst in Kraft gesetzt . . . *Über den vorliegenden Reiseantrag war daher spruchgemäß zu entscheiden . . .*

Naso hatte seine Cyane noch am Tag des Abschieds von Rom in der Hoffnung auf eine frühe Begnadigung daran gehindert, ihn an das Schwarze Meer zu begleiten; auch mochte es ihm eine Beruhigung gewesen sein, das Haus und sein Vermögen, das der

Beschlagnahme durch eine großzügige Geste der Justiz, vielleicht auch einer geheimen Fürsprache wegen, entgangen war, in der Obhut und Verwaltung seiner Frau zu wissen. Aber schon im zweiten Jahr der Verbannung hatte Cyane erkannt, daß die Villa an der Piazza del Moro nicht zu halten war; es war und blieb allein Nasos Haus und schien in seinem Bestand untrennbar an Nasos Anwesenheit gebunden — die marmornen Böden an seine Schritte, das Weiß der Wände an seinen Schatten, selbst die Fontänen der Wasserkünste, die Feuerlilien und Seerosen des Gartens an seine Aufmerksamkeit.

Das Anwesen verkam. Die Fontänen sanken in die Brunnen zurück. Die Spiegel der Teiche bedeckten sich mit Piniennadeln und Laub. Von jenem verrußten Balkonzimmer, das die Behörde mit Blei versiegelt und schließlich vergessen hatte und das immer noch die Asche der Bücherverbrennung bewahrte, schien sich eine Kälte auszubreiten, die allmählich auch alle anderen Räume erfüllte und Cyane nicht mehr schlafen ließ; sie begann unter der Nacht zu leiden. Aber je länger ihr die Stunden der Schlaflosigkeit und die Wochen, die Monate des Wartens auf ein Zeichen von Naso wurden, desto schneller lief die Zeit über die leblosen Dinge seines Besitzes hinweg und zerstörte sie: Das feine Glas in den Schränken zersprang ohne erkennbare Ursache; Bücher begannen zu schimmeln, und die hölzernen Sonnenblenden vor den Fenstern wurden faul. Kein Haushaltsgehilfe kam gegen die Vermoderung an, keine noch so große Sorgfalt.

Im Dezember des zweiten Jahres der Verbannung flüchtete Cyane aus dem unaufhaltsamen Verfall in eine dunkle, von Plüsch und Samt gedämpfte Etage an der Via Anastasio und begann in ihren Briefen ans Schwarze Meer zu lügen. Sie mußte das Papier vor ihren Tränen schützen, wenn sie vorgab, immer noch aus dem Garten an der Piazza del Moro zu schreiben, und dem Verbannten vom Leben eines Hauses berichtete, dessen Fenster längst vernagelt waren. Aber wenn Memnon, der äthiopische Gärtner und letzte Bewohner des verlassenen Anwesens, nach Monaten vergeblichen Wartens endlich einen Brief aus Tomi in Empfang nahm und atemlos in die Via Anastasio brachte, las Cyane darin niemals eine Frage nach dem Stand der Dinge an der Piazza del Moro oder nach den Verhältnissen in Rom.

Vielleicht ahnte Naso, daß sein Haus verloren war, und versuchte sich mit Cyanes mitleidigen Lügen zu beschwichtigen, vielleicht war ihm auch jede Erinnerung unerträglich — in seinen Briefen erwähnte er jedenfalls die glücklichen Jahre mit keinem Wort mehr, fragte nichts, beantwortete aber auch keine Fragen, sondern beschrieb allein seine Verlassenheit, ein kaltes Gebirge und die Barbaren der eisernen Stadt. In den Monaten, in denen ein Brief zwischen Tomi und Rom unterwegs war, veralteten viele Sätze rascher als in anderen römischen Briefen, und manche verloren ihre Gültigkeit ganz, so daß schließlich auch Cyanes Schreiben immer allgemeiner und leerer wurden, bis der Verbannte und seine Frau nur noch lange, traurige Monologe wechselten, die immergleichen Formeln der Beruhigung, der Hoffnung oder der Verzweiflung, und keiner mehr vom anderen wußte, ob ein Brief auch wirklich angekommen oder immer noch zwischen der eisernen und der ewigen Stadt verschollen war.

Im siebenten Jahr der Verbannung wurde dieser Prozeß der fortschreitenden Sprachlosigkeit unterbrochen und wich einer großen Erwartung, als in einem brütend heißen Sommer, in dem die Felder verbrannten und die Erde in schwarzen Rissen aufklaffte, Octavianus Gaius Julius Caesar Augustus, Imperator und Held der Welt, an der Auszehrung starb. Vielleicht würde mit dem Imperator, so hieß die Hoffnung, die man in der Via Anastasio hegte und in vielen Varianten besprach, auch das Verbannungsurteil zunichte.

Über Rom wurde die Trauer verhängt. Jedes Geräusch, das nicht unterging im Flüstern der Totenwachen oder im Rauschen der Choräle in den Kathedralen und Tempeln, galt als Verletzung der befohlenen Stille und wurde mit Gewalt erstickt. Kein Hammerschlag durfte getan und keine Maschine in Gang gesetzt werden. In den Straßen standen die Fahrzeugkolonnen still. Polizeistreifen und die venezianischen Garden durchkämmten in diesen Tagen die Stadt, knebelten Betrunkene und Marktschreier, prügelten sie in die Bewußtlosigkeit und erschlugen kläffende Hunde. Windstille herrschte. Allein am Himmel, auf den Dächern und in den Baumkronen versagte das Schweigegebot — das trauernde Rom war erfüllt von den millionenfachen Stimmen der Vögel.

Eines Morgens trieben schwarze Totenschiffe ohne Mannschaft, schwarz die Segel, schwarz die Aufbauten und die Masten, brennend den Tiber hinab. Als

die Sonne im Zenit stand, brannte auf einem Scheiterhaufen erlesener Hölzer auch der Leichnam des
Imperators. Noch vor seiner Asche sank Rom auf die
Knie: Vierzig Tage nach seinem Tod hallten die
Mauern der Residenz wider von einer Nachricht, die
dem schweigenden Reich über Megaphone verkündet
wurde: Der Senat hatte Augustus zum Gott erhoben.

Als die eiserne Stadt viele Wochen später von dieser
Verwandlung erfuhr, krümmte sich in Rom schon ein
Heer Zwangsarbeiter in den Baugruben und auf den
Gerüsten neuer Tempel, war in der Via Anastasio alle
Hoffnung verloren und starrte aus einem Erkerzim-
mer des Palastes längst ein neuer Diktator in den
Pfuhl des Nashorns hinab — es war Tiberius Claudius
Nero, der Stiefsohn des Gottes, der sein Erbe so unver-
sehrt bewahrte, daß er keines der alten Gesetze wider-
rief, auch kein einziges Verbannungsurteil aufhob und
dem Gott in allen Fragen und Entscheidungen der
Macht so sehr nacheiferte, daß er schließlich auch
dessen Namen annahm und sich als Julius Caesar
Augustus anbeten ließ.

Die eiserne Stadt blieb von dieser Nachfolge so unberührt wie das Schicksal des Dichters: Ein Verbannter war auch unter dem neuen Herrscher so verloren
wie ein Toter. Welche Beschwichtigungen und Formeln des Trostes nun Cyane auch immer an das
Schwarze Meer sandte — aus Tomi kamen drei Jahre
keine Briefe und keine Nachrichten mehr. Es war,
als ob jenes Schweigen der Trauer, das in den Tagen
der Verbrennung des Imperators auf der Residenz
gelastet hatte, nun auch die Küste der eisernen Stadt
stillegte.

Und so wurde es in den Kommandanturen wie in den Amtsstuben zunächst nur wie der überflüssige Beweis einer längst feststehenden Tatsache aufgenommen, als im neunten Jahr der Verbannung des Dichters und im dritten der Diktatur des Tiberius das Gerücht von Nasos Tod die Metropole erreichte. In diesen Jahren der Ungewißheit war ein solches Gerücht zwar nur eines von vielen, war aber doch das erste, das unter Berufung auf ein handschriftliches Testament des Dichters verbreitet wurde. Ein Bernsteinhändler, der sich Ascalaphus nannte und behauptete, in Tomi gewesen zu sein, hatte das Vermächtnis an einem regnerischen, milden Winternachmittag in die Via Anastasio gebracht. Es war eine blaß kolorierte, vom Meer aufgenommene Ansicht wolkenverhangener Gebirgszüge; am Fuß ungeheurer Geröllhalden waren die weißen Kämme der Brandung zu sehen und verstreute, in die Halden gewürfelte Häuser: Tomi, die eiserne Stadt. Auf der Rückseite dieser von Stockflecken verunstalteten Fotografie stand in Nasos Handschrift, stammten diese erschöpften Zeichen wirklich von seiner Hand?

> *Cyane, Liebste,*
> *erinnere dich an das gelassene Wort,*
> *mit dem wir so viele Briefe geschlossen*
> *und so viele Abschiede ausgesprochen haben . . .*
> *Ich setze es noch einmal ans Ende;*
> *es ist der einzige Wunsch,*
> *den ich habe: Leb wohl.*

Wie so oft, wenn der Tod einen Vergessenen in die öffentliche Erinnerung ruft, geschah auch dieses Mal, was Nasos Fürsprecher in den Jahren zuvor nicht bewirken und seine Feinde nicht verhindern konnten: Das Schicksal des Verbannten wurde in Rom noch einmal zum umstrittenen Thema. Alte Fragen wurden erneut und öffentlich gestellt, Fragen nach dem Vergehen und den Verdiensten des Dichters, nach der Kunstfeindlichkeit der Zensur oder der Willkür der Justiz ... Wo immer und gleichgültig aus welchen Gründen Empörung laut wurde — stets ließ sich dabei auf Nasos unwürdiges Ende am Schwarzen Meer verweisen. Und obwohl niemand den Tod des Dichters bestätigen konnte, auch der Bernsteinhändler hatte weder einen Leichnam noch einen Sterbenden gesehen, sondern die Nachricht mit anderer Post aus den Händen einer Krämerin in Tomi entgegengenommen, an deren Namen er sich nicht mehr erinnern konnte — obwohl also eine mit wenigen Zeilen bekritzelte, stockfleckige Fotografie der eisernen Stadt das einzige Indiz für Nasos Tod blieb, erschienen in den Zeitungen der großen Städte Erinnerungen und Nachrufe, schließlich sogar vorsichtige Würdigungen seines unter Verschluß gehaltenen Werkes.

Zu spät erkannte die Behörde, daß dem Verbannten nun die Unvergeßlichkeit drohte, und beschlagnahmte einige Druckschriften erst zu einem Zeitpunkt, zu dem sich Naso in den Weiten der öffentlichen Meinung bereits in einen Märtyrer und seine verbotenen oder verbrannten Bücher in Offenbarungen verwandelt hatten. Naso mochte am Schwarzen Meer den Weg seiner *Metamorphoses* gegangen und längst zu Asche geworden oder unter dem Geröll eines barbarischen Landes begraben sein, für die Behörde, die

einem Gerücht zufolge in diesen Jahren seine unauf-
fällige Begnadigung erwogen hatte, wurde der Dichter durch den Skandal seines Todes vollends unberechenbar und damit zum erstenmal in der Geschichte seines Aufstiegs und Untergangs gefährlich.

Naso war aller Aufsicht für immer entzogen. Naso
war unangreifbar, unverwundbar. Von seinem Andenken aber konnte nun jeder nach Belieben Ge-
brauch machen, ohne befürchten zu müssen, durch
einen Kassiber aus der Verbannung, eine Rückkehr
des Dichters oder seine Begnadigung jemals widerlegt zu werden. Und wehe, wenn im Nachlaß des
Dichters auch noch Zeilen oder Strophen gefunden
werden sollten, die sich als Hymnen und Kampflieder
brüllen oder als Parolen auf die Fahnen der Katakomben schreiben ließen ...

In den wachsamsten der vielen Köpfe der Behörde
verdichteten sich alle Vermutungen und Spekulatio-
nen nach und nach zur Befürchtung, daß nun jeder
Satz, jedes hinterlassene Wort des Verbannten durch
seinen Tod am Ende der Welt zur Losung des Auf-
ruhrs werden könnte. Schon hatte eine separatistische
Bewegung Siziliens Naso zur Leitfigur erhoben und
zu einem Schweigemarsch durch Palermo aufgerufen,
der vergeblich verboten worden war und schließlich
in eine blutige Straßenschlacht gegen Polizei und
Militär geführt hatte. Drei Tage lang brannten in
Palermos Gassen Barrikaden, Fahrzeuge und Ge-
schäfte; mehr als zweihundert Separatisten wurden
verhaftet; vier von ihnen kamen hinter den undurchdringlichen Fenstern einer Kaserne zu Tode. Vor den
nationalen Denkmälern Siziliens wehten die Fahnen

auf Halbmast. In Rom traf die Behörde ihre Vorkehrungen.

Drei Wochen nachdem der Bernsteinhändler Nasos Testament überbracht hatte, stürmte kurz vor Morgengrauen ein ziviles Poizeikommando in das verwahrloste Haus an der Piazza del Moro, stieß den stammelnden, schlaftrunkenen Gärtner in einen Geräteschuppen und schloß ihn dort ein, hastete dann wie in einem Einsatz gegen Heckenschützen ins Obergeschoß, erbrach das Bleisiegel an der Tür zu Nasos Balkonzimmer und machte sich über die neunjährige Asche seiner Manuskripte her.

Verkohlte, unter den Händen zerfallende Packen Papier, in denen sich die Feuchtigkeit von neun Wintern abgesetzt hatte, wurden in numerierte Plastiksäcke gestopft; die Asche von Handschriften, schwarze schmierige Klumpen, wurde mit Handbesen und Kehrschaufeln entfernt und selbst die festgebackenen, unter dichtem Staub verborgenen Krusten des Bücherbrandes mit Messern von den Regalen und der Feuerstelle des Schreibtisches geschabt. Nichts, kein noch so unbedeutender Rest, aus dem man auch nur ein Wort oder einen einzigen Buchstaben hätte auflesen können, entging dieser Säuberung. Als das Kommando die Villa nach einer Stunde verließ, blieb der äthiopische Gärtner unversehrt, die alte Brandstätte aber vollends verwüstet zurück.

Nur wenige Tage nach diesem Überfall, den der eingeschüchterte Äthiopier bei einem Besuch in der Via Anastasio auch vor Cyane verschwieg, schienen allerdings die gleichen Köpfe, die eben noch Säuberung und Beschlagnahme angeordnet hatten, endlich zu erkennen, daß Nasos Verklärung nicht mehr aufzuhalten war. Also kam die Behörde zur Einsicht: Wenn tatsächlich jeder, selbst die Terroristen aus den Katakomben oder irgendein sizilianischer Bauer und Brandstifter, diesen Dichter für seine Zwecke in Anspruch nehmen konnte, warum dann nicht auch und erst recht das gesetzestreue Rom, der Staatsbürger und Patriot?

Und, einmal angenommen — würden die Katakomben in Zukunft nicht vielleicht sogar zögern, diesen Naso als Märtyrer zu verehren, wenn man ihm etwa im Auftrag und Namen des Imperators ein Denkmal errichtete? Ein Denkmal! Der Verbannte, der seine Begnadigung durch die Nachsicht und Barmherzigkeit des göttlichen Julius Caesar Augustus bedauerlicherweise nicht mehr erleben durfte, war doch auch ein *Großer Sohn Roms,* wie es nun in einer öffentlichen Erklärung des Palastes hieß, ein unglücklicher Sohn, gewiß, ein schwieriger Sohn und lange Zeit mißverstanden, gewiß, aber zum guten Ende doch wieder heimgekehrt in die Gnade des Imperators ...

An einem frühsommerlich heißen Tag erschienen also die Abgesandten der Behörde noch einmal an der Piazza del Moro und kümmerten sich nicht um den maßlos erschreckten Gärtner, der sich in seiner Panik ins Schilf eines Teiches zu retten versuchte. Der Trupp behelligte den Äthiopier mit keiner einzigen Frage, ja betrat nicht einmal das Haus, aus dessen vernagelten, geborstenen Fenstern schon Holunder und Gras wuchsen, sondern lehnte nur eine Leiter an die steinernen Muschelkränze der Einfassung des Portals, bohrte Löcher in die Fassade und schraubte eine Tafel aus rotem Marmor an Nasos Haus, eine Gedenktafel, die in eingemeißelten, vergoldeten Lettern seinen Namen trug, sein Geburts- und sein Todesjahr und groß unter diesen Zahlen einen Satz aus seinem verbotenen Werk:

Jeder Ort hat sein Schicksal

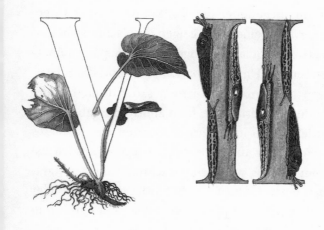

Cotta war einer von vielen: Unter zweihunderttausend Römern hatte er Naso im Stadion Zu den Sieben Zufluchten bewundert, eine ferne Gestalt in der Nacht, von Scheinwerfern in das mit Fackelornamenten ausgeschlagene Oval gebannt, unerreichbar in dieser tosenden, von Lichtern übersäten Weite.

Cotta hatte die Rede des Dichters über die Pest auf Aegina als einer von vielen bejubelt und hatte später über Nasos Verbannung die gleiche Bestürzung wie alle empfunden, die den Imperator nicht liebten. Auch das waren viele. Lange Zeit hatte er sich mit dieser Menge zumindest durch ein Gefühl des Triumphes verbunden geglaubt, wenn die Allmacht des Imperators gegenüber der Tollkühnheit eines Ungehorsamen oder eines Aufsässigen im Nachteil blieb — wenn etwa ein Staatsflüchtiger die Grenzposten übertölpelte, in die Unangreifbarkeit floh und die Scharfschützen auf den Wachtürmen samt ihren Hundemeuten und Feldstechern dem Spott preisgab.

Mit den vielen insgeheimen Feinden dieses Staates teilte Cotta aber auch eine verschwiegene, ausdruckslose Genugtuung, wenn ein Geächteter aus den Katakomben einen Großen der Behörde, des Senats oder der Armee zum Krüppel schoß oder tötete und so in jedem Verbündeten und Nutznießer der augustäischen Diktatur die Angst vor einem Attentat und vor den Schrecken des Todes wachhielt. Aber Cotta war weder in den Schuljahren von San Lorenzo noch in seiner Zeit an einer als *Accademia Dante* gerühmten Universität jemals selbst hinabgestiegen in das Labyrinth der Katakomben, in denen es nach Myrrhe, kaltem Wachs und Verwesung roch. Denn die Einstiegslöcher zu dieser Welt waren in den Kellern der Armenviertel verborgen, in den Tunnels der Kanalisation oder den rußigen Hinterhöfen und Kohlehalden der Vororte; wurde eine Öffnung verraten, legten die venezianischen Garden zum Auftakt einer Razzia Kriechfeuer und Phosphorbrände; eine unlöschbare Glut fraß sich dann ins Dunkel hinab.

Die einzige Empfindung, die Cotta von den vielen Namenlosen aus dem großen, wandelbaren Publikum des Dichters Publius Ovidius Naso unterschied, war vielleicht der Schrecken, mit dem er am Sturz des Dichters nicht bloß die Tragödie eines gefeierten Mannes wahrgenommen hatte, sondern deutlicher noch die Zeichen einer alles vernichtenden, alles verwandelnden Vergänglichkeit. Aber schon im Nachlassen der pubertären Erschütterung über die Erkenntnis, daß, was ist, nicht bleiben kann, tauchte Cotta wieder ein in den Kreis der vielen, die sich zu Nasos Bewunderern, ja Bekannten zählten, obwohl sie sein Haus an der Piazza del Moro zum erstenmal in jenen Tagen betreten durften, in denen der Dichter von Rom Abschied nahm.

Manche aus diesem Kreis fanden sich dann auch in den Jahren der Verbannung noch zu gelegentlichen Besuchen in der Via Anastasio ein, um eine im Empfangszimmer aufliegende Petition zu Begnadigung des Dichters zu unterzeichnen oder auch nur, um zuzuhören, wenn Cyane einen an Rom gerichteten Absatz aus den immer selteneren Briefen des Verbannten öffentlich vorlas. Auf einer dieser Versammlungen, die von der Behörde überwacht und geduldet wurden, hatte Cotta auch vom Botendienst eines Bernsteinhändlers und Nasos letzter Nachricht erfahren. Aber wirklich nahe, näher als andere, war Cotta weder dem Dichter noch seiner an Rom und an ihrem Heimweh nach Sizilien leidenden Frau jemals gekommen.

Ein Stadtgespräch, das den Gerüchten und der Bestürzung über den Tod des Dichters folgte, hatte schließlich den Anstoß zu einer Verwandlung gegeben, die Cotta aus seiner Unscheinbarkeit herauslöste, ihn aus der devoten, bis in die Schlafzimmer überwachten römischen Gesellschaft in die Rastlosigkeit eines Staatsflüchtigen hinüberwechseln ließ und so nahe wie niemals zuvor an das Schicksal des Verbannten heranführte: Denn nach aller Empörung über Nasos Ende, nach den vielen erfolglosen Versuchen, die Todesnachricht zu entkräften oder zu bestätigen, nach den Tröstungen, Verklärungen und den ersten, marmornen Zeichen der Rehabilitierung sprach man in den Salons der Residenz davon, daß die Behörde eine Überführung vorbereite, eine Expedition nach Tomi. Nasos Gebeine, seine Asche oder was immer von ihm geblieben sei, hieß es, sollten von einer Kommission geborgen, in die Residenz geschafft, in einen Sarkophag getan werden und in einem Mausoleum die Epochen überdauern.

Während aber die Gerüchte in Rom immer tiefer ins Beliebige führten und das Rätseln darüber begann, wen die Behörde wohl zur Fahrt in die eiserne Stadt verpflichten würde ..., während ein Bildhauer so vorsorglich wie gleichmütig auf die rohen Züge einer Büste des Dichters einschlug und die rote Marmortafel an Nasos Haus gleichwohl das einzige beglaubigte Indiz für seine Rehabilitierung blieb, befand sich Cotta, ausgestattet mit dem Paß und den Papieren eines am Wundbrand verstorbenen Triestiner Matrosen, schon die zweite Woche an Bord der *Trivia* und litt unter den Frühjahrsstürmen des Mittelländischen Meeres.

Lange verbot er sich die Flucht unter Deck. Er klammerte sich an die Reling und versuchte sich mit der Vorstellung jenes Triumphes zu trösten, der ihn in Rom erwarten würde, wenn es ihm tatsächlich gelang, noch vor einer Kommission der Behörde mit der unbezweifelbaren Wahrheit über Leben und Tod des Dichters aus der eisernen Stadt zurückzukehren, wer weiß, vielleicht sogar mit einer neuen Fassung oder einer in die Verbannung geretteten Abschrift der *Metamorphoses* ... Ein solches Ergebnis seiner Staatsflucht konnte für die Opposition und den Untergrund ebenso bedeutsam werden wie für die Räte in den Vorzimmern des Imperators, und er, *Cotta,* würde ganz nach seiner Wahl von den einen oder von den anderen die Anerkennung für die Wiederentdeckung einer großen Poesie fordern. Aber die Windstärken ließen über diesem Trost nicht nach.

Mit jedem Brecher, der über die Decks der *Trivia* hinwegrauschte, wurde das Bild eines künftigen Triumphes blasser und undeutlicher, bis Cotta schließlich nicht nur seine eigene Reise nach Tomi, sondern jede freiwillige Fahrt ans Schwarze Meer verrückt, ja lächerlich erschien. Erst in der quälenden Dauer eines Sturmes, über dem Ekel vor dem Gestank der Seekrankheit und in der Angst um sein Leben, wurde Cotta allmählich bewußt, daß er diese Reise wie alles, was er in seinem Leben bisher getan hatte, aus Langeweile unternahm.

Aber wie schwierig wurde es, der Wut des Wassers ausgesetzt zu sein und sich dabei den Überdruß an der luxuriösen Behaglichkeit und Sicherheit einer römischen Existenz auch nur vorzustellen, den Überdruß am Vermögen und der Fürsorglichkeit seiner über die Generationen träge und geschwätzig gewordenen Familie ...; an Bord eines Schoners mit Kurs auf die eiserne Stadt begannen selbst die ausgestandenen Schikanen der Behörde leicht zu wiegen, und schließlich schrumpfte jeder Grund, die Pracht Roms zu verlassen, zur Bedeutungslosigkeit.

Als die *Trivia* bis in ihre letzten Winkel von Angst und Gestank erfüllt war, als der Schoner an den umbrandeten, regenverhangenen Inseln Griechenlands vorüberstampfte, an menschenleeren, öden Küstenstrichen, und Cotta im Dunkel seiner Koje unter dem Seegang litt, verfluchte er seinen Entschluß und endlich auch Naso. Aber weil einem Passagier der *Trivia* ohnedies keine Wahl mehr und das Schiff die einzige Zuflucht blieb vor den steinernen Sägen der Riffe und der Gewalt der Brecher, und weil der Steuermann schwor, daß er bei solchen Windstärken eher noch mit vollen Segeln davonfliegen als beidrehen oder gar Kurs auf einen der versandeten ägäischen Häfen nehmen werde, fügte sich Cotta in seine eigene Entscheidung und begann seinen Phantasien zu vertrauen: Er würde die Wahrheit über den Dichter nach Rom bringen, vielleicht auch sein verschollenes Werk — und daran glaubte er noch, als er nach siebzehn Tagen endlich von Bord ging und über die Mole der eisernen Stadt entgegenwankte.

Obwohl Cotta diesen Träumen schließlich über die Steinhalden der Küste bis hoch ins Gebirge nachgestiegen war und zwischen den Ruinen von Trachila Nasos letzte Zuflucht entdeckt hatte, meinte er sich dem Verbannten doch erst in den Tagen mit Echo wirklich zu nähern, Schritt für Schritt an der Seite dieser mit ihrer Schuppenhaut geschlagenen Frau, die in der ersten Nacht nach dem Verschwinden des Filmvorführers zu seiner Geliebten geworden war: Die Zoten, die man sich schon am darauffolgenden Morgen über das Paar zuzuflüstern begann, enthielten neben der Bösartigkeit aller Nachreden auch die Wahrheit.

Im besänftigenden Rauschen des Regens, der die dünne, steinige Krume der Terrassenfelder am Tag von Cyparis Abschied durchtränkte, hatte Echo unter dem Schirm des Felsenüberhanges vor ihrer Höhle die Erinnerungen an den Verbannten bis in die tiefe Dämmerung vor Cotta ausgebreitet, Erinnerungen an Feuerstellen und ungerechte Schicksale, die Naso aus den Flammen las — und hatte sich endlich in ein langes, erschöpftes Schweigen geredet, als Cotta wie ein vor Begehrlichkeit grob und atemlos gewordener Freier über sie herfiel.

In dieser Stille am Ende ihrer Erzählungen, im Zustand der äußersten Aufmerksamkeit auf alles, was diese Frau von Naso berichtet hatte und noch berichten würde, und im Anbruch der Nacht, einem Verlöschen, in dem sich jedes Gesicht in einen Schatten, jeder Körper in einen bloßen Umriß und jedes Dasein in Einsamkeit verwandelte, war Cotta plötzlich von einer solchen Sehnsucht nach ihrem Körper erfaßt worden, einer derartigen Gier nach ihrer Umarmung, ihrer Wärme, ihrem Mund, daß er sich ganz dem Glauben überließ, diese Frau würde ihm ihre Arme ebenso bereitwillig öffnen wie ihr Gedächtnis, daß er sie an sich zog und die reglose, in ihrem Erschrecken erstarrte Echo auf den Mund küßte.

Koseworte und Entschuldigungen stammelnd drängte er sie ins Dunkel der Ruine, führte sie in der

Fessel seiner Umarmung bis vor das an den blanken Fels gerückte Lager, sank mit ihr auf grobes, kaltes Leinen und riß an ihren Kleidern und wand sich aus seinen eigenen, ohne sie freizugeben. Echo ertrug seine Küsse, seine Hände, ohne sich zu wehren, ohne ein Wort, ohne einen Laut. Stumm klammerte sie sich an den Besinnungslosen, als er sie unter seinen Körper zwang, krallte sich an ihm fest wie an ein anspringendes Tier, dem sie etwas von seiner blindwütigen Bewegungsfreiheit nehmen wollte, und hörte sein Keuchen an ihrem Ohr schon nicht mehr, achtete mit geschlossenen Augen nur noch auf das Rauschen des Regens und auf das tief darin verborgene Kollern eines Truthahns aus dem Hühnerhof des Nachbarn, verlor sich in dieser fernen, lächerlichen Vogelstimme und empfand, als sie aus dieser Ferne wieder zu sich kam, daß Cotta nicht anders als ein Viehhirt oder Erzkocher der eisernen Stadt war, als irgendeiner ihrer Liebhaber, die sich aus der Alltäglichkeit zu ihr flüchteten, um im Schutz der Nacht zu verwildern. Erst jetzt, als die betäubende Wirkung des Regens und der Vogelstimme nachließ und sie der Schmerz der Enttäuschung ergriff, daß auch dieser Römer nur einer von vielen und roh wie die meisten war, versuchte sie, ihn von sich zu stoßen, und schrie.

Wann immer Cotta später an diese Augenblicke seiner Besinnungslosigkeit zurückdachte, fror ihn vor Scham. Aber es war nicht Echos Schreien oder die Heftigkeit gewesen, mit der sie sich seiner erwehrte, die ihn aus seinem Wahn in die Wirklichkeit jener Nacht zurückgestoßen und seine Lust in tiefste Beschämung verwandelt hatte, sondern ein plötzliches

Gefühl des Ekels: Denn in seinem Versuch, Echos Schreie und ihren verzweifelten Widerstand in Zärtlichkeiten zu ersticken, war seine Hand über den auf ihrem Rücken verborgenen Schuppenfleck geglitten, ein ausgedehntes, verwüstetes Stück Haut, so dürr und kalt, daß ihn der Gedanke an eine Echse durchfuhr. Der Ekel traf ihn wie ein Schlag, unter dem seine Begierde zersprang, seine Lust. Jede Bewegung gerann.

Erst jetzt ließ er von ihr ab. In der Finsternis voreinander verborgen richteten beide sich auf und tasteten vorsichtig nach ihren Kleidern, um den anderen nicht zu berühren. Echo hielt ihre Augen geschlossen, und Cotta wagte lange nicht in jenes Dunkel zu blikken, in das sie dann zurücksank. Sie weinte.

Cotta blieb in dieser Nacht bei seinem Opfer. Unsichtbar kauerte er neben der Unsichtbaren in der Dunkelheit, bis seine Gelenke schmerzten und schließlich gefühllos wurden und versuchte, sie und sich selbst zu trösten. Hastig und hingebungsvoll sprach er auf Echo ein, als könnte er sie dadurch in jene schöne Frau zurückverwandeln, deren Hand er in der Staubwolke des vergangenen Nachmittags ergriffen hatte. Er beklagte seine Einsamkeit in der eisernen Stadt, seine schlimmen Träume in der Dachkammer und wieder und wieder den verhängnisvollen Irrtum über Echos Gefühle, dem er so blind erlegen war. In seinem Jammer um Verständnis und Vergebung glaubte er manchmal das in der Schwärze der Nacht verborgene Gesicht Echos zu erkennen und darin einen Ausdruck der nachlassenden Verstörung. Tatsächlich aber war, als Echos Schluchzen nachließ und verstummte, auch das letzte Zeichen ihrer Anwesenheit getilgt, und er starrte, während er weiter auf sie einsprach, nur in die lautlose Finsternis.

Wollte sie, daß er schwieg? Daß er verschwand? Echo gab ihm keine Antwort. Mit unverminderter Heftigkeit rauschte der Regen bis ans Ende der Nacht. Als endlich der Morgen graute, sah Cotta, daß sein Opfer eingeschlafen war. Echos friedlicher Anblick beruhigte ihn. Daß sie neben ihm eingeschlafen war, bedeutete vielleicht, daß sie ihm verziehen hatte. Als er sich erhob, waren ihm seine erstarrten Gelenke wie splitternder Ton, stöhnte er vor Schmerz. Echo schlief. Er taumelte, hinkte aus der Höhle ins Freie. Draußen dampfte und wogte eine graue Küste. Der Regen ließ nach. Ein heißer Wind hüllte die Berge in Wolken. Als Cotta das Seilerhaus niedergeschlagen und erschöpft erreichte und die steile Treppe zu seiner Dachkammer emporstieg, öffnete Lycaon die Tür seiner Werkstatt und winkte ihm wortlos zu. Aus der Türöffnung drang ein Geruch nach Fleisch und Werg.

In den Tagen nach dieser ersten und letzten Liebesnacht, zu einer Zeit, in der Cotta und Echo einander nicht mehr berührten und sich immer noch kaum anzusehen wagten, erfüllte sich endlich, was die Gerüchte aus Famas Laden längst vorweggenommen hatten — die beiden wurden ein Paar. Man sah sie gemeinsam ins Gebirge und über die Saumpfade wandern. Echo ließ zu, daß Cotta sie begleitete.

Als er ihr nach dem Schrecken der gemeinsamen Nacht in der überwucherten Gasse vor ihrer Ruine zum erstenmal wieder begegnete und neben ihr herzugehen begann, ertrug sie seine Nähe wortlos und gab ihm auf dem stundenlangen Weg, während sie Farne und Wermuttriebe schnitt und in einen Leinensack steckte, keine einzige Antwort. Als er aber am nächsten Tag wiederkam, gab sie seinen Gruß zurück und sprach stockend und einsilbig über die Pflanzen, die sie auf den Abhängen einer Bucht sammelte, und begann schließlich, am dritten und vierten Tag, auch wieder von Nasos Feuern und seinen Geschichten zu erzählen. Der Eintritt in die Ruine, auch der sandige Vorplatz unter dem Felsenüberhang, blieb Cotta aber auch nach den versöhnlichen Gesten verwehrt. Woran immer sich Echo auf ihren Wegen erinnerte — die gemeinsame Nacht erwähnte sie mit keinem Wort mehr und duldete auch nicht, daß Cotta noch einmal davon sprach.

In dieser Zeit sah der Römer den Schuppenfleck über Echos Antlitz kriechen und über ihren Hals wieder verschwinden. In den Nächten empfing sie nach wie vor manchmal heimliche Besucher und ließ deren Geschenke in einem Winkel der Höhle verfaulen oder warf sie den Schweinen und Truthühnern vor. Sie nahm ungeschlachte Bewohner der Hochtäler in ihr Bett auf, ertrug vom Schnaps betäubte Erzkocher und einmal sogar Tereus; dem Schlachter schien eine Geliebte irgendwo oben in den Bergen nicht mehr zu genügen.

Echo gab sich ihm und jedem mit einem Gleichmut hin, als entrichte sie, eine wehrlose Fremde an dieser Küste, damit den unabdingbaren Preis für ein Leben im Schatten und Schutz der eisernen Stadt. Cotta aber wurde zum einzigen Mann, mit dem sie

sich auch im Licht der heißer und staubiger werdenden Tage zeigte, dem einzigen Mann, den sie niemals wieder umarmen oder berühren würde und
der dennoch fast jeden Tag in ihrer Nähe war. Wenn
die beiden sich an einem Abend, nach einem mühseligen Weg über Strände und Halden, vor Echos
Ruine trennten, kam es vor, daß dort im Versteck
eines Schlehdorngebüsches oder eines Mauerrestes
schon ein Hirt oder Schweinezüchter auf sie wartete
und auf den Einbruch der Dunkelheit.

Aber weil keiner dieser nach Ruß und feuchtem
Stroh stinkenden Liebhaber verstand, daß der Römer
und die Schuppenfrau durch die Demütigung, durch
die Scham und den Ekel einer einzigen Nacht für
immer getrennt und nur noch durch Worte, Erinnerungen an Naso, miteinander verbunden waren, begannen sie Cotta für einen der ihren zu halten, grin-
sten ihm zu und fühlten sich mit ihm vertraut: Der da
wollte von dem Weib in der Höhle das gleiche wie sie,
wie jeder. Wortlos ließ Echo ihn dann zurück, nahm
eine Korbflasche, einen Zopf Wolle oder ein Huhn,
dessen Schnabel zugebunden war, aus den Händen
eines Verehrers entgegen und verschwand mit ihm im
Schatten der Felsen und Mauern.

Das Seilerhaus war stets ohne Licht und lag in
tiefer Stille, wenn Cotta an solchen Abenden in seine
Kammer zurückkehrte. Manchmal hockte er dann
stundenlang in einem brüchigen Korbstuhl und
starrte im Schein der Petroleumlampe auf die Wand-
teppiche, die abbröckelnden Putz und Feuchtigkeitsflecken verbargen, und verlor sich in den fein ge-
wirkten Bildern schwarzgrüner Urwälder, aus denen

Flamingos und Sumpfhühner aufflogen, verlor sich in Gewitterwolken und den Kronen von Platanen, die eine weiße Straße säumten; die Straße führte in die Nacht. Jeder Waldsaum, jeder Tümpel und Flußlauf auf diesen Behängen war durch die Hände der Weberin Arachne geglitten, der Taubstummen, von der Echo gesagt hatte, ihr sei der Webrahmen ein von Kettfäden vergittertes Fenster in eine grellbunte, lautlose Welt.

Die Wege an Echos Seite waren beschwerlich und führten oft tief in die Wildnis; die beiden durchstiegen Klammen und Hochkare, durch die Cotta kaum zu folgen vermochte. Zehn, auch fünfzig Schritte hinter Echo rang er nach Luft und sprach unterwegs selten anders als in hervorgekeuchten Sätzen und atemlosen Fragen. Echo fand durch jedes Geröll und Gestrüpp einen Weg und bewegte sich noch in den schroffsten Steigungen scheinbar mühelos; manchmal schien ihm, als huschte sie, ein körperloses Trugbild, in die unwegsame Irre voran und war beruhigt, wenn sie ihm über die Schulter den Namen einer Pflanze zurief, ohne sich nach ihm umzusehen; kaum einen dieser Namen hatte er jemals zuvor gehört.

Ohne ihn anzublicken, vor sich hin wie in einem Selbstgespräch, erzählte Echo noch im schwierigsten Gehen von jenem Buch, das ihr der Verbannte aus den Flammen vorgelesen hatte und das sie insgeheim ein *Buch der Steine* nannte. Naso selbst habe seinen Erzählungen an den Feuern der eisernen Stadt niemals einen Namen gegeben: Es waren Geschichten, in denen auf transatlantischen Routen dahinfliegende

Schiffe, die schneeweißen Wolken der Segel unter einem blauen, heiteren Himmel, plötzlich zu Stein wurden und sanken.

Auf einem anderen Weg erzählte Echo von einem verschmähten Liebhaber, der sich in seiner Verzweiflung am Türsturz erhängte und zappelnd, sterbend, mit seinen Knien noch einmal an jene Tür schlug, die ihm so lange verschlossen geblieben war und die sich erst auf dieses Klopfen hin endlich auftat, geöffnet von einer scheuen, entsetzten Frau, die über dem Anblick des baumelnden Mannes erstarrte und als ihr eigenes Denkmal noch auf der Schwelle stand, als selbst der Grabhügel des Erdrosselten längst verweht, das Haus verfallen und die rauschenden, mächtigen Bäume des Gartens vermodert waren ...

Echo erzählte von Trauernden, die in ihrem Schmerz über die Sterblichkeit, und von Rasenden, die in ihrem Haß zu Steinen wurden, zu unzerstörbaren Abbildern der letzten und vielleicht einzigen wahrhaften Empfindung ihres Daseins ... Selbst den Tieren blieb in diesen Geschichten nur die Versteinerung als Weg aus dem Chaos des Lebens; einem Windspiel und einem Fuchs etwa, die in der Stunde der Jagd dicht aufeinander dahinhetzten, der Hund wie besessen von einer uralten, wölfischen Raubgier, der Fuchs in Todesangst ...; als aber das Windspiel endlich zum Sprung auf seine Beute ansetzte, hochschnellte — und Jäger und Gejagter für einen Augenblick durch die Luft stießen, vollendete Darstellungen des Zuschnappens und der panischen Flucht, fielen Windspiel und Fuchs plötzlich als plumpe Steine auf den Acker zurück, zwei graue Findlinge einer für immer unentschiedenen Jagd ...

Steine! rief Echo über die Schulter zurück und stieg auf einem in die Klippen gehauenen Pfad höher, Steine, immer nur Steine. Der Verbannte habe seine Erzählungen stets mit einer Versteinerung geschlossen, und manchmal habe sie noch Stunden, nachdem er die Höhle verlassen hatte und sein Feuer erloschen war, auf dem rohen Fels über der Herdstelle die Gesichter jener Unglücklichen zu erkennen geglaubt, deren Schicksal er bei seinen Besuchen aus den Flammen las, — steinerne Nasen, steinerne Wangen, Stirnen und Lippen, traurige Augen aus Stein über den Töpfen und dem Glutschein des Herdes. Naso habe erschreckend und wunderbar erzählt, habe ihr in seinen Geschichten das Geröll und noch den Schotter trockener Bachbette gedeutet und in jedem Sediment ein Zeitalter, in jedem Kiesel ein Leben gesehen.

Manchmal sei ihr beim Zuhören gewesen, als tröste ihn die Ruhe und Unvergänglichkeit einer Basaltsäule oder eines zu Stein gewordenen Antlitzes über die armselige Flüchtigkeit seiner eigenen Existenz in den Ruinen von Trachila hinweg. Welcher Stoff, habe Naso in der Nacht des letzten Erntefestes eine betrunkene Runde im Keller des Branntweiners Phineus gefragt, welcher Stoff sei denn besser geeignet, wenigstens eine Ahnung von unangreifbarer Würde, von Dauer, ja Ewigkeit zu tragen, als der aus den raschesten Wechselfällen der Zeit herausgenommene, von aller Weichheit und allem Leben befreite Stein? Auch wenn eine Klippe unter der Zerstörungskraft der Verwitterung, der nagenden und schabenden

Jahrtausende oder der Glut des Erdkernes schmelze, zerfalle, zerstäube und sich neu bilde wie irgendeine beliebige Gestalt der organischen Welt, so würde doch schon der gewöhnlichste Kiesel jedes Imperium und jeden Eroberer unvorstellbar lange überdauern und noch friedlich im Schatten einer Kluft oder im weichen Tonbett einer Höhle liegen, wenn alle Paläste eines Reiches längst verfallen, die Dynastien verwest und die schimmernden Mosaikböden eines Thronsaales haushoch von Erde bedeckt wären, so unfruchtbar, daß über der versunkenen Pracht nicht einmal mehr Disteln und Windhafer gedeihen würden. Wie tröstlich und menschenwürdig sei doch das Schicksal der Versteinerung gegen den ekelerregenden, stinkenden, mit Fransen aus Würmern und Maden behängten Prozeß des organischen Verfalls, habe Naso gesagt; gegen diese Widerlichkeit erscheine die Versteinerung geradezu als Erlösung, als grauer Weg ins Paradies der Halden, der Kare und Wüsten. Der meteoritenhafte Prunk des Lebens sei nichts, die Würde und die Dauer der Steine alles . . .

Naso, rief Echo über die Schulter zurück, habe sich an diesem Abend im Keller des Branntweiners in Eifer geredet und betrunken. Und die Erzkocher hätten damals ohne Bedenken jenes Gesetz öffentlich mißachtet, das den Umgang mit Verbannten untersagte, und über den Dichter, der seine Weisheiten und Meinungen in einen Becher lallte, viel gelacht.

Unter den zahllosen felsigen Orten, die Echo und Cotta auf ihren gemeinsamen Gängen besuchten, war nur einer, an den sie immer wieder und aus den verschiedensten Richtungen kommend gerieten, —

müde auf dem Heimweg, unterwegs zu einer blaß-
blau in der Ferne liegenden Landzunge oder auch nur,
um dort eine Stunde schweigend zu rasten und dann
wieder umzukehren. Manchmal schien es Cotta, als
sei dieser kaum eine Wegstunde vom Hafen der eisernen Stadt entfernte Ort der geheime Mittelpunkt der
Wege mit Echo, die alle sternförmig von ihm aus-
gingen oder zu ihm hinführten: Es war eine weit-
läufige, von einem schmalen Streifen aus Muscheln,
Tangflechten und schwarzem Sand gesäumte Bucht,
in die das Meer in langgezogenen, donnernden Brechern rollte. Nur Schreie wurden dort verständlich;
jedes andere Wort verschluckte das Tosen des Wassers oder der Wind.

Die Bucht lag im Schatten einer lotrechten, zwei-
und dreihundert Meter aufragenden Felswand, die
den Strand wie eine ungeheure hohle Hand umschloß. Wer aus der Tiefe dieses Strandes zur Ober-
kante der Wand aufblickte, mußte seinen Kopf so
weit in den Nacken legen, daß ihn über dem Anblick
der unendlich hoch über ihm verlaufenden Felskante
und der darüber hinaus segelnden Wolken der
Schwindel ergriff. Das Seltsame an dieser Felswand
war aber nicht ihre beängstigende Größe, es waren
die quer über ihre gesamte Ausdehnung verlaufenden Vorsprünge, Gesimse, Balkone und Balustraden
aus Urgestein, die den Rängen eines von hängenden
Sträuchern und Grasbüscheln überwucherten Zu-
schauerraumes glichen. Als Cotta zum erstenmal
in den Schatten dieser Felswand getreten war, hatte
er sich plötzlich in die von Plüsch und Ebenholz
verdunkelte Weite jener monumentalen Oper zu-

rückversetzt gefühlt, die der Imperator aus parischem Marmor hatte errichten lassen, um sie dem Volk von Rom zur Feier des Jahrestages irgendeiner Schlacht zu übergeben.

In den kalten Jahren der Vergangenheit waren die Menschen der eisernen Stadt nur selten an diesen tosenden Ort gekommen, an dem im Frühling Eisberge strandeten und in den Wochen nach großen Stürmen manchmal auch die ausgelaugten, zerschlagenen Reste eines Schiffs. Lange Zeit war die Weberin Arachne die einzige Bewohnerin Tomis gewesen, die regelmäßig hierherkam; Echo erinnerte sich, daß sie Arachne selbst an Jännertagen in die Bucht begleiten mußte, wo die Alte dann in Felle gehüllt auf einem der tiefer gelegenen Balkone saß und auf die fließenden, gleißenden Muster starrte, die eine kalte Sonne auf dem Spiegel des Meeres hinterließ; Lichtspiele, die sie später mit weißer Seide und Silberfäden aus Cythera in ihre Teppiche einzuweben versuchte.

Seit sich das Klima in den Breiten der eisernen Stadt mit jedem Sonnenaufgang weiter erhitzte und hier nie gesehene Pflanzen aus der Erde zog, kamen aber nicht nur die Taubstumme und seltene Treibgutsammler in die Bucht der Balustraden, sondern immer häufiger auch die Schmiede, Bergleute und Erzkocher mit ihren Frauen und Kindern. An den wenigen Tagen ohne Arbeit besetzten sie die Steinbalkone und genossen das Tosen der Brandung, das sie von jedem Wort und Gespräch entband, verschliefen die Nachmittagshitze unter einem Sonnensegel oder betranken sich mit schwefeligem Wein aus mitgebrachten Ziegenlederschläuchen. Mit jedem

Grad, um den die Temperatur der Luft über den Einöden von Tomi stieg, schien auch die Zahl der Schläfer und Müßiggänger in der Bucht zu wachsen — gehörten die steinernen Plattformen und Balustraden an diesem klippenbewehrten, scharfkantigen oder jäh ins Wasser abfallenden Küstenstrich doch zu den wenigen Plätzen in der Umgebung der eisernen Stadt, die genug Halt für einige geruhsame Stunden unter dem freien Meereshimmel boten.

So wurde es Cotta allmählich zum gewohnten Bild, daß er auf seinen Wegen über den schwarzen Strand hoch in der Felswand Sonnensegel flattern sah und an den Brüstungen der Balkone vom Wind zerzauste Köpfe erschienen, die den Spaziergang des Paares in der Tiefe gleichmütig verfolgten: Die beiden winzigen Gestalten, die dort unten so nah am Wasser dahinschritten, daß sie den Wellen manchmal nur mit Not ausweichen konnten, waren in Tomi keine verdächtige oder ärgerliche Besonderheit mehr. Der Römer und seine Gefährtin waren den Erzkochern in diesen Wochen der Erwärmung beinah so grau und gleichgültig geworden wie irgendein Mann, irgendeine Frau an dieser gleichgültigen Küste.

Es war an einem weißen, dunstigen Nachmittag in der Bucht der Balustraden, an dem Echo die einzige Erinnerung an Nasos Geschichten preisgab, die nicht mit einer Versteinerung endete, sondern mit der Verwandlung von Geröll in atmende Wesen, in Menschen. Es sollte die letzte Erzählung aus dem *Buch der Steine* werden, die Cotta von Echo zu hören bekam: Sie schrie damals mit Mühe gegen den Donner der Brandung an, legte ihrem Begleiter die Hand auf die Schulter, war ihm so nahe wie seit der unseligen Nacht nicht mehr, und dennoch traute Cotta seinen Ohren kaum, als sie ihm zuschrie, er werde nun die Geschichte des bevorstehenden Untergangs der Welt hören, eine Offenbarung der Zukunft . . .

Echo erschien in diesen Augenblicken durch eine plötzliche Begeisterung und Hingabe so verändert, daß Cotta stehenblieb und sie ratlos, zum erstenmal seit langem, ansah. Beide standen sie knöcheltief im zurückströmenden Wasser einer Brandungswelle: Der Untergang! schrie Echo, das Ende der wölfischen Menschheit — Naso habe die katastrophale Zukunft wie kein anderer erkannt, und vielleicht sei diese Prophetie auch der wahre Grund seiner Vertreibung aus Rom gewesen; wer wollte denn ausgerechnet in der größten und herrlichsten Stadt der Welt an das Ende aller Größe und Herrlichkeit mit jener Leidenschaft erinnert werden, mit der Naso den Untergang vorhergesagt hatte?

Cotta spürte, wie die Wellen ihm den schwarzen, feinkörnigen Sand in die Schuhe schwemmten, wie Wasserzungen über seine Füße hinweg auf den Strand und wieder ins Meer zurückglitten und alle Spuren des hinter ihnen liegenden Weges verwischten. Dennoch rührte er sich nicht von der Stelle, war von Echos Hand wie gebannt, stand zu ihr hinabgebeugt und hörte von der Vernichtung der Welt.

Es war eine Vision, von der er in den Reden und römischen Lesungen Nasos niemals gehört hatte. Mit einer seltsamen, fast fanatischen Kraft in der Stimme kündigte Echo ihm einen hundertjährigen Wolkenbruch an, der die Erde reinwaschen werde und beschrieb die künftige Flut so bestimmt wie eine Katastrophe der Vergangenheit.

Schon im ersten Jahr des Regens zerrieb und verwischte jeder Fluß sein Bett wie eine Spur im Sand, jeder See begrub seine Ufer unter sich und verwandelte Promenaden und Parks in sperrigen Schlammgrund. Dämme barsten oder verloren über der Höhe der Wassermarken jede Bedeutung, und aus den Gebirgen und Tälern sprangen Sturzbäche in die Ebenen hinaus auf den Ozean zu, der unter einer unzerreißbaren Wolkendecke lag.

Was sich bewegen und auf Schiffe und Flöße retten konnte, trieb auf solchen und kümmerlicheren Zufluchten längst über versunkene Städte und Wälder dahin, und immer noch hob und sammelte das Wasser so träge wie unersättlich auf, was nicht verwurzelt war oder schwamm, und schloß sich über allem, was sich nicht heben ließ.

Allmählich verbanden sich die Ströme zu einer einzigen Flut, die endlich den Ozean erreichte, ihn hoch über seine Strände hinaustrieb und nun alle Küstenlinien über die Anstiege des Festlandes dem Himmel entgegenhob. Dann ragten nur noch gletscherbedeckte Gipfel als zerklüftete Inseln aus dem Wasser, aber der Regen zerfraß auch das Eis.

Mit den Jahren und Jahrzehnten verfaulten die Schiffe und Flöße, verrotteten auf offener See, zerbrachen, sanken. Was noch Hände oder Krallen hatte, um sich anzuklammern, kämpfte zuletzt schwimmend um morsche, vollgesogene Trümmer. Um jeden Treibholzbalken brodelte das Wasser von Armen, Händen und Pfoten. Dann fielen auch die Vögel auf der vergeblichen Suche nach einem Ort der Rast erschöpft in die Wellen und sanken in Schwärmen an die Felder und Städte des Grundes hinab. In den kahlen Alleen, durch Säulengänge und Arkaden glitten Delphine dahin; auf den Dachfirsten wuchsen Seeanemonen, auf Schornsteinen Korallen. Flundern tarnten sich im Staub der Straßen. Wie zu einem Fest der Wiederkehr der Vögel, die Schwarm um Schwarm in die Tiefe sanken, wehten an den Häusern Fahnen aus Algen und Tang.

Aber was für eine Stille dort unten! rief Echo, was für eine unvorstellbare Lautlosigkeit. Cotta sah das Gewinke der Sonnensegel auf den Steinbalustraden der Bucht, sah die silbergrünen Fahnen in der Tiefe.

Erst jetzt, als auch die letzte Gestalt des festländischen Lebens ans Meer zurückgefallen schien, verebbte das Rauschen des Regens allmählich, erstarb, und glänzte durch einen klaffenden Riß in den Wolken zum erstenmal seit hundert Jahren das Blau des Himmels. Das Meer wurde glatt. Aber diese Ruhe war keine Erlösung, sondern nur das böse Ende: Es war die tote, grüne Stille des Grundes, die emporgestiegen war und nun schwer und glasig über dem Wasser lag.

Endlich, vor einem auszehrenden Wind und der Wärme einer beinah vergessenen Sonne, wich die Flut zurück, sank langsam, sehr langsam und enthüllte dem Himmel und den wiedergekehrten Sternen ihr Werk — eine leblose, morastige Welt. Die Flut fiel, und die Fische traf das Schicksal der Ertrunkenen: Was säumig war und sich nicht rechtzeitig in das zurückweichende Wasser rettete, in ein

Rinnsal, eine Strömung, in die Tiefe, blieb in lauen Sümpfen und Tümpeln zurück, lag schließlich flossenschlagend in einem trockengefallenen Hochtal, einer Halde, einem Kar und fächelte mit den Kiemen die erstickende Luft.

Als der Verbannte ihr das Schicksal der Welt aus dem Feuer gelesen habe, rief Echo, sei ihm gewiß ihre Bestürzung und Traurigkeit nicht verborgen geblieben. Frierend habe sie vor der Glut des niedergebrannten Feuers gesessen, Naso angestarrt und auf ein tröstliches Ende seiner Prophezeiung gewartet. Vielleicht also sei es nur geschehen, weil sie, die einzige Zeugin seiner Vision, es so oder ähnlich hören wollte, vielleicht aber auch, weil es tatsächlich ein Bild aus der Zukunft war, daß der Verbannte nach der Vollendung des Weltuntergangs ein Floß durch die zurückweichende Flut treiben ließ:

Es waren nur einige leere, aneinandergekettete Weinfässer, darauf eine Stalltür gebunden. Eng umschlungen lagen zwei Schiffbrüchige auf den Planken, ein Mann und eine Frau, die den Untergang *und* das Wiederauftauchen der Welt aus dem Morast erleben mußten. Ausgeliefert den trägen Wirbeln des Wassers, glitten sie auf ihrem Gefährt eine Bergflanke entlang in die Tiefe.

Den Mann habe Naso Deucalion genannt und Pyrrha die Frau und gesagt, niemand außer diesen beiden werde die Flut überleben.

Der in die Fassung seiner Küsten zurückkriechende Ozean ließ die letzten Menschen an einem steinigen Abhang stranden. Lange wagten die Floßfahrer nicht, die Sicherheit ihrer Planken und Fässer zu verlassen und blickten sich entsetzt um: Wie grau und tot und weit verstreut die Reste der Welt am Ort ihrer Errettung lagen — Fische und Vögel gehäuft und übereinander, im Geäst entrindeter Bäume waren Leichen in den Verrenkungen von Zirkuskünstlern hängengeblieben, Kühe mit Ballonbäuchen lagen neben den Kadavern von Löwen und Wölfe mit aufgebrochenen Seiten unter Hühnern und Schafen. Als wäre aller Plunder der Welt über einer von Kadavern und Leichen bedeckten Schlickwüste entleert worden, staken Fahnenmasten, von Rost und Salz zerfressene Antennenbäume und mit steinernen Rosen verzierte Strebepfeiler im Schlamm, Betten und Chorgestühl, die Schaufelräder von Turbinen, Peitschenlampen und ein bronzenes Pferd, das den Torso eines Feldherrn trug ... Oder wuchs dies alles, eben erst fortgeschwemmt und kaum versunken, schon wieder protzig aus dem Morast empor? Nein, nichts wuchs mehr. Alles ragte und starrte zerbrochen in einen Himmel, der nun wolkenlos war.

Niemand, schrie Echo, könne sich die Verlassenheit zweier Menschen vorstellen, die inmitten der Verwüstung, auf einer die Sonne umkreisenden Schutthalde, erkennen müssen, daß sie die Übriggebliebenen sind, die Letzten, einzige Trauergäste am Grab der Menschheit. Wie sehr, schrie Echo, müßte sich ein Liebespaar wie Deucalion und Pyrrha wohl danach sehnen, ebenso verrenkt oder hingesunken zwischen Kühen, Löwen und Gerümpel zu liegen wie alle anderen Opfer auch. Die Einsamkeit der Überlebenden, schrie Echo, sei gewiß die schlimmste aller Strafen.

Deucalion und Pyrrha. Die letzten Menschen. Frierend kauerten sie auf ihrem Floß, unfähig zu einer Geste des Schmerzes, unfähig zu handeln; sprachlos. Am ersten Tag der Strandung zupften sie einander stundenlang Kleidung und Haare zurecht, lagen dann wieder wimmernd, umschlungen da, richteten sich manchmal wie von einer neuerlichen Flutwelle erschreckt auf und fielen zurück in die Gleichgültigkeit.

Erst im Grau der Abenddämmerung griff Pyrrha über den Rand des Floßes nach dem festen Land, als wollte sie vor einem ersten Schritt die Tragfähigkeit des Bodens prüfen oder sich verstohlen davon überzeugen, daß diese Wüste nicht doch nur ein Trugbild und jeder Berg nur ein Wellenberg wäre — griff also in den Morast und bekam einen Stein zu fassen, einen abgeschliffenen Kiesel, den sie aufhob und beroch wie ein Tier seine Beute, den sie mit ihrer Faust umschloß und zwischen den Handflächen rollte und doch schon wieder vergessen zu haben schien, als sie ihn endlich mit einer nachlässigen Bewegung in einen der Tümpel zurückwarf. Dann lag sie mit der abwesenden Miene einer Verrückten auf dem Floß, das Gesicht den noch blassen Sternen zugewandt, und ließ ihre Hand wieder und wieder in den Schlamm hinabgleiten, ergriff einen zweiten Kiesel und noch einen, hob Stein um Stein auf und warf sie alle ins Wasser zurück, in den Morast, so mechanisch und stetig, daß der Aufschlag der ins Nasse und Weiche plumpsenden Steine schließlich klang wie das Ticken einer Uhr. Von Wellenkreisen geriffelt wie Waschbretter lagen die Tümpel und Lachen vor ihr.

Deucalion, der sich seiner Erschöpfung überlassen hatte und eingeschlafen war, schreckte erst nach hundert oder mehr Steinwürfen hoch und war mit einem Schlag hellwach, als er in einer trüben Lache einen eben geworfenen Kiesel in den Schlamm gebettet sah, einen faustgroßen Brocken, der aber nicht tot und reglos blieb, sondern zur Hälfte aus dem Wasser ragend, von einer unsichtbaren Kraft gestoßen, über den weichen Grund rollte, sich wälzte, *bewegte* und auf seiner verschlungenen Bahn an Umfang zunahm wie die Schneekugel auf einem Abhang; aus seiner Schlammkruste, einer Schwarte, trieben Borsten hervor, Beulen, Tentakel, die zu zappelnden Beinchen wurden, Armen, Händen, die ins Leere griffen — und wuchsen.

Pyrrha, die Deucalions Grauen bemerkt hatte und seinem Blick gefolgt war, starrte nun auch auf das Schauspiel im Tümpel und erstickte mit ihrer schlammigen Hand einen Schrei, als sie erkannte, daß der Stein nach und nach die Gestalt eines Menschen annahm, einer zusammengekauerten Frau, die sich nun langsam aufrichtete. Als wollte sie diese Erscheinung mit Steinwürfen unter den Wasserspiegel zurücktreiben, verscheuchen oder zerschlagen, griff Pyrrha in ihrem Entsetzen mit beiden Händen in den Schlamm und warf Kiesel, groben Sand und Schotter nach der aufwachsenden Frau, und Deucalion, von der gleichen Panik erfaßt wie seine Geliebte, tat es ihr nach. Die Tümpel schäumten von niederprasselnden Geschossen.

Das Gespenst aber wich nicht zurück, zersprang nicht und löste sich nicht auf, sondern wuchs, bis es an Größe den beiden letzten Menschen gleich war. Und dann nahm der Schrecken zu. Denn die Händevoll Kiesel und Steine, die in flachem Bogen ins Wasser fielen oder vom nackten Körper dieser Frau abglitten und versanken, verloren nun allesamt ihre Leblosigkeit und Starre und rollten und wälzten sich allesamt durch den Schlamm und wuchsen unter Mänteln aus Schlick und Lehm, die schließlich aufsprangen wie die Schalen eines Geleges.

Und Menschen erhoben sich aus dem Morast; aus jedem Tümpel eine Schar. Die von Pyrrha geschleuderten Kiesel wurden zu Frauen, und Männer aus dem Schotter Deucalions. Schwankend und wortlos erstand ein unüberschaubares Heer nackter Gestalten und blickte auf die letzten von Menschen geborenen Menschen nieder, die wimmernd auf ihr Floß zurückgesunken waren und die Hände vors Gesicht schlugen, um diese leeren Augen nicht ertragen zu müssen. Und immer noch brodelte das Wasser, warf Blasen, wurden die Reihen dichter ...

Aus einem Steinhagel, schrie Echo, werde nach der kommenden, allesvernichtenden Flut die neue Menschheit hervorgehen, — diese Zukunft habe ihr Naso an einem Wintertag aus dem Feuer gelesen, aus jedem Kiesel ein Ungeheuer! schrie Echo, Menschen aus Stein habe der Verbannte seiner Welt prophezeit. Was aber aus dem Schlick eines an seiner wölfischen Gier, seiner Blödheit und Herrschsucht zugrundegegangenen Geschlechts hervorkriechen werde, das habe Naso die eigentliche und wahre Menschheit genannt, eine Brut von mineralischer Härte, das Herz aus Basalt, die Augen aus Serpentin, ohne Gefühle, ohne eine Sprache der Liebe, aber auch ohne jede Regung des Hasses, des Mitgefühls oder der Trauer, so unnachgiebig, so taub und dauerhaft wie die Felsen dieser Küste.

Echo rang nach Luft wie nach einer erschöpfenden Anstrengung, als sie endlich schwieg. Hoch oben auf den Steinbalustraden der Bucht, unberührt von ihrer Erzählung und ohne noch einmal nach den beiden vom Wasserstaub der Brandung umflorten Gestalten in der Tiefe zu sehen, hockten oder lagen die Erzkocher unter ihren Sonnensegeln; mitten unter ihnen starrte auch die taubstumme Weberin auf das Relief der Wellenkämme. Dann glitt Echos Hand von Cottas Schulter, glitt sachte an seinem Arm hinab; erst jetzt sah er das Mal ihrer Krankheit wieder, und es erschreckte ihn wie am ersten Tag. Er sah ihren Handrücken von grauen Schuppen bedeckt, Flocken abgestorbener Haut, sah ihre Hand wie aus Glimmerschiefer oder grauem Feldspat, aus Kalk und grobkörnigem Sand, eine zierliche Skulptur aus einem Konglomerat brüchiger Steine.

Schweigend wanderten die beiden an diesem Tag aus der Bucht der Balustraden nach der im weißen Dunst liegenden eisernen Stadt zurück. Cotta schritt in Gedanken an Nasos römische Lesungen dahin und suchte in seinen Erinnerungen vergeblich nach einer mit Echos Erzählung vergleichbaren Vision des Weltuntergangs, hörte Naso in seinem Gedächtnis wohl lesen und reden, aber kein Wort von einer Flut.

Echo ging so müde neben ihm her, als habe sie in die schreiende Nacherzählung der Prophezeiungen des Verbannten nicht nur die ganze Kraft ihrer Stimme gelegt, sondern auch alle Kraft ihres Erinnerungsvermögens, so müde, als habe sie mit der Überlieferung der Apokalypse ihre Bestimmung bis zum letzten Wort erfüllt und sinke nun in die Sprachlosigkeit zurück.

Mit einer flüchtigen, achtlosen Geste trennten sich die beiden an diesem Nachmittag an der Mole. Dort saß Cotta dann noch Stunden auf den von Versteinerungen übersäten Quadern, strich gedankenverloren über die Gehäuse und Tentakel urzeitlicher Schnekken, Borstenwürmer und Krebse und überließ sich dem Heimweh nach Rom, das ihn seit seiner Abreise manchmal ohne besonderen Anlaß erfaßte und am Ende einer rasch vorübergleitenden Folge von Erinnerungen ebenso unvermittelt wieder losließ. Er zählte die Segmente des Rückenpanzers einer für immer mit dem Stein verwachsenen Strandassel und dachte an die weiße, polierte Glätte des Marmors aus Carrara, spürte die in den Quadern gespeicherte Tageshitze und sehnte sich nach der trägen Behaglichkeit der Mußestunden auf einer Veranda, nach Sofas und gepolsterten Korbstühlen, und hörte das Aneinanderschlagen der an der Mole vertäuten Boote, ihr Schaben und Kratzen, als das Geräusch der Drahtbesen und Bürsten, mit denen die Sträflinge von Trinità dei Monti das große Stadion oder eines der Boulevardtheater nach festlichen Nächten säuberten.

Es war bereits dunkel, als er sich endlich erhob. Seine Sehnsucht hatte sich in immer blasser werdenden Bildern erschöpft und ihn schließlich doch wieder dorthin zurückgeführt, wohin die Zeit und die Enge des römischen Reiches ihn verwiesen hatten — an den menschenleeren Landesteg eines Hafens am Ende der Welt, an einen Ort der Verbannung, aber auch der

Unbeirrbarkeit: Die *Metamorphoses,* verbrannt, an Erzkocher und Schweinehirten verschleudert und kein zweites Mal niedergeschrieben — gleichviel, er, Cotta, würde sich dieses Werkes bemächtigen und es in die Hände Roms zurücklegen. Aus Echos Gedächtnis oder den Erinnerungen anderer Gäste an Nasos Feuern würde er die Geschichten des Verbannten aufsammeln, auch ohne daß er ihren Urheber in der Wildnis von Trachila wiederfand. Ein Buch der Steine, hatte Echo gesagt. Also schrieb Cotta, in die Dachkammer des Seilerhauses zurückgekehrt, *Das Buch der Steine* über jene Notizen, in denen er den Untergang der Welt festhielt.

Während er aber bis tief in die Nacht über seinen Aufzeichnungen saß, verkeilte sich in den Schluchten und nahen Hochtälern ein vom Meer heraufziehendes Unwetter und fiel mit einer solchen Wut über die eiserne Stadt her, daß Cotta sich plötzlich in Echos Erzählung von der Flut versetzt glaubte. Als er einen im Sturm schlagenden Fensterladen seiner Kammer schloß und dabei in die Gassen hinabblickte, sah er, wie Moos, Schiefer und Schilf von den Dächern gerissen und von den Böen in den Bach geschleudert wurden, der die Stadt durchtoste. Unrat, zersplittertes Holz, Einfriedungen und entwurzelte Sträucher tanzten diesen Bach hinab, der innerhalb weniger Minuten so weiß und mächtig wurde, daß er an den Fundamenten einer auf die Uferfelsen gesetzten Häuserzeile und an den Verankerungen der Holzstege zu reißen begann.

Aber Cotta wartete an seinem Fenster vergeblich auf den Tumult der Katastrophe, auf gestikulierende, rennende Gestalten und ihr Geschrei. Die Häuser blieben dunkel. Niemand in Tomi schien das Unwetter zu bemerken. Sprang ein Tor oder ein Gatter im Sturm auf, wurde es nicht wieder geschlossen; ein zerschlagenes, auf ein Vordach gestürztes Windrad blieb, wo es war; niemand fing ein Maultier, das seinen Weidepflock hinter sich herschleifte, und ein vom Bach erfaßter Käfig voller Ferkel trieb davon. Ohne auf Gegenwehr zu stoßen, nahm die Verwüstung ihren Lauf. Die eiserne Stadt schlief wie in einer milden Sommernacht.

Vom Warten auf den nächsten Donnerschlag gelähmt und geblendet vom Dickicht der Blitze, stand Cotta am Fenster seiner Kammer, hörte Balken und Sparren unter dem Druck des Sturmes ächzen und war unfähig, auch nur den Seiler zu wecken, der am Ende eines labyrinthischen Weges über Treppen, durch Korridore und Speicher in einem Winkel seiner Werkstatt schlief. Oder wachlag?

Aber dann besänftigte sich das Unwetter so plötzlich, wie es hereingebrochen war, überwand die Hürde der Gebirgszüge an der Küste und trieb mit allen Wolkentürmen und gleißenden Lichtern wie eine brennende Flotte davon. Dann wurde auch das Tosen des Baches wieder kleiner und lief in die Ferne, dann klang der Wolkenbruch nur noch im Wasser der Dachrinnen nach, wurden die Hinterhöfe bis auf das Getropfe in den Baumkronen wieder still. Vom Schrecken des Unwetters und der Aufzeichnung des Weltuntergangs erschöpft, schlief Cotta in dieser Nacht über seinen Notizen ein.

Der nächste Morgen roch nach Blütenwasser und

frisch geschlägertem Holz und tauchte die Steilküste in ein so hartes, goldenes Licht, daß Cotta das nächtliche Gewitter schon für einen Traum hielt, als er schlaftrunken das Fenster öffnete — und in den Gassen, Höfen und Gärten die Bewohner der eisernen Stadt damit beschäftigt sah, die Spuren der Verwüstung zu tilgen. Tomi hallte wider von Hammerschlägen, von Sägeblättern in den Stämmen querliegender Bäume und dem Kratzen der Schaufeln auf dem Pflaster. Fluchend nahmen sich die Erzkocher der Zerstörungen an.

Am Seilerhaus war alles heil geblieben. Der Zustand anderer Häuser interessierte Lycaon nicht: Er stand über eine Garnhaspel gebeugt in seiner Werkstatt und schien so sehr in die Arbeit vertieft, daß Cotta seine Fragen mehrmals wiederholen mußte, bis er Antwort bekam.

Das Unwetter der vergangenen Nacht?

Der Seiler hatte nichts von einem Unwetter bemerkt; dicht am offenen Fenster habe er geschlafen und keinen Hauch gespürt.

Entwurzelte Bäume?

Morsche Bäume fielen eben manchmal um; auch in der ruhigsten Nacht.

Und die Trümmer in den Gassen?

Bei so vielen unbewohnten Häusern und Ruinen bröckle und breche doch an allen Ecken und in einem fort etwas nach, sagte der Seiler. In der Nacht habe er geschlafen. Am Tag habe er zu tun. Und wandte sich wieder der Haspel zu.

Verwirrt und von Lycaons Schroffheit in eine seltsame Unruhe versetzt, machte sich Cotta an diesem

Morgen auf den Weg zu Echos Ruine. Wen immer er nach dem Unwetter fragte — den Deutschen Thies, der einen Mauerriß mit Brettern vernagelte oder den Branntweiner, dem ein volles Maischefaß auf die Treppe zu seinem Kellergewölbe gestürzt war und der nun fluchend zwischen zerbrochenen Faßdauben kniete und das Grünmalz mit einer Kelle in Eimer zurückschöpfte — niemand wollte die Donnerschläge gehört oder auch nur ein Wetterleuchten gesehen haben. Alle Schäden galten über die Verwüstungen hinweg als ein alltägliches, vielleicht von einem Windstoß oder einem Tier verursachtes Mißgeschick. Ein Sturm? Ein Wolkenbruch? Da habe er wohl schlecht geträumt, der Römer.

Cotta bekam keine Antwort, als er im Schutt vor Echos Ruine stand und ihren Namen rief. Die Höhle, er betrat sie seit jener unseligen Nacht zum erstenmal wieder, glich dem Schauplatz eines Kampfes. Eine Vitrine, in der Echo zarteste Vasen, Kelche aus Murano, bemalte Karaffen und mit Quarzstaub bestreute Kugeln, Sammelstücke ihrer Liebe zum Filigranen und zur Glasbläserkunst, aufbewahrt hatte, war umgestürzt und zerschlagen. Auf dem gestampften Lehmboden lagen vielfarbige Scherben und Splitter verstreut, die das einfallende Morgenlicht in smaragdgrünen, silbernen und glutroten Blitzen reflektierten. Vier Truthühner des Nachbargehöftes hatten sich aus einem vom Steinschlag zerrissenen Drahtkäfig in dieses Gefunkel geflüchtet und hockten nun auf Echos Lager, auf dem Tisch, auf dem kalten Herd. Als sie von Cotta aufgeschreckt über die glitzernde Scherbensaat ins Freie stelzten, begleitete sie ein feines, melodisches Klirren. Echo war verschwunden.

Den ganzen Vormittag lang durchstreifte Cotta die von beißendem Rauch erfüllten Gassen. Auf einigen Plätzen waren große Feuer entfacht worden, in denen Bruchholz und Abfall verbrannten. Aber an diesen qualmenden Feuerstellen zuckte man nur die Achseln, wenn Cotta nach der Verschwundenen fragte. Der Branntweiner Phineus nahm unter dem Gelächter der Umstehenden sein falsches Gebiß aus dem Mund und klapperte damit dem Ratlosen in der Pose eines Puppenspielers die Auskunft nach, von einem Römer allein könne ein Flittchen eben auch am Schwarzen Meer nicht leben und müsse deshalb gelegentlich auch mit Schweinehirten in die Büsche.

Cotta ließ die Stadt hinter sich und schritt viele der gemeinsamen Wege mit Echo noch einmal ab. Die Steilhänge, die Halden, das ganze Gebirge schien an diesem Tag wie ausgestorben und stellte überall Kulissen und Möglichkeiten des Verschwindens zur Schau: Klüfte, Schluchten und Dolinen, in die man stürzen, Schuttkegel, unter denen man begraben, und Wildbäche, von denen man in unterirdische Flüsse geschwemmt werden konnte. Es war später Nachmittag, als Cotta auch über den schwarzen Sand in der Bucht der Balustraden ging, dann über die Erker und Balkone immer höher stieg und sich erst jenseits der Abbruchkante der Felswand dessen bewußt wurde, daß er auf dem Weg nach Trachila war. Auf dieser dunklen, von Brechern gefaßten Sichel dort unten hatte er gestern vom Ende der Welt gehört und in den Tagen seiner Ankunft eine Prozession von Aschengesichtern unter Fahnen und Baldachinen ziehen sehen. Strand und Felsen waren nun verlassen.

In den Säulen warmer Luft, die vom Meer aufstieg, schraubten Bussarde die Spiralen ihres Segelflugs bis zu Cottas Höhe empor. Den Weg ins Gebirge konnte Echo nicht gegangen sein — er war an manchen Stellen von weichen Sand- und Erdrinnsalen überflossen und trug keine Spuren.

Wie vertraut ihm die Einöde geworden war. Die Schneefelder, die seinen ersten Gang nach Trachila so beschwerlich gemacht hatten, waren alle von der Sonne verzehrt. Die Kare lagen unter Blüten. Ginster, Blausterne, Myrten und Steinbrechnelken leuchteten im Geröll wie das Farbenspiel der Scherben in Echos Höhle. Zur Ellipse verzerrt, sank die Sonne in die Dunstbarriere über dem Horizont. Als Cotta sich zur Umkehr wandte, kroch schon das Dunkel aus den Schluchten und mit dem Dunkel eine Angst, die ihn zur Fastnacht aus Trachila vertrieben hatte und jetzt von diesem letzten Ort fernhielt.

Hoch oben zwischen den Schroffen meinte er für einen Augenblick schon das Geflatter der in die Steinmale geflochtenen Fetzen zu sehen. Während des Abstiegs suchte er bei seiner Stimme Zuflucht, stieg, wieder und wieder nach Echo rufend, dem Meer entgegen. Aber so oft er ihren Namen auch rief — von den Abstürzen, den Überhängen und lotrechten Wänden, in deren Kristallen und Schuppen aus Glimmerschiefer sich schon das Mondlicht brach, schlug nur der Widerhall seiner eigenen Stimme zurück.

Echo kam nicht wieder. Der zweite Tag ohne ein Zeichen von ihr verging; der dritte. Eine Woche lang suchte Cotta vergeblich nach der Verschwundenen. Träge lag die eiserne Stadt in der Hitze der Zeit und schien nicht zu bemerken, daß eine ihrer Frauen fehlte. Den Branntweiner rührte eine Abgängige nicht: Gestern Dienstbotin, heute Dorfhure und morgen auf und davon, lallte Phineus in seinem Keller, in dem es noch immer nach der Maische der Sturmnacht roch; aber vielleicht habe die Schuppenfrau ein gutes Beispiel gegeben — ein Kaff wie Tomi betrete und verlasse man wohl am besten ohne Zeichen und Gruß.

Echos Höhle wurde geplündert. Im Verlauf einer einzigen Nacht verschwanden alle Geschenke der Freier, die rostigen Eisenbarren, Töpfe voll ranziger Butter, die Wollzöpfe und Vliese ... Und was vom Hausrat die Plünderung unversehrt überstand, zerschlug schließlich ein Tobsüchtiger: Marsyas, ein Köhler, der drei- oder viermal im Jahr aus seinem Tal und dem Rauch seiner Meiler an die Küste herabkam, hatte sich mit Phineus betrunken und dann eine lange Nacht umsonst auf die einzige Frau gewartet, die nicht vor ihm geflohen war. Er schrie im leeren Dunkel der Höhle nach ihr und geriet über die Unerfüllbarkeit seiner Erwartungen in eine solche Wut, daß er zertrat und zerschlug, was noch nicht zertreten und zerschlagen war.

Von der Wucht seiner eigenen Tritte gegen die Felswand zu Boden geworfen, kroch er schließlich über die Scherbensaat und zerschnitt sich Hände und Gesicht, hockte dann blutend, jammernd in der Finsternis und blies, als er sich beruhigte und wieder zu Atem kam, auf zwei leeren Schnapsflaschen wie auf einer Panflöte. Es klang, als käme ein Schiff aus dem Berg. Diese Nachtmusik und der heulende Gesang, den der Köhler zwischen den Nebelhorntönen anstimmte, brachte die Bewohner der Nachbarhäuser um den Schlaf. Als Tereus der Schlachter im Morgengrauen sein Hoftor aufschlug und fluchend durch die Gasse hinaufkeuchte, um den Betrunkenen endlich zum Schweigen zu bringen, glich Echos Höhle keiner menschlichen Behausung mehr. Schon am Eingang schlug Tereus der Gestank von Scheiße entgegen. Das Gesicht blutverkrustet, zwei von seinem Speichel glänzende Flaschenhälse ans Kinn gepreßt, lag Marsyas in seinem Kot; der Boden war schwarz gefleckt von seinem Blut. Um ihn herum war alles Unrat.

Tereus packte den Hilflosen, schleifte ihn unter Fausthieben und Tritten an den Füßen zu einer Viehtränke hinaus, riß ihn hoch, warf ihn ins trübe Wasser und ging die Gasse hinab, ohne sich noch einmal umzusehen. Händeringend, unverständliche Besänftigungen flüsternd, kam Procne ihrem Mann entgegen. Er stieß sie zur Seite, schlug das Hoftor hinter sich zu.

Der dicken Frau des Schlachters hatte Marsyas es an diesem Morgen zu verdanken, daß er nicht in einem Steintrog ertrank. Schluchzend, beschämt von der Gewalttätigkeit ihres Mannes, zerrte sie den besinnungslosen Köhler aus der Tränke, tätschelte sein Gesicht mir ihren rot geschwollenen Händen, bis er die Augen aufschlug, bettete ihn aufs Pflaster, breitete die Decke, die sie um ihre Schultern getragen hatte, über ihn, der schon wieder in den Schlaf gesunken war und schob ihm seine Stiefel unter den Kopf. So ließ sie ihn zurück. So lag der Köhler in seinem Rausch gefangen und in schwere Träume verstrickt bis in die Mittagsstunden. Mit offenem Mund, schnarchend und ächzend wälzte er sich auf den bemoosten Steinen und erwachte weder unter der stechenden Vormittagssonne noch unter den Bosheiten von Kindern, die ihm zwei verwesende Fische an die Füße banden und ihn mit Gänsefedern, Disteln und Lehmklumpen schmückten. Hunde beschnüffelten ihn und fraßen die Fische; Bergleute schrien ihm Grüße in seine Träume und stießen ihn mit den Füßen an. Der Köhler schlief. Und Cotta, der an diesem Vormittag an dem Schläfer vorüberlief und sich kaum Zeit nahm, ihn zu betrachten, hatte doch für einen Augenblick das Gefühl, daß dieser erniedrigte, besudelte Mann der einzige Mensch an der Küste Tomis war, der über Echos Verschwinden Trauer empfand.

Cotta hastete an der Tränke vorbei auf Famas Laden zu. Vom Fenster seiner Dachkammer hatte er einen Maultiertreiber den Treppenweg vom Hafen heraufsteigen sehen, einen aufgeregten, keifenden Alten, der sein Lasttier unter Verwünschungen, aber ohne Stockschläge hinter sich her zerrte; auf das Traggestell des Maultiers waren leere, klirrende Flaschen, leere Säcke und Weidenkörbe gebunden. Schon am Fenster hatte Cotta diesen Treiber zu erkennen geglaubt und wäre beinahe die Treppe des Seilerhauses hinabgestürzt, als er auf die Gasse und diesem Mann nach lief, um sich Gewißheit zu verschaffen. Vielleicht würde er ja doch nur wieder auf einen jener abgerissenen, grobschlächtigen Schafhirten stoßen, die in diesen Tagen die eiserne Stadt durchzogen, weil die Hitze das Gras der Almen versengte und Herde um Herde in den Schatten der Talgründe zwang.

Vor dem Eingang zu Famas Laden, zwischen Obstkisten voll ledriger Äpfel, ausliegenden Salatköpfen, roten Rüben und getrockneten Roßkastanien, hatte Cotta den Ankömmling endlich erreicht. Er hatte sich nicht getäuscht. Der Maultiertreiber war Nasos Knecht.

Pythagoras stand über ein Faß Meersalz gebeugt, ließ die Kristalle durch die Finger rieseln und fuhr erschrocken hoch, als Cotta ihn ansprach und ihm seine Hand entgegenstreckte. Der Knecht starrte ihn an, lächelte dann erleichtert und wandte sich wieder dem Salzfaß zu. Pythagoras erkannte seinen Gast nicht wieder: Ein Besuch zur Fastnacht? Steinsäulen im Garten? Schnecken? Gewiß, Pythagoras nickte zu den Steinen, nickte zu den Schnecken, erinnerte sich wohl an einen aussichtslosen Kampf gegen die Schneckenplage, an das Sterben im Essig, an den Mond, an alles ..., nur an seinen Besucher von damals nicht. Er habe schon Jahre keinen Fremden in Trachila gesehen.

Im Rücken des Alten machte Fama dem sprachlosen Römer ein Zeichen: Mit dem da habe es keinen Sinn zu reden; der erinnere sich an alles und nichts. Der Alte schien ein vertrauter Kunde zu sein. So selbstverständlich, als komme sie einer längst auswendig gelernten, periodisch wiederkehrenden Bestellung aus Trachila nach, brachte Fama in Zeitungspapier eingeschlagene Pakete und Bündel aus der Tiefe ihres Ladens vor die Tür, stapelte alles auf einen Auslegetisch, und ihr Sohn, der den Hals des Maultiers striegelte und beroch, brüllte jedesmal begeistert einen Namen, wenn er den Inhalt eines Paketes zu erraten glaubte: Seife! Tee! Stockfisch! Kerzen! ...

Pythagoras füllte seine Körbe, Säcke und Flaschen und band die Vorräte am Traggestell fest, bis das Maultier unter der Last störrisch wurde. Der Fallsüchtige versuchte das Tier zu beruhigen, indem er ihm seine Hände über die Augen legte; das Zucken der Lider unter seinen Handflächen brachte ihn aber so sehr zum Lachen, daß Fama ihn mit einem Lappen auf den Mund schlug und still sein hieß.

Cotta, der seine Verblüffung darüber kaum verwunden hatte, dem Knecht ein Fremder zu sein, sprach während der Packarbeit weiter auf den Alten ein und versuchte, sich mit der Beschreibung seiner Nacht in Trachila und beharrlichen Fragen in Erinnerung zu rufen. Ob Naso von seinem Gang ins Gebirge zurückgekehrt sei? Ob Naso seinen Knecht begleitet habe in die eiserne Stadt?

Höflich gab der Knecht Antwort, verbeugte sich mehrmals vor dem Römer, ließ aber mit keinem Wort erkennen, daß er wußte, wer mit ihm sprach: Nein, der Herr sei von seiner Reise in die Berge noch nicht wieder zurück. Allein habe er die letzten Winterwochen überstehen müssen, allein die Lawinen des Frühjahrs, und große Mühen gehabt, bis es ihm vor zwei Tagen endlich gelungen sei, den vermurten Weg an die Küste wieder gangbar zu machen. Über Schuttbarrieren und vom Erdrutsch entzweigerissene Hänge habe er sich herabgekämpft in die Stadt, um den Herrn am Tag seiner Rückkehr nicht mit leeren Schüsseln empfangen zu müssen; Wein, Konfekt, alles liege für diesen Tag in den Körben bereit...

Während der Alte redselig wurde und dem Römer seine vom Graben und Scharren in den Muren zerschundenen Hände zeigte und von Äolsharfen sprach, die er dem Verbannten als Wegzeichen an die Bäume gebunden habe, Windharfen bis hinauf in die letzten Talschlüsse, glaubte Cotta das mißtrauische Schweigen und das Unbehagen allmählich zu begreifen, das die bloße Erwähnung Nasos in vielen Häusern der eisernen Stadt hervorrief: Jeder Ort, dem die Behörde einen Verbannten zuwies, so befahl es das Gesetz Roms, hatte für ihn zu haften, für sein Leben wie für die Verhinderung seiner Flucht. Dieses Gesetz verwandelte die Bewohner einer zum Exil bestimmten Stadt in Aufseher; Gespräche und alle Vertraulichkeiten mit dem Staatsfeind waren verboten, Denunziation Ehrensache, Wachsamkeit Pflicht. Vernachlässigte oder versäumte eine Stadt ihre Wärterpflichten, verfielen Privilegien, Steuernachlässe und Handelsfreiheiten.

Tomi hatte gewiß längst erkannt, daß der Verbannte sich nicht bloß auf einer Wanderung durchs Gebirge befand, sondern verschwunden war. Tomi hatte zugelassen, daß ein Mensch sich dem Willen des Imperators entzog. Tomi hatte sich seiner Aufgabe entledigt, indem es den Dichter in die von Gebirgszügen eingekesselte Abgeschiedenheit von Trachila zwang und ihm einen Verrückten zur Seite stellte, der die Verantwortung einer ganzen Stadt ahnungslos auf sich nahm. Und Naso, an diesen letzten Ort verjagt, hatte das Gerücht seines Todes vielleicht selbst in die Welt gesetzt, um damit das schlimmste Verbrechen zu tarnen, das ein Verbannter begehen konnte — die Flucht.

Cotta erinnerte sich an einen Spruch auf den Transparenten des Protestes gegen die Unbarmherzigkeit römischer Justiz: Der einzige Weg aus der Verbannung sei der Weg in den Tod. Wer aus dem Exil floh, mußte irgendwann unter den Schüssen eines Pelotons fallen, wer ausharrte, starb an der Einsamkeit. Denn anders als ein Staatsflüchtiger, der nach dem Ablauf einer fünfjährigen Frist aus den Akten und damit aus dem Gedächtnis des Staates getilgt wurde, blieb ein Verbannter solange er lebte unter Aufsicht.

Es gab kein Land, das weit genug, kein Meer, das groß genug und kein Gebirge, das wüst genug gewesen wäre, um einen flüchtigen Verbannten vor der Wut und Gerechtigkeit Roms zu schützen. Die Beharrlichkeit, mit der die Justiz des Imperators auf dem Vollzug ihrer Strafen bestand, war durch Weite, durch Größe und durch Wüste nicht zu entkräften. In welcher Einöde ein Flüchtling sein Versteck auch immer suchte — irgendwann begann sich doch jedes Auge, jedes Ohr in seiner Nähe in die Augen und Ohren Roms zu verwandeln.

Was aber schon für irgendeinen namenlosen Staatsfeind galt, dessen Bildnis an Grenzposten, Hafenämtern und Mautstellen auflag, mußte einen berühmten Sträfling um vieles mehr bedrohen, einen Mann, dessen Porträt auf den Plakatwänden entlang der großen Straßen und in allen Zeitungen erschienen war, dessen Züge die Münzmeister in ihre Prägestöcke und die Bildhauer in den Stein geschlagen hatten — und der zu allem Überfluß auch noch ein Mensch war mit einer so unverwechselbaren, unvergeßlichen Nase!

Ein Flüchtling mit diesem Gesicht konnte sich auf Dauer weder im Gedränge der Städte noch in dünn besiedelten Landstrichen verbergen, in denen jeder Fremde eine unstillbare Neugier herausforderte — es sei denn, man vermutete und suchte ihn erst gar nicht mehr in dieser Welt, weil man ihn für tot hielt . . .

Fama schien Cottas Gedanken zu ahnen und widersprach. Während Pythagoras eine Staubplane über der Traglast des Maultiers verschnürte und Battus hinter einem Krautfaß kauernd über seine Züchtigung heulte, zog die Krämerin den Römer beiseite: In Tomi wisse doch jeder, daß der Verbannte manchmal für Wochen allein ins Gebirge ging; er nächtige dann in Ställen, fresse die Vorratslöcher in den hochgelegenen Unterständen der Bernsteinsucher leer und sammle Moos, Versteinerungen und trübe Smaragde, die man im Felsbett der Bäche fand; gelegentlich habe er mit diesen Fundstücken seine Zeche bei Phineus bezahlt oder sie hier im Laden gegen Werkzeug und Lebensmittel eingetauscht. Battus habe auf den Regalen des Hinterzimmers eine Sammlung Steine und Mineralien ausgelegt, darunter auch zwei schöne Opale aus Trachila.

Flucht? Unsinn. Wohin sollte einer aus Trachila denn fliehen? Übers Gebirge war kein Weg. Stieg einer aber trotzdem weiter und weiter, fand er hinter jedem Bergkamm doch nur einen neuen Absturz, ein Tal, den nächsten Anstieg, die Gipfel von Mal zu Mal höher und schließlich Wände, die nach oben hin ununterscheidbar wurden vom Schwarzblau des Himmels ... Kein Entkommen, kein Verschwinden: Aus der eisernen Stadt führte jeder Weg in die Welt nur die Küste entlang oder übers Meer.

Cotta begleitete den Knecht an diesem Vormittag bis hoch hinauf in die Abhänge. Zwei abgezehrte, struppige Hunde, die Tereus auf eine Wolfsfährte gehetzt hatte, verloren in den flirrenden Halden die Witterung und schnürten nun hinter der schwankenden, nach Fett und Käse riechenden Traglast des Maultiers her, bis Cotta sie mit Steinwürfen vertrieb.

Pythagoras störten die Hunde nicht; zufrieden, einen so beharrlichen Zuhörer gefunden zu haben, schritt er dahin. Cotta fragte nichts mehr und erfuhr, daß Naso die Bucht der Balustraden, die nun tief unter ihnen lag, oft besucht hatte und lange Nachmittage neben der Weberin Arachne gehockt war, während sein Knecht im Windschatten einer Felszinne auf ihn wartete und fror. Die Flamingos, die Palmenhaine, sagte der Knecht, alles, was auf den Teppichbildern der Taubstummen zu sehen sei, habe sie seinem Herrn von den Lippen gelesen.

Auf dem langsamen Weg aus der Stadt bis hinauf zur Baumgrenze, an der er sich von Pythagoras trennte, unterbrach Cotta den Alten nur ein einziges Mal: Ob er Naso jemals vom Ende der Welt habe erzählen hören, von einem überschäumenden Meer, dem Untergang der Menschheit in Wellen und Schlamm und ihrer Wiedergeburt aus dem Stein?

Der Untergang? Pythagoras blieb so unvermutet stehen, daß das Maultier mit den Nüstern an seine Schulter stieß, bückte sich nach einem Kiesel und schleuderte ihn in die Tiefe. Nein, von Ersaufen sei keine Rede gewesen. Dort unten, am Strand, in Tomi! werde das Ende der Welt doch deutlicher sichtbar als in erträumten oder erfundenen Schreckbildern. In diesen Ruinen, diesen verrauchten, verwilderten Gassen und brachliegenden Feldern, in diesen Drecckslöchern und den Rußgesichtern ihrer Bewohner, in jedem Winkel und Grunzlaut Tomis sei die Zukunft doch bereits hörbar, sichtbar, greifbar. Wozu Hirngespinste? Im nächstbesten Jauchetümpel der eisernen Stadt spiegle sich doch die Zukunft bereits, jeder Tümpel ein Fenster in die von der Zeit verwüstete Welt.

Vor der grauen Barriere einer Steinlawine, die den Weg nach Trachila unter sich begraben hatte, blieb Cotta zurück. Pythagoras schien seinen Abschied kaum zu bemerken. Ohne Zögern erklomm er die Barriere, zerrte das strauchelnde Maultier nach und verschwand zwischen Gesteinstrümmern und erdigen, aus dem Schutt ragenden Krallen entblößter Wurzelstöcke.

Müde hielt Cotta vor dieser Wüste Rast. Hier, auf halbem Weg zwischen Tomi und den Ruinen Trachilas, empfand er eine solche Gleichgültigkeit gegenüber allem, was ihn jemals bewegt und aus Rom in dieses Gebirge geführt hatte, daß er schon wie der Stein zu werden glaubte, an den er sich lehnte, grau, teilnahmslos, stumm, ausgesetzt allein den Kräften der Erosion und der Zeit. Sein Haar verwuchs mit dem Moos, die Nägel seiner Hände, seiner Füße wurden zu Schiefer, seine Augen zu Kalk. Vor der ungeheuren Masse dieses Gebirges hatte nichts Bestand und Bedeutung, was nicht selbst Fels war. Von Naso und allen Generationen vor ihm und nach ihm wußten die Schluchten nichts; teilnahmslos gähnten sie die Wolken an, deren Schatten teilnahmslos über die Berghänge glitten. Rom war so fern, als wäre es nie gewesen und *Metamorphoses* — ein fremdes, sinnloses Wort, das ausgesprochen nur ein Geräusch ergab, nicht bedeutsamer und nicht klingender als das Geräusch eines auffliegenden Vogels oder der Hufschlag eines Lasttiers.

Der Schrei einer Dohle rief den Versunkenen aus

seiner Erstarrung. Verwirrt blickte Cotta um sich. Hatte er nicht eben geträumt, daß ihn durch die offene Feuertür eines Schmelzofens die weiße Glut beschien? Geträumt, daß er, ein staatsflüchtiger Römer, zum Erzkocher geworden war?

Als er sich erhob und den Ort seiner Rast verließ, hatte er Glut und Traum schon wieder vergessen und wußte nur, daß er sich den Bewohnern der eisernen Stadt niemals ähnlicher gefühlt hatte als in dieser Stunde. So gleichmütig, wie die Bürger Tomis ihre Arbeit an den Schmelzöfen, in den Stollen oder auf den ummauerten, rissigen Feldern verrichteten, folgte er einem längst erloschenen Ehrgeiz. Wie ein geschleuderter Stein, der nichts mehr von der Wärme und Lebendigkeit jener Hand trägt, die ihn aufhob und warf, fiel er seiner Bestimmung zu. Wie der Stein dem Gesetz der Schwerkraft, gehorcht er dem Magnetismus von Nasos Unglück. Der Sturz des Dichters hatte ihn aus der Sicherheit Roms gestoßen, und nun fiel er dem Verbannten nach. Er war müde. Er sehnte sich nicht mehr nach Geltung, nach Beifall. Er tat, was er tat. Er stieg von seinem hoch über dem Meer und tief unter den Ruinen Trachilas gelegenen Ort der Rast hinab in die eiserne Stadt; es dämmerte bereits, als er die ersten Häuser erreichte.

In der Nacht plagte ihn die Schlaflosigkeit. Er hockte in seiner Kammer und starrte die Wände an, die Behänge: Hatte er seit dem Tag seiner Ankunft zwischen gewebten Flußläufen, Urwäldern, Meeresbuchten und blühenden Ebenen gelebt, ohne eine einzige Landschaft der Phantasie des Verbannten wiederzuerkennen? zwischen diesen verschilften

Ufern, Flamingoschwärmen und glitzernden Wasser-
armen aus Seide, Wolle und Silbergespinst geschlafen, gewacht ohne einen Gedanken daran, daß die
Teppiche an den Wänden seiner Kammer den Kulissen der *Metamorphoses* glichen?

Unter der Hitze des nächsten Tages erhob eine
Generation von Zikaden im Stroh der Terrassenfelder
ein so schrilles Gezirp, daß die Hunde der Erzkocher
wütend wurden und gegen den ungewohnten Lärm
anschlugen und heulten, bis man sie in die Keller
prügelte oder ihnen das Maul zuband. Cotta verließ
das Seilerhaus an diesem glühenden Tag nicht, saß in
seinem Korbstuhl und folgte den mäandrischen Windungen der Flußläufe auf den Tapisserien. Die Ufer-
wiesen, die Urwälder und Steppen waren erfüllt von
Scharen jagender, äsender, flüchtender oder schlafender Tiere — aber sie waren menschenleer.

Ein Paradies? Der Seiler hatte längst vergessen, was
auf den Teppichen unter seinem Dach zu sehen war;
sie bedeckten die Wände, um die Winterkälte abzuhalten, die Wärme zu bewahren und die vom Frost
ins Mauerwerk gesprengten Risse zu verhüllen; zu
welchen Idyllen sich das Muster der Fäden schloß, war
für den Seiler ohne Bedeutung. Er hatte die Teppiche
von der Weberin für das Wohnrecht in einem Haus
erhalten, das er besaß und dem Verfall überließ.

Arachnes Haus stand auf einer Klippe am Nordrand
der Stadt im Schatten eines aus weißen Quadern er-
richteten Leuchtturms, dessen Signalfeuer schon vor
Jahrzehnten erloschen war und dessen Eingang längst
unter den Trümmern eingestürzter Zwischenböden
und Treppen begraben lag. Rissig, schief lehnten die

Steinmauern des Weberhauses an diesem Turm, das Dach tief eingesunken, an vielen Stellen aufgebrochen und notdürftig geflickt, überwachsen von Moospolstern, die in der Hitze dieser Tage verdorrten. Jeden Morgen verschwand dieses Haus in einer Wolke von Möwen, die unter gellendem Geschrei um die Abfälle kämpften, die ihnen die Taubstumme stets zur gleichen Stunde aus einem Fenster zuwarf.

Vom Rost zerfressene Eisenläden schlugen im Wind, ein Gatter sprang kreischend auf und wieder zu — die Taubstumme wußte nichts vom Lärm ihres Hauses, hörte die Tonleitern des Verfalls ebensowenig wie Cottas Schläge ans Tor: Wieder und wieder ließ er einen Eisenring gegen die Beschläge klirren, bis er sich endlich an das Gebrechen der Weberin erinnerte und das unverschlossene Haus ohne ein weiteres Zeichen betrat.

Er fand die Alte in einer sonnigen, weißgetünchten Stube über die leeren Kettfäden des Webstuhls gebeugt; mit ihren von der Gicht gekrümmten Händen griff sie in diese Fäden wie in Saiten, bewegte dazu die Lippen und sah manchmal über den Brustbaum und die Schäfte des Webstuhls hinweg auf das Meer vor den weit geöffneten Fenstern, auf die Gischtkrägen der Küste, die Brandungslinie, die sich lautlos und weiß im Glast der Ferne verlor. Was vor diesen Fenstern wogte und stampfte, hätte die Ägäis sein können oder das adriatische Meer. Das unruhige, tiefe Blau dort draußen glich der Farbe jener See, deren Lagunen Arachne in ihre Teppiche einwebte, glich der Farbe jener Wellen, die gegen Roms schöne Küsten schlugen.

Ein salziger, nach Hibiskus und Rosmarin duftender Windstoß fegte durch die Stube der Alten, strich ihr das Haar aus der Stirn und schlug die Tür hinter Cotta zu. Die rotfellige Katze, die auf einem Stapel Schnittmusterbögen und vergilbter Journale zu Arachnes Füßen geschlafen hatte, war mit einem Satz am Fenster und huschte ins Freie. Der Schatten des Römers fiel auf die Weberin. Mit einem Ruck wandte sie sich vom Anblick der Küste ab, sah ihrem Besucher überrascht ins Gesicht, las darin die Verlegenheit eines ertappten Eindringlings und von seinen Lippen eine Entschuldigung, einen Gruß, eine Frage: Ob ihm die Weberin ihre Teppiche zeigen würde?

Wie krumm und zerbrechlich Arachne geworden war, wie dürr ihre Arme. Cotta hatte sie seit jenem Morgen nicht mehr gesehen, an dem sie einer verstörten, an der Mole zusammengelaufenen Menge das schwefelgelbe Wasser der Bucht als den Blütenstaub von Pinienwäldern gedeutet hatte. Seit mit Echo die einzige Stimme verlorengegangen war, über die Arachne jemals verfügt hatte, gab es in der eisernen Stadt niemanden mehr, der ihr Fingeralphabet lesen konnte. Man verstand wohl, wenn sie um Salz in Famas Laden kam oder in Phineus Keller eine Flasche Weingeist verlangte, um darin Walnüsse einzulegen — was die Weberin aber dachte, was sie empfand, wurde nun allein durch ihre Webbilder verständlich, deren Farbenpracht und Lebendigkeit in manchen Bewohnern Tomis eine heimliche Sehnsucht nach einer fremden Welt hervorriefen; denn die Schönheit dieser Behänge, die man schon gegen ein Schaf, ein paar Hühner oder geschmiedeten Hausrat eintauschen konnte, war mit keinem Garten und auch keiner blühenden Halde dieser Küste vergleichbar.

Daß einer zu ihr kam, um Teppiche nur zu betrachten, machte Arachne so mißtrauisch, daß sie Cotta schon die Tür weisen wollte, als sie sich wieder an sein Gesicht erinnerte: Der kam doch auch aus Rom. Der war mit dem gleichen Schiff gekommen, mit dem die Post, auf die sie acht Monate lang gewartet hatte, endlich eingetroffen war, eine Sendung mailändischer Journale. Der hatte sie damals nach dem Verbannten gefragt. Aus Rom! Also erhob sich die Weberin und bot Cotta einen Stuhl; ihr Haus war das einzige in der eisernen Stadt, in dem ein Römer nicht nur geduldet, sondern willkommen war.

Mit huschenden Fingerzeichen schrieb Arachne dem Besucher ihre Sehnsucht nach den Wundern der Residenz in die Luft, nach Prachtstraßen und Palästen, die sie nur aus ihren Journalen und einem stockfleckigen Album der Sehenswürdigkeiten kannte, das ihr ein Matrose der *Trivia* vor Jahren geschenkt hatte. Cotta verstand nichts von allem, glaubte aber doch zu spüren, was die Alte von ihm hören wollte, und sprach von Nasos Berühmtheit, von seiner eigenen Reise ans Schwarze Meer und lobte den schönen Blick aus ihrem Fenster. Arachne las von seinen Lippen, behielt im Gedächtnis, was ihr zur römischen Herrlichkeit zu gehören schien, und vergaß den Rest, noch während Cotta davon sprach.

Bereitwillig führte sie den Römer dann in einen stickigen, durch die geschlossenen Fensterläden völlig verdunkelten Raum. Als sie die Läden aufstieß, erhob sich draußen das ohrenbetäubende Gezeter der

Möwen, die ihren Fraß erwarteten; die Schatten der vielen Vogelschwingen irrten über den Steinboden und über alles Gerümpel, mit dem dieser Raum vollgestellt war. Vom plötzlichen Lichteinfall geblendet, sah Cotta zunächst nur mit Tüchern und Decken verhängte Möbel, an die Wand gelehnte Ruder, leere Korbflaschen, einen zerfetzten Paravent — dann erst die zwischen Kisten, Papierstapeln und Truhen abgelegten, zusammengerollten Teppiche, manche kaum breiter als ein Handtuch, andere ihrer Länge wegen geknickt und gewiß zu groß für irgendeine Wand der eisernen Stadt; verrottet schienen die meisten, durchtränkt von der Feuchtigkeit der unverputzten Mauer und vom Schimmel weiß gefleckt.

Es mußten dreißig, vierzig oder mehr Rollen sein, die Arachne hier achtlos wie morsche Prügel verwahrte; allein Echo wäre imstande gewesen, die Erklärung dafür zu verstehen und dem Römer zu übersetzen, daß für die Taubstumme ein Teppich nur so lange von Wert war, so lange er wuchs und eingespannt blieb in das Gerüst der Bäume und Schäfte ihres Webstuhls. Was dann vollendet in diesen moderenden Raum geriet, wurde daraus nur noch einmal hervorgezogen, wenn ein Erzkocher oder Bauer seine verrußten Wände mit einer schönen Landschaft schmücken wollte und dafür ein Schaf hergab, dem Arachne doch nur den Fesselstrick von den Läufen schnitt, um es auf den steinigen Terrassen ihrer Klippe verwildern zu lassen.

Während die Weberin Bahn für Bahn ihres Werkes vor dem Römer entrollte und der schmutzige Boden der Kammer und alles Gerümpel unter einer langsam wachsenden Schicht paradiesischer Welten verschwand, begann Cotta zu begreifen, daß an diesen Panoramen nicht die Erde oder das Meer das Bedeutsame war, sondern der Himmel, — auf allen Tapisserien der Himmel, leer, blau, bewölkt oder stürmisch verhangen, immer aber *belebt,* gemustert von Vögeln im Flug und unterteilt von ihren Schwärmen.

Selbst was auf dem festen Land oder im Meer lebte, was dort kroch, schwamm, hetzte oder floh, schien sich nach der Kunst des Fliegens zu sehnen. Hoch über den Rudeln und Meuten waren die vielen Figuren des Vogelflugs die Zeichen der Befreiung von aller Schwere: War ein Meer vom Sturm aufgewühlt, die Routen unschiffbar, die Küsten zerklüftet oder von einer Springflut bedrängt, dann strichen Rosenmöwen, Sturmtaucher und Trauerseeschwalben über die Schaumkronen und Riffe dahin, als steigere die Gewalt der Flut nur ihre eigene Lust an der Leichtigkeit. Über schwarzgrünen, unbetretbaren Wäldern zogen Gerfalken und Milane ihre Spiralen, stießen über Grate und Felsenkämme hinaus, lächerliche Barrieren — und zerfleischte ein Raubtier im Dornengestrüpp seine Beute, standen Lerchen im Singflug über dem Land. Wie abgründig die Erde auch war, stets zogen Vögel hoch oben über alle Hindernisse und Fallen hinweg; heiter, schwerelos überließen sie sich den Luftwirbeln, warfen sich aus dieser scheinbaren Überwältigung plötzlich auf den Wind, stießen in die Tiefe und stiegen wieder auf, als sei ihr Flug eine einzige, variantenreiche Verspottung der Erdgebundenheit und des aufrechten Ganges.

Erst unter den letzten Bildern, die Arachne vor ihm entrollte, entdeckte Cotta einen Zweifel an der Großartigkeit des Fliegens, die Darstellung eines Sturzes; ein seltsames, fast boshaftes Gegenstück zur paradiesischen Entrücktheit der Schwärme. Es war ein Bild der leeren Weite, gewebt aus Fäden blauer, weißer und silbriger Farbschattierungen, ein Blick auf das ruhig unter der Sonne liegende Meer, der Himmel sommerlich heiter bewölkt, die Dünung sanft, darüber vereinzelt Möwen, aber keine Küste, keine Insel, kein Schiff.

Sehr fern, hart an der Schneide des Horizonts, sah Cotta zwei graue Schwingen wie die Arme eines Ertrinkenden im Wasser verschwinden, hochgereckt, hilflos, die Spannweite groß wie die eines Kondors, sah aber keinen Schnabel, keinen Kopf. Die Fontänen des Aufschlags stiegen um diese Schwingen hoch, weiße Lanzen, und aus der Höhe schaukelten und taumelten verlorene Federn, feine Flügelbinden und Daunen, die sich dem Meer langsamer nähern durften als der schwere Körper, den solche Schwingen getragen hatten. Dort in der Ferne war etwas Großes, Gefiedertes in die Wellen gestürzt, während Möwen ungerührt im Aufwind standen und das von einer leichten Brise ziselierte Wasser das Sonnenlicht in den Himmel zurückwarf.

Icarus. Der Name jenes gestürzten Wesens, das im Geglitzer versank, war eines von vielen Fingerzeichen der Taubstummen, die Cotta aus ihren Händen auffliegen sah und nicht verstand.

Arachne bemühte sich sehr um den römischen Gast und nickte zu allen Fragen, die sie von seinen Lippen las. Wer hatte ihr diese Urwälder und Palmenhaine beschrieben, und von Vogelarten erzählt, die an der Küste der eisernen Stadt noch nie gesehen worden waren? Hatte Pythagoras die Wahrheit gesagt und die Weberin tatsächlich Nachmittage an Nasos Seite auf den Steinbalkonen verbracht? — Erst als Cotta die Alte fragte, ob ihr der Verbannte jemals von etwas anderem erzählt habe als von der Kunst des Fliegens und der Vogelwelt, von Kristallen etwa, von Versteinerungen und Erzen, schüttelte sie den Kopf.

Niemals?

Niemals.

Plötzlich hatte die Alte es eilig, dem Römer Beweise ihrer Gastfreundschaft anzubieten, drängte ihn sachte aus dem Raum, verriegelte die Eisenläden wieder, ohne sich weiter um die Teppiche zu kümmern, und setzte ihm in der Stube Walnußlikör und Gebäck vor.

Verwirrt und vom Likör benommen verließ Cotta schließlich das Haus auf der Klippe, das, als er sich noch einmal umwandte, in einer Möwenwolke verschwand. Hatte Naso jedem seiner Zuhörer ein anderes Fenster in das Reich seiner Vorstellungen geöffnet, jedem nur die Geschichten erzählt, die er hören wollte oder zu hören imstande war? Echo hatte ein Buch der Steine bezeugt, Arachne ein Buch der Vögel. Er frage sich, schrieb Cotta in einem respektvollen Brief an Cyane, der die Via Anastasio niemals erreichen sollte, er frage sich, ob die *Metamorphoses* nicht von allem Anfang an gedacht waren als eine große, von den Steinen bis zu den Wolken aufsteigende Geschichte der Natur.

Der August kam — ein glühender Sommer, den
allein der Name des Imperators schmückte. Unter
der Sonne dieses Monats verbrannte, was nicht die
Zähigkeit von Kakteen, Disteln oder Tamarisken
besaß. In den Mittagsstunden wurde der Lärm der
Zikaden so unerträglich, daß die Frauen der eisernen
Stadt ihren Kindern die Ohren mit geweihtem Wachs
verschlossen, um sie vor jener bösen Musik zu be-

wahren, die sie in dem Gezirpe zu hören glaubten. Schillernde Echsen kamen in diesen Stunden aus Mauerrissen und Felsspalten hervorgekrochen und leckten die Fliegen von den heißen Steinen der Stadt. Auf dem Schiefer der Dächer sonnten sich Schlangen.

Als Thies der Deutsche nach aromatischen Pflanzen für seine Tinkturen suchte, entdeckte er in den Ruinen einer seit Jahrzehnten unbewohnten Gasse Spinnen von der Größe einer Menschenfaust; ihre Netze waren so fest, daß nicht nur Zikaden, sondern auch Pracht- finken und eben flügge gewordene Goldammern darin umkamen.

Das Entsetzen über dieses nie gesehene Ungeziefer war nur von kurzer Dauer: Tomi, vom raschen Wech- sel der Zeiten und von der Hitze erschöpft, begann sich mit den neuen Plagen abzufinden wie zuvor mit dem Prunk der Vegetation und den Wärmegewittern des neuen Klimas. Nur Tereus geriet in Wut. Als er eines Tages auf allen Vieren über das Dach des Schlachthauses kroch, um Schlangen mit einem Feuerhaken zu erschlagen, versammelte sich im Hof des Nachbarhauses eine johlende Horde von Kindern und Kellergästen des Branntweiners, Publikum, das zu ihm aufblickte, ihn anfeuerte und ihm später in gemessenem Abstand folgte, als er mit seinem Haken und einer Pechfackel durch die spinnenverseuchten Ruinen rannte, einige mit Zikaden und verwesenden Vögeln beschwerte Netze zerriß und Spinnen an der Fackel verschmoren ließ. Unter dem Gejohle und Beifall dieser Horde tauchte dann ein Gehilfe des Branntweiners einen Finger in das dunkle, zähflüssige Sekret, das aus den Bäuchen der Spinnen hervorkochte und malte sich damit Zeichen auf Wangen und Stirn.

Es schien in diesen Tagen nichts zu geben, woran sich die eiserne Stadt nach einem Augenblick des Schreckens oder des Erstaunens nicht gewöhnen konnte; noch in der ersten Stunde der Gewöhnung schien dieser Stadt auch das Fremdeste schon wieder gleichgültig zu werden. Das einzige Ereignis aber, das Tomi voll Ungeduld erwartete und das Erzkochern wie Schweinehirten mehr bedeutete als alle Neuheiten einer rätselhaften Natur, blieb aus: So angestrengt auch danach Ausschau gehalten wurde — über den Windungen der Küstenstraße erhob sich keine Staubwolke. Cyparis der Filmvorführer, der im August so vieler Jahre gekommen war, blieb verschwunden.

Die Sehnsucht nach den Vorführungen des Liliputaners wurde so groß, daß man eines Morgens die Schlachthausmauer bemalt und mit ungelenken Strichzeichnungen bedeckt fand; es waren mit Kohle und gefärbter Kreide gekritzelte Erinnerungen an die letzten Filme des Liliputaners, lodernde Helmbüsche, Pferdemähnen, Segel, Fahnen, Lanzen.

Tereus hängte dem Sohn der Krämerin einen Kranz Rauchwürste um den Hals, daß ihm der Fallsüchtige dafür das Geschmiere am Schlachthaus mit Kalk übertünche. Das geschah auch.

Cotta machte es sich zur Gewohnheit, die Dachkammer des Seilerhauses Abend für Abend nach Skorpionen abzusuchen. Seit er in einer unruhigen Nacht Licht gemacht und gesehen hatte, wie sich ein großes Insekt in einem Mauerriß der Fensternische verkroch, ging er nicht mehr zu Bett, bevor er nicht alle Schlupfwinkel ausgeleuchtet und mit einem Handbesen gegen jede Falte der Wandbehänge geschlagen hatte. Schlief er endlich, träumte er oft von Stacheln, Bißwunden und den vielfältigen Waffen einer subtropischen Fauna.

Tagsüber streifte er die Küste entlang, bis die Hitze ihn in den Schatten der Felswände zwang, erwartete mit anderen Müßiggängern der eisernen Stadt die Abendkühle in der Bucht der Balustraden oder hockte in Arachnes Stube und verfolgte das fast unmerkliche Wachstum eines von Vögeln erfüllten Himmels am Webstuhl. In den Nächten schrieb er Briefe nach Rom; an seine Familie, an Cyane: Er wolle Nasos Rückkehr aus dem Gebirge in Tomi erwarten. Er verglich die tief eingeschnittenen Buchten des Schwarzen Meeres mit den Felsenküsten Siziliens und die Dornenhecken der Täler mit den Hainen Roms ... Was immer er schrieb, versiegelte er, trug den Umschlag am nächsten Morgen in Famas Laden, steckte ihn dort in einen für die nächste Ankunft der *Trivia* bereitstehenden Postsack, in dem dann Brief um Brief verschimmelte.

Wie jeder andere Bewohner der Küste empfand Cotta bei allem was er tat eine übermächtige, große Müdigkeit. Die Augusthitze hatte sich wie ein Alpdruck auf Tomi gesenkt, dem sich keiner entziehen konnte, der selbst auf den Tieren lastete und alle Bewegungen des Lebens verlangsamte. Manche Erzkocher ließen die Glut ihrer Schmelzöfen erlöschen und betranken sich schon am Morgen im Keller des Branntweiners, der seinen Fusel mit künstlichem Eis kühlte; andere dösten unter Sonnensegeln in der

Bucht der Balustraden und kehrten tagelang nicht in ihre Häuser zurück. Während der Nachmittagsstunden waren in der Stadt nur noch die Zikaden zu hören. keine Stimme, kein Hammerschlag. Staubig und verlassen lagen die Plätze im weißen Licht.

Es war an einem dieser glühenden Nachmittage der Lethargie, als der Schrei *Ein Schiff!* Tomi aus seiner Reglosigkeit riß. *Ein Schiff!* Aber es war nicht die lange ersehnte *Trivia:* Die Fregatte, die unter der Flagge Griechenlands aus der gleißenden See in den Schatten des Gebirges glitt, war seit Jahren nicht mehr an dieser Küste gesehen worden. Wie blutige Schlachtgewänder hingen ihre roten Segel an den Rahen und Gaffeln. Der Rauchkeil aus dem Schornstein der Hilfsmaschine, der sich unter den Anlegemanövern hoch in die Windstille erhob, stand noch über der Bucht, als das Schiff längst vertäut an der Mole lag.

Was gehen und laufen konnte, drängte in dieser Stunde ans Meer hinab. Wie um sich gegenseitig zu noch größerer Eile anzutreiben, schrie man einander im Dahinhasten jenen Namen zu, der in verwitterten Goldlettern am Bug der Fregatte prangte, ein Wort, das in den Küstenstädten des Schwarzen Meeres ebensoviel Erwartung wie Mißtrauen und Bitterkeit hervorzurufen vermochte — *Argo!* Die längst verschollen geglaubte, vor Jahren aus der Bucht von Tomi ausgelaufene *Argo* war zurückgekehrt.

Cotta, der wie irgendeiner aus den Gassen an die Mole hinabgeeilt war, sah Lycaon auf der Treppe der Hafenmeisterei sitzen und erfuhr von dem Seiler, daß diese Fregatte das Schiff eines thessalischen Seefahrers war, der sich Iason nannte. Noch mit gerefften Segeln

bot der Dreimaster, ein ausgedientes, zum Marktfrachter abgetakeltes Kriegsschiff, einen unheimlichen
Anblick: Ein schwarzes, gepanzertes Schanzkleid erinnerte an seine frühere Bestimmung, dazu die mit
eisernen Drachenköpfen verzierten Stückpforten des
Kanonendecks und ein auf den Schornstein gemaltes
brennendes Steuerrad. Erst die tiefrot gefärbten
Segel aber hatten die *Argo* so berüchtigt wie unver-
wechselbar gemacht, Segel, mit denen Iason längst
vergessenen Seeschlachten und dem vielen Blut ein
Denkmal setzte, das unter dem Kiel dieses Schiffes
das Meer getrübt hatte.

Ohne alle Regel und Vorhersehbarkeit verschwand
und erschien diese Fregatte in den Häfen der Schwarzmeerküste und ließ dabei oft Verwirrung, Streit und
Haß zurück. Denn der Thessalier führte nicht nur
Handelswaren aller Art mit sich, die er gegen Eisenbarren, Felle und Bernstein eintauschte, sondern hatte
stets auch eine Schar von Auswanderern an Bord,
stellungslose Handwerker, ins Elend geratene Bauern,
Bewohner der Ghettos von Thessalonike, Volos und
Athen ... allen versprach Iason eine goldene Zukunft
am Schwarzen Meer und nahm ihnen für einen stickigen Platz im Zwischendeck der *Argo* das letzte Geld
ab.

Erst an den verfallenden Piers von Odessa und
Constanta, vor den ausgebrannten Docks von Sewastopol oder an irgendeinem öden Küstenstrich erkannten Iasons Passagiere die Vergeblichkeit ihrer
Hoffnungen. Aber dann fehlten ihnen längst schon
die Mittel und die Kraft für eine Rückkehr nach Griechenland. Also gingen sie an den trostlosesten Orten

von Bord und suchten zwischen Ruinen nach einem Schatten ihres Glücks.

Von Constanta bis Sewastopol haßte man die griechischen Auswanderer als *Iasons Drachensaat*: Sie störten den Frieden der Einöde, hausten in Erdlöchern und Höhlen und scharrten im Kies der Strände nach Perlmutt und Bernstein. Oft zwang sie der Hunger, die Küstenbewohner zu bestehlen. Sie verschleppten und schlachteten selbst Maultiere, flüchteten vor der Wut der Bestohlenen immer tiefer ins Gebirge oder in die Wüsten der Halbinsel Krym und verwilderten, bis ihr Leben dem von Steinzeitmenschen glich.

Für diese betrogene Menschenfracht verfluchte man Iason den Thessalier ebenso, wie man ihn für den Zauber seiner Waren verehrte, für die Neuheiten und Nachrichten, die er mitbrachte, den Abglanz ferner, unerreichbarer Metropolen, den er an Bord seines Schiffes ausbreitete und zum Kauf oder zum Tausch anbot.

So feindselig wie gierig drängten die Erzkocher, Bauern und Fischer Tomis auch diesmal über das Fallreep der *Argo* an Deck, während Iason am Ruder stand und mit einem Sprachrohr den Kattun, die Gewürze, Spieluhren und alle Besonderheiten seiner Fracht ausschrie. Und an der Reling des Achterdecks standen auch diesmal armselige Gestalten, die der andrängenden Kundschaft zuwinkten und sie mit Fragen nach dem Reichtum und den Schönheiten Odessas bestürmten, die niemand zu beantworten wußte; andere unter den Auswanderern starrten schweigend auf die mit dem Gebirge wie verwachsene Ruinenstadt, auf die schwarzen, drohend auf-

ragenden Felswände, als erahnten sie in diesem hitze-
flirrenden Anblick schon das Bild ihres künftigen
Elends. In den meisten Gesichtern aber spiegelte sich
nur die Erleichterung, daß dieser wüste Ort nicht das
versprochene Ziel war, daß Odessa und alle Zukunft
und Hoffnung noch geborgen unter dem Horizont
lagen und die *Argo* sie bald wieder forttragen würde
aus dieser zerklüfteten Wildnis.

Iason fand zwischen dem schreienden Lob seiner
Waren immer noch Atem genug, um das Neueste aus
der zivilisierten Welt über die Köpfe hinweg zu brüllen, darunter längst bekannte Nachrichten wie jene
vom Tod und der Vergöttlichung des Imperators,
schließlich aber auch die mit ungläubigem Staunen
aufgenommene Sensation, daß der Nachfolger des
Allmächtigen im vergangenen Frühjahr fünfzehn
Schlachtschiffe der römischen Kriegsflotte vom tyrrhenischen Meer über Land! in einem gewaltigen
Karnevalszug auf Tragwiegen und Rollen nach Rom
und unter vollen Segeln durch die Prachtstraßen der
Residenz habe schleifen lassen, um zu zeigen, daß
jeder Träger des Namens Augustus selbst die steinige
Erde zum Meer werden lassen konnte und das Meer
zum Spiegel seines Triumphes.

Die wenigen Stunden, in denen die *Argo* im Hafen
der eisernen Stadt lag, bis Iason wieder Segel setzen
ließ und Kurs auf Odessa nahm, wirkten auf die Trägheit Tomis so heftig und nachhaltig wie sonst nur die
Ankunft des Filmvorführers, ein Fest oder ein Sturm:
Alle Müdigkeit und Erschöpfung schienen überwun-
den; in den Gassen herrschte Geschrei und Gerenne.
Wie ein Plünderer stürzte jeder in sein eigenes Haus

und raffte zusammen, was von Wert schien, um es an Bord der *Argo* zu schleppen und dort zu verkaufen oder einzutauschen. Erzkocher und Grobschmiede keuchten in solcher Eile und mit so schweren Eisenlasten über das Fallreep, daß manchen noch beim Aushandeln des Gegenwertes schwarz vor den Augen wurde. Obwohl die meisten von ihnen die Fregatte kaum weniger beladen wieder verließen, sank die *Argo* unter dem Gewicht von rostigen Barren, Gittern, Schienen und Traversen mit jeder Stunde tiefer ins Meer.

Es war, als wiege nicht das Metall, sondern die Genugtuung so schwer, daß die über Monate und Jahre in Schmieden und verrußten Schuppen gelagerten Früchte der Arbeit endlich gebraucht, fortgebracht und weiterem Nutzen zugeführt wurden, die Genugtuung, daß die Plage vor den Schmelzöfen und in der Finsternis der Stollen durch diesen Handel endlich ihren Sinn erfuhr: Eisen gegen Seide und Kattun; Eisen gegen ätherische Öle, Zuckerhüte und Mischpulver gegen Schmerzen; Eisen gegen Nachrichten von der Eleganz und Verrücktheit der Welt.

Als die Abendkühle den Händlern endlich Erleichterung brachte, glich die Mole einem Markt der Schatten; die Farben der schönen Dinge verblaßten allmählich; Bewegung und Geschrei blieben; wie aus Silber lag das Meer in der Dämmerung.

Im langen Zug der Träger, Maultiere und Karren, der vom Hafen in die schwarzen Gassen der Stadt kroch und von dort immer wieder zur Mole zurückkehrte, flammten da und dort Fackeln auf. Die Bewohner Tomis waren so sehr mit dem Transport ihrer

neu erworbenen Güter beschäftigt, daß kaum einer
Notiz davon nahm, als Iason die *Argo* zum Auslaufen
klar machen ließ. Der Thessalier verbrachte die
Nächte stets lieber auf dem offenen Meer als in den
unsicheren Häfen einer Küste, an der die Gier nach
dem Reichtum der Schiffe groß war.

Erleichtert darüber, daß keiner der griechischen
Auswanderer in Tomi von Bord ging und bleiben
wollte, warf man ihnen schließlich Brotsäcke und
Dörrfleisch zu, als die Leinen ins Wasser klatschten
und Iason die Maschine unter Dampf und die Segel
setzen ließ. Mit Lichtergirlanden behängt, unter einer
Rauchwolke, die den Mond verfinsterte, glitt die *Argo*
in die Dunkelheit.

Tomi kam in dieser Nacht erst spät zur Ruhe. Last
um Last wurde von der Mole in die Steinhäuser ge-
schleppt und dort noch einmal befühlt, noch einmal
geprüft und bestaunt. Aber so vielfältig, nützlich
oder eitel die Fracht auch war, die Iason den Erzkochern gegen Eisen und Bernstein zurückgelassen
hatte — unter den Traglasten dieser Nacht befand
sich doch nur eine einzige, die das Leben Tomis so
sehr verändern sollte, daß es schließlich schien, als
habe die Fahrt des Thessaliers allein dem Zweck ge-
dient, diese kleine Last an die Küste der eisernen
Stadt zu schaffen:

Es war eine schwarze, nun auf das Maultier der
Krämerin gebundene Holzkiste, eine Bestellung, die
Fama vor Jahren aufgegeben und dann vergessen
hatte, eine Maschine aus Metall, Glas, Glühlampen
und Spiegeln, die alles, was man unter ihr geschliffe-
nes Auge legte, leuchtend und vergrößert auf dem

Weiß der nächstbesten Wand abzubilden vermochte — vergilbte Fotos, Zeitungsfetzen, selbst eine ängstlich ausgestreckte Hand . . ., alles.

Ein *Episkop* nannte Fama dieses Wunderwerk, dessen Bilder sich zwar nicht bewegten wie jene des Filmvorführers, das dafür aber noch die wertlosesten Dinge des Lebens heraushob und zu einer solchen Schönheit verklärte, daß sie kostbar und einzigartig wurden. Betrachtete man die Spiegelungen an der Wand nur lange genug, glaubte man das innere Leben der Dinge wahrzunehmen, ein Flackern, ein Pulsieren und Flirren, gegen das die Bewegtheit der äußeren Welt plump und nichtssagend erschien.

Was bedeutete es schon, wenn der Branntweiner behauptete, das Flackern der Bilder rührte allein vom unrunden Lauf jenes Generators, der in einem Kellerverschlag stampfend und hämmernd Strom für die Lampen und Kühlschlangen des Krämerhauses erzeugte . . . Das Publikum, das sich in den Tagen der Aufstellung des *Bildwerfers* in Famas Hinterzimmer immer zahlreicher einfand, kümmerte sich nicht um solche Einwände.

Als ein Schweinehirt das Gerücht verbreitete, seine verletzte, schwärende Hand sei innerhalb von Stunden geheilt, nachdem er sie der Maschine gezeigt hätte, brachten die meisten Besucher Säcke und Taschen voller Dinge mit, die unter das Auge des Episkops gelegt werden und an der Wand erscheinen sollten, darunter schmiedeeiserne oder tönerne Nachbildungen kranker Glieder und Herzen, Fotos von Bergleuten, die in den Stollen sich geworden waren, Wünschelruten zum Aufspüren neuer Erzadern, Borsten und Klauen unfruchtbarer Haustiere oder mit Sehnsüchten bekritzelte Wunschzettel, Briefe ins Nichts.

Fama gab dem Andrang der Neugierigen und Wundergläubigen bereitwillig nach. Zwar verlangte sie von ihren Besuchern kein Eintrittsgeld, legte aber noch die ranzigsten und ältesten Bestände ihres Warenlagers so geschickt an den Weg zum Hinterzimmer, daß kaum jemand ihren Laden wieder verließ, ohne nicht zumindest eine Büchse Kernfett, eine Tüte Walnüsse oder eine Schachtel verstaubter Pralinen gekauft zu haben.

Innerhalb weniger Wochen wurde das Hinterzimmer der Krämerin, ein kühler, finsterer Lagerraum am Ende einer Flucht von Regalen, Kommoden, Fässern und gestapelten Kisten, zur Wundergrotte: An den Wänden brannten Reihen von Kerzen und Talglichtern, einige leergekaufte Regale dienten nun zur Ablage von Blumenbuketts und Medaillons zur Erinnerung an einen Trost, eine Linderung oder die Erfüllung einer Sehnsucht. Das Hämmern des Generators setzte auch in den Nachtstunden nicht mehr aus. Im Morgengrauen oder spät nachts, — wann immer ein Besucher Famas Laden betrat, fiel ein blaues, magisches Licht durch die offenstehende Tür der Grotte, der Widerschein der Verklärung.

Nach dem Handel mit Iason, der bewies, daß selbst das mindere Eisen Tomis noch einen Tauschwert besaß, hatten einige Erzkocher das Feuer ihrer Öfen wieder entfacht, und auch einige Müßiggänger waren aus der Bucht der Balustraden wieder in das Dunkel der Bergwerkshorizonte zurückgekehrt; andere aber waren den Erscheinungen und Wundern der Grotte verfallen: Hatte sie vor der Ankunft der *Argo* die Augusthitze gelähmt, hockten sie nun gebannt von den seltsamsten Bildfolgen in Famas Hinterzimmer, betäubten sich dazu mit dem Fusel des Branntweiners und schleppten immer neue Vorlagen heran, um die Wunderkräfte der Maschine auf die Probe zu stellen. Auch wenn die erhofften Wirkungen ausblieben und der Dieselgestank und rasche Wechsel von grellem Licht und Dunkelheit die Augen zum Tränen brachte, sorgte doch allein schon die erwartungsvolle Stimmung, die Vielzahl und Verschiedenheit der versammelten Leiden und Sehnsüchte für eine Atmosphäre, in der das Unfaßbare in jeder Sekunde möglich schien.

Am schlimmsten von allen war Famas eigener Sohn dem Bann der Projektionen erlegen. Battus hatte sich unter der Anleitung der Krämerin mit der Armatur des Bildwerfers so vertraut gemacht — er hielt die Reflektoren staubfrei, wechselte Glühlampen mit wenigen Handgriffen —, daß Fama ihm schließlich die Bedienung des Episkops allein überließ. Zum erstenmal in seinem Leben erfuhr der Fallsüchtige, was es bedeutete, ein Mensch unter Menschen zu sein; zum erstenmal drängte man sich an *ihn* heran, hielt ihm mit ausgestreckten Armen entgegen, was unter das Auge der Maschine gelegt werden sollte, und bestach ihn mit Kleingeld und Süßigkeiten, damit er ein Lichtbild so lange an der Wand beließ, wie die Hoffnung auf ein Wunder es verlangte. Battus nahm die Hände, die Arme, die Geschenke und schrie und lallte vor Begeisterung.

Als die Krämerin ihn nach zwei Tagen und Nächten seiner uneingeschränkten Herrschaft über die Maschine zu Bett bringen wollte, brach er in ein Gebrüll aus und setzte sich mit solcher Gewalt zur Wehr, daß sie ihm schließlich ein Matratzenlager unter dem Tisch zurechtmachte, auf dem das Episkop stand, ihm am nächsten Tag auch das Essen in die Grotte brachte, weil er durch nichts zu bewegen war, sich von der Maschine zu trennen — und endlich jeden Versuch aufgab, ihren halbwüchsigen Sohn noch einmal ins Freie oder auch nur an den Ladentisch zu bringen.

Battus verließ die Grotte nicht mehr; seine Notdurft verrichtete er in einer Nische des Raumes hinter einer spanischen Wand, in die er ein Loch gerissen hatte, um keines seiner Bilder aus den Augen zu verlieren, wenn er dort auf einem Blechkübel hockte. War er allein in der Grotte oder ließ die Trunkenheit und Erschöpfung der anderen Bildersüchtigen keinen Wunsch mehr aufkommen, so legte er der Maschine eine Auswahl seines eigenen Besitzes vor, gesammelte Fundstücke aus einer Zeit, in der er die Mistgruben der eisernen Stadt nach Buntglas, Knöpfen oder in Fallen vertrockneten Mäusen durchwühlt hatte. Manchmal sank er in einen leichten, unruhigen Schlaf, aus dem er augenblicklich hochschreckte, wenn jemand versuchte, das Episkop auch nur anzurühren. So verbrachte er den ganzen August und die ersten Septembertage, ohne jemals ein anderes Licht zu sehen als den Glutschein der Wolframdrähte, und harrte ungerührt aus, als Publikum und Wundergläubige sich nach und nach verliefen und die eiserne Stadt ihr Heiligtum zu vergessen begann.

Während Kerzen und Talglichter niederbrannten, verlöschten und nicht mehr erneuert wurden, die Grotte sich in einen Lagerraum zurückverwandelte und ihren Glanz verlor, sah der Fallsüchtige die Dinge der Welt an der Wand erscheinen und wieder verschwinden und schien seinem unstillbaren Bedürfnis nach immer neuen körperlosen Bildern aus Licht ebenso ausgeliefert zu sein wie jener ungeheuren Kraft, die manchmal an ihm riß, ihn schüttelte, zu Boden warf und schaumigen Speichel aus seinem Mund treten ließ.

Nach den langen Wochen der Hitze, in denen nur der Tau die Dürre gemildert hatte, rauschte in einer Septembernacht der erste Herbstregen herab, ein warmer, schwerer Regen, den die dünne Krume der Terrassenfelder aufsog, bis ihre zerrissene, unfruchtbare Härte gesättigt war und sich in Schlamm verwandelte, der aus den ummauerten Nestern der Gärten und Felder trat und ans Meer hinabkroch.

In dieser Nacht schreckte Fama plötzlich aus dem Schlaf: Es war still. Sie hörte das Klingen der Stille. Draußen rauschte der Regen, in ihrem Haus aber war es still geworden wie im Inneren eines Berges. Das Hämmern und Stampfen des Generators hatte aufgehört. Die Krämerin erhob sich, zog ein Tuch um ihre Schultern und hastete die Treppe hinab in den Laden. Die Tür des Hinterzimmers stand offen. Alles Licht war bis auf einen schwachen, kaum wahrnehmbaren Schein erloschen. Als Fama in das vom Geruch nach Talg und Kerzenwachs erfüllte Dunkel trat, sah sie ihren Sohn reglos wie immer vor der Maschine kauern, vor einem kalten, schwarzen Stück

Eisen. Auf Battus Antlitz und auf seinen Händen schien noch ein graues Licht nachzuglimmen, ein Widerschein verschwundener Bilder, kaum stärker als der helle Fleck eines Felsens in der Finsternis.

Fama schrie. Denn noch bevor sie entsetzt und zärtlich über die Stirn ihres Sohnes strich, wußte sie, daß dieses verstörte Wesen, das sie unter Qualen geboren und am Leben erhalten hatte, zu Stein geworden war.

Fünf Männer waren nötig, Schwerarbeiter von der Körperkraft des Schlachters, um den versteinerten Battus aus dem Hinterzimmer in den Laden zu schaffen. Das Rad einer Schubkarre zerbrach unter seinem Gewicht, und so trugen sie ihn in einer Fessel aus Ledergurten und Stricken wie ein erbeutetes Tier; ihr keuchender Atem, ihre vor Anstrengung rot angelaufenen Gesichter ließen den Stein noch blasser und kälter erscheinen.

Alle Versuche, den Fallsüchtigen ins weiche Leben zurückzuholen, blieben vergeblich. Thies der Deutsche bestrich den Erstarrten mit Salben und stark duftenden Extrakten, um die heulende Krämerin mit dem Schimmer einer Hoffnung zu trösten; Tereus übergoß den Stein auf den Rat eines Hirten mit Schweineblut, und ein wohlmeinender Nachbar wollte den Generator wieder in Gang setzen, um den Verwandelten noch einmal ins erlösende Licht des Bildwerfers zu tauchen.

Während aber der Nachbar im Kellerverschlag kniete und am Treibriemen zerrte und riß, geriet Fama in eine so verzweifelte Wut, daß sie mit einem Hammer auf das Episkop einzuschlagen begann, Iason und die *Argo* verfluchte und dann auf Arachnes Klippe lief. Dort warf sie einen Sack Trümmer und Scherben in die Brandung.

Und so stand Battus schließlich, ein Stein unter den vielen Steinen dieser Küste, zwischen Krautfässern, Sensenstielen und Bonbongläsern im Laden; schwarz von geronnenem Schweineblut und glänzend von den Salben des Deutschen ragte er in die Welt der Lebenden wie ein von Schlachtopfern besudeltes Götzenbild.

Als Fama die letzte Hoffnung aufgegeben hatte, daß der Stein jemals wieder erweckt würde, schloß sie ihren Laden für sieben Trauertage und öffnete weder auf die Zurufe der Kundschaft noch auf das besorgte Klopfen von Frauen, die sie trösten wollten. Sie räumte das Hinterzimmer leer, wusch den Steinboden mit Essigwasser und Asche, wie man es sonst nur in Sterbezimmern tat, und vernagelte dann die Tür mit Eichenbohlen. In der Nacht hörte man sie durch die geschlossenen Fensterläden beten. Sie stellte dem Versteinerten Kerzen im Halbkreis zu Füßen, Lichter, die auch später Tag und Nacht nicht verlöschen sollten, schmückte ihn mit Trauerflor, Blumenkränzen und zuletzt mit einer Girlande frischer, bösartiger Nesseln, die zwischen den Holundersträuchern ihres Hofes wuchsen: Battus, der zu Lebzeiten alles anfassen, alles betasten mußte, um sich der Existenz eines Dinges zu versichern und sich die Finger immer wieder an solchen Nesselgirlanden verbrannt hatte, war nun selber vor Zudringlichkeit und Neugierde geschützt.

Am Morgen des achten Tages schob die Krämerin die Rolläden hoch und enthüllte der eisernen Stadt das Denkmal ihres Sohnes. Die Küstenbewohner näherten sich dem Versteinerten zuerst ungläubig, ängstlich und sogar auf den Knien, als aber weder ein Unglück noch ein weiteres Wunder geschah, mit wachsender Unbekümmertheit, bis schließlich ein Bauer aus der Hochebene von Limyra die Nesselgirlande zerriß und sich mit glühenden Händen davon überzeugte, daß der Sohn der Krämerin zu gewöhnlichem Kalkstein erstarrt war: Taubes Geröll! schrie er später im Keller des Branntweiners, taubes Geröll gäbe es doch in den Abraumhalden mehr als genug. Was sollte daran denn so großartig sein, wenn ein Mensch, an sein Ende gekommen, nicht in der Finsternis eines Grabes zu Erde, sondern im Halbdunkel eines Krämerladens zu Stein werde?

So trat auch das Schicksal des Fallsüchtigen allmählich zurück ins Gewöhnliche, in die Blässe der Erinnerung, wurde zur Legende und dann ebenso vergessen wie das Schicksal aller Bewohner dieser Küste, die zu einem Leben am Schwarzen Meer bestimmt oder verurteilt waren. Denn auch wenn eine graue Bildsäule zwischen Fässern und Kisten stehen blieb und die Flämmchen eines Lichterkranzes in der Zugluft wie die Pfeile eines unauslöschlichen, rotgoldenen Gedächtnisses in die Tiefe des Ladens zeigten, war Battus Statue der Kundschaft schließlich doch nicht mehr als ein sperriges, schweres Stück Inventar, so selbstverständlich wie der eiserne Garderobenständer neben der Eingangstür des Ladens, an dessen Haken nun manchmal lange, regennasse Mäntel hingen. In den kleinen, schmutzigen Lachen, die sich unter diesen Mänteln bildeten, erschien Battus Spiegelbild, ein zitterndes Antlitz, das sich mit der feinsten Bewegung des Tropfwassers zur Grimasse verzerrte, so, als ob mit dem Regen das Leben selbst in die abbröckelnden Züge des Fallsüchtigen zurückgekehrt wäre.

Die Zeit der Dürre war vorüber. Zwar wurde der Herbst so mild, sonnig, auch heiß, wie selbst die Hochsommer früherer Jahre nur selten gewesen waren, in Gewitternächten und rasch vorüberziehenden Schauern fiel der Regen nun aber wieder so reichlich, daß die verbrannten Farben der Küste allmählich in ein tiefes, dunkles Grün zusammenzufließen begannen; noch über die Kare und Schutthalden schienen grüne Schatten hingeweht. Auf den Felsen und Dächern Tomis blühte das Moos. Schlangen und Spinnen verschwanden.

Cotta hatte die ersten Wochen des Herbstes so zurückgezogen im Haus des Seilers verbracht, daß nicht einmal die Tischrunden in Phineus Keller über seine Anwesenheit noch ein Wort verloren. Seine Dachkammer glich längst der verwahrlosten Unterkunft irgendeines Erzkochers.

Seit Echos Verschwinden waren auch im Seilerhaus die Zeichen der Verwilderung mit jedem Tag deutlicher geworden: Niemand kümmerte sich mehr um Efeu- und Strauchwurzeln, die sich in den Mauerfugen festkrallten und sie im Wachsen zu klaffenden Rissen aufsprengten, um dem organischen Leben einen Weg zu bahnen ins Innere der Steine. Stand irgendwo ein Fensterladen offen oder schlug im Wind, schlug er so lange, bis er aus den Angeln brach oder der Wind abflaute. In den Gängen und Speichern vermengte sich der Staub aus der Dürrezeit mit dem von den Wänden rieselnden Sand zu einer Krume, die nun in der Feuchtigkeit fruchtbar wurde und blasse Grashalme auf Truhen, Bohlen und Kästen sprießen ließ. Ein Zimmer des Obergeschosses war durch einen Hornissenschwarm unbewohnbar geworden, der das drohende Lampion seines Nestes zwischen die Deckenbalken gehängt hatte. Dem Seiler war es gleich. Meter um Meter seines Hauses überließ er der unbeirrbar vorrückenden Natur.

In manchen Nächten hörte Cotta, wie Lycaon das Haus verließ, und sah ihn am nächsten Morgen erschöpft, auch zerschunden, über die Geröllhalden zurückkommen. Aber bis zu jenem Tag, an dem ihn die Versteinerung des Fallsüchtigen aus seiner Trägheit riß, hätte Cotta diese nächtlichen Ausflüge als die Marotte eines wunderlich gewordenen Greises abgetan, selbst wenn Lycaon noch einmal im mottenzerfressenen Wolfskostüm aus seinem Tresor ins Gebirge gerannt wäre, ein heulender Faschingsnarr ...

Wie viele Staatsflüchtige die Sprache, die Bräuche und allmählich auch das Denken jener unterworfenen, barbarischen Gesellschaften annahmen, in denen sie vor der Unerbittlichkeit Roms Zuflucht suchten, hatte sich auch Cotta so vollständig in das Leben der eisernen Stadt gefügt, daß er von ihren Bewohnern kaum noch zu unterscheiden war. Er kleidete sich wie sie, ahmte ihren Dialekt nach, und manchmal war es ihm sogar geglückt, die Unbegreiflichkeit dieser Küste mit dem trägen Gleichmut eines Eingeborenen hinzunehmen. Briefe nach Rom schrieb er nun keine mehr. Erst Battus Versteinerung sollte ihm zeigen, daß sein Ort weder in der eisernen noch in der ewigen Stadt lag, sondern daß er in eine Zwischenwelt geraten war, in der die Gesetze der Logik keine Gültigkeit mehr zu haben schienen, in der aber auch kein anderes Gesetz erkennbar wurde, das ihn hielt und vor dem Verrücktwerden schützen konnte. Battus ragte nicht nur in die Welt der Lebenden, sondern unfaßbar in die römische Vernunft, die aus jedem Palast der Residenz und jeder Schlachtreihe des Imperators sprach, in Famas Laden aber nur noch eine Sammlung leerer Sätze und Formeln war.

Wann immer Cotta in diesen Tagen schlief oder auch nur für Minuten einnickte, plagten ihn Träume aus dem *Buch der Steine*. Gestalten und Schemen aus Echos Überlieferung jener Geschichten, die Naso ihr aus dem Feuer gelesen hatte, verfolgten ihn und ließen ihn nicht mehr los. Er hörte Echos Stimme aus dem Dunkel von einem Paradies der Halden und Kare reden, vom meteoritenhaften, verwehenden Prunk des organischen Lebens und der unangreifbaren

Würde des Steins ... Megalithische Bauwerke wuchsen um ihn herum auf, Säle, in denen die sanfte Stimme der Verschwundenen widerhallte, immer höher und gewaltiger die Architektur, bis der Himmel über ihm nur noch ein Gewirr blasser Streifen war und er erkannte, daß der labyrinthische Bau, der ihn nun einschloß, aus Blöcken, Konglomeraten versteinerter Köpfe, Arme und Beine gemauert war, aus den erstarrten Körpern der Menschen, die er in seinem Leben gekannt, geliebt oder gefürchtet hatte. Und wenn er aus diesem Labyrinth erwachte, löste sich doch die Umklammerung nicht, die ihn gefangen hielt: Grau und kalt stand Battus in Famas Laden, eine mit Lavendel und Steinbrechnelken geschmückte Drohung, daß die Grenze zwischen Wirklichkeit und Traum vielleicht für immer verloren war.

Manchmal musterte Cotta den Seiler verstohlen, wenn der Alte aus der Werkstatt kam; was für eine Erleichterung, wenn er Lycaon wortkarg und mürrisch, aber ohne die geringsten Anzeichen von Borsten, Fangzähnen und Klauen fand: Es war nur ein gebeugter, grauhaariger Mann, der zum Brunnen ging und sich Gesicht und Hände wusch.

Für den Seiler war die Versteinerung des Krämersohnes nicht mehr als der seltene Fall irgendeiner eingeschleppten Krankheit, ein unheilbarer Starrkrampf vielleicht, den sich der Fallsüchtige vom Gesindel auf der *Argo* oder beim Wühlen im Strandgut geholt hatte, kaum der Rede wert und für den Narren sogar das bessere Schicksal, weil er nun endlich vom Reißen der Epilepsie befreit war. Lycaon wollte den

Versteinerten weder sehen noch berühren; er habe genug Steine gesehen in seinem Leben ... Lycaon war wie immer.

Als Cotta aber in einer Mondnacht wachlag und hoch in den Geröllhalden Wolfsgeheul zu hören glaubte, wagte er nicht, in der Werkstatt Nachschau zu halten. Vielleicht war das Lager des Alten leer. Er wurde erst ruhig, als sich das Geheul in einem tiefen Grollen und Donnern verlor, dem fernen Lärm einer Mure oder Steinlawine, wie er in Tomi nun auch tagsüber manchmal zu hören war: Die vom Herbstregen gesättigte Krume der Steilhänge löste sich vom Felsengrund, stürzte von Bächen und Rinnsalen zerschnitten in die Tiefe und warf sich in den Hochtälern zu einer neuen Sohle auf, die nach dem Pech zersplitterter Bäume, nach dem frischen Blut der Wildtiere, nach Moos und Erde roch und wieder grün zu werden und zu blühen begann.

Zwei Hirten und der Großteil ihrer Herde waren in einer Klamm von einem solchen Erdrutsch getötet worden. Thies hatte das Unglück entdeckt, als ihm auf einem Saumpfad blutige, lehmverschmierte Schafe in Panik entgegenliefen. Thies hatte Bergleute und Bernsteinsucher zu Hilfe geholt, mit ihnen die beiden zermalmten Leichname geborgen und auf dem breiten Rücken der Mure unter Steinkuppeln begraben. Die Kadaver der Herde wurden auf Maultieren in die eiserne Stadt gebracht und als Totenmahl über zwei großen Feuern an der Mole zubereitet; was die Roste und Bratspieße nicht zu fassen vermochten, pökelte Tereus oder machte Rauchfleisch daraus.

Wenn Cotta in diesen Tagen die Enge seiner Dachkammer nicht mehr ertrug und aus den Gassen der eisernen Stadt zu den Schluchten und wolkenverhangenen Felsmassiven aufsah, war ihm manchmal, als ob alle seine gegenwärtigen und vergangenen Träume und Ängste in der Tiefe dieses grollenden Gebirges ihren Ursprung hätten. Das Innerste dieses Gebirges aber hieß Trachila. Seit den Schrecken der Fastnacht hatte er die Halden von Trachila gemieden und immer neue gute Gründe gefunden, den Verbannten nicht weiter in der gefährlichen Unwegsamkeit seiner letzten Zuflucht zu suchen. Aber was immer dort oben zwischen eingestürzten Torbögen, leeren Fensterhöhlen und überwucherten Fundamenten an Geheimnissen noch verborgen sein mochte — es konnte nicht seltsamer und nicht beklemmender sein als die Statue in Famas Laden.

Es war ein strahlender Morgen im Oktober, in der Nacht hatte es geregnet, am Rand eines meerblauen Himmels verfielen die letzten Türme einer Wolkenbarriere, und die Luft roch nach nassem Laub, als Cotta das Seilerhaus in der Gewißheit verließ, daß ihn nur noch ein einziger Mensch vor der Verrücktheit bewahren und aus seiner Verwirrung in die festgefügte Klarheit der römischen Vernunft zurückführen konnte: Naso.

Der Verbannte hatte unter den Rätseln dieser Küste gewiß ebenso gelitten wie er — aber wieviel mehr mußte Naso in den Jahren seines Exils über diese Rätsel und ihre Lösungen in Erfahrung gebracht haben. Wie immer Cottas Suche nach dem Dichter und seinem verkohlten Werk begonnen haben mochte, als eine Unternehmung des Ehrgeizes, der

Abenteuerlust oder Langeweile — an diesem Oktobermorgen mußte er erkennen, daß er nun keine Wahl mehr hatte; er *mußte* den Verbannten finden.

Und so ging er unter den Augen einer schläfrigen Kuh ins Gebirge, die wiederkäuend im Stroh eines Terrassenfeldes lag und ihm bis ins Verschwinden nachglotzte. Von den vielen Wegen, die er noch an Bord der *Trivia* im Fächer seiner Möglichkeiten gesehen hatte, war ihm nur ein einziger geblieben; der Weg nach Trachila.

Die Muren hatten kein Hochtal verschont: Wie urzeitliche, mit entwurzelten Kiefern und Heidekraut
geschmückte Ungeheuer waren Schutt- und Schlamm-
ströme aus der wolkenverhangenen Höhe herabge-
krochen, hinweg über Almen, verlassene Hütten und
die Mundlöcher aufgegebener Bergwerksschächte.

Steilhänge, die ihre Vegetation wie eine Maskerade
abgestreift hatten und nun als kahle Felsrücken unter

den Graten lagen, Abgründe, wo einmal Schafherden weideten und Erde in trockenen Bachbetten, deren Wasser den Muren ausgewichen war und nun in trüben, verirrten Kaskaden der Meeresküste entgegensprang — je höher Cotta stieg, desto schlimmer wurden die Verwüstungen. Das Gebirge, mit dem er sich schon vertraut geglaubt hatte, war in eine fremde Wildnis verwandelt und zwang ihn mit immer neuen Barrieren zu mühseligen Umgehungen, verwickelte ihn in schmerzhafte Kämpfe gegen das Dornengestrüpp und zerschnitt ihm die Hände mit Messern aus gesplittertem Stein.

Cotta, ein Wanderer, ein Kriechtier, ein Insekt, ein dunkler, beweglicher Punkt, der sich im Chaos verlor, für Minuten in Klammen und Senken verschwand, wieder auftauchte, höher stieg, verschwand und wiederkam: So verworren der Verlauf seines Weges auch war, Cottas Begleiter, Aasvögel, die hoch über ihm kreisten, schienen seinen jeweiligen Ort in jedem Augenblick seines Aufstiegs zu kennen. Gelassen zogen sie ihre Schleifen über seiner Anstrengung; es waren Gänsegeier, wie sie nach dem Donnern einer Steinlawine in Schwärmen über dem Schauplatz der Katastrophe erschienen und im Segelflug darauf warteten, daß es in der Tiefe still wurde, daß sich das Wasser verlief oder die Staubwolken verzogen und ihnen einen Kadaver zeigten.

Wenn Cotta sich den Schweiß von der Stirn wischte und zu seinen Begleitern aufsah, schrie er ihnen Schimpfworte zu, die tief unter ihrer Flughöhe verwehten; umsegelten sie eine Felsenzinne und ließen sich dann rauschend darauf nieder, warf er mit Steinen nach ihnen. Ungerührt und aufmerksam verfolgten die Aasvögel jede Bewegung dieses zerschundenen Wanderers, dessen Steine weit von ihnen kraftlos aufschlugen.

Einer der Bergleute, die Thies geholfen hatten, die Leichen der beiden Hirten aus der Mure zu bergen und zu begraben, hatte in Phineus Keller erzählt, daß ein Opfer ohne Augen gewesen sei, ohne Gesicht, und doch wäre an den Armen und Beinen noch ein Rest von Wärme zu spüren gewesen, als sie den Unglücklichen fanden: Eingeklemmt im Geröll, zerschlagen und mit seinen gebrochenen Gliedern unfähig, sich gegen den Hunger und die ungeheure Kraft der Vögel zu wehren, waren dem Hirten die Augen wohl noch bei lebendigem Leib aus dem Kopf gehackt worden; das Zarteste und Weichste immer zuerst.

Nach fünf Stunden des Aufstiegs war Cotta weitab von jenem verschütteten Weg, der ihn vor Monaten nach Trachila geführt hatte; er konnte die Lage seines Zieles nur noch nach dem Stand der Sonne vermuten. Als ihn ein wachsender Schmerz in seinem Schultergelenk an den Steinwürfen nach den Aasvögeln zu hindern begann, merkte er, daß sie ihm auch ohne diese Drohung nicht näher kamen; schließlich flogen sie auf und stiegen höher und höher, bis eine andere Beute in die Weite ihres Blickfeldes geriet: Von rasch dahingleitenden Wolkenfetzen immer wieder verborgen, begannen sie über einem Gebirgszug zu kreisen, zogen immer engere Schleifen — und Cotta glaubte zu erkennen, daß die Geier nicht über irgendeinem Ort, sondern über Trachila kreisten. Der Vogelflug zeigte ihm, wie sehr er sich verirrt hatte: Ein

Labyrinth von Klüften, Tälern und Schluchten trennte ihn von Nasos letzter Zuflucht. Also betrat er das Labyrinth.

Am Nachmittag wurde der Himmel wolkenlos und trug keine Vögel mehr. Cotta hatte sich den Ruinen von Trachila erst um eine einzige durchstiegene Bergflanke genähert, als er ein Hochplateau erreichte, das von den verwitterten Spuren des Bergbaus zerfurcht war. Von den Felswänden gähnten die Mundlöcher von Stollen herab, am Fuß einer Abraumhalde stand das von Dornengestrüpp überwucherte Gerüst eines Förderbandes, umgestürzte Kipploren lagen neben einem Schienenstück, dessen Stränge im seichten Wasser eines Tümpels endeten — und immer noch aufgereiht an einer gebrochenen Trosse staken die Gondeln einer Materialseilbahn im Schutt ... Cotta stand vor den Überresten einer Kupfermine der untergegangenen Stadt Limyra. Die Erinnerung an das Schicksal dieser Stadt war im Gedächtnis Tomis wachgeblieben und wurde immer noch weitererzählt, weil es hieß, *alle* Grubenstädte würden eines Tages so enden:

Limyras Knappen hatten über die Jahrhunderte eine Kette von Bergen ausgehöhlt, auch die letzten Erzgänge erschöpft und die Stollen von ihrer tief im Gebirge gelegenen Stadt immer weiter gegen die Küste vorgetrieben, bis das Gestein so taub wurde wie ein Kiesel und Limyra in den Sog des Endes geriet. Mit dem Kupfer verschwand der Wohlstand, mit dem Wohlstand der Friede.

Als alle Speicher geleert und die Stalltiere geschlachtet waren, begannen sich die noch in der Stadt verbliebenen Bewohner selbst um Brot zu schlagen und fielen übereinander her, bis in einer Augustnacht eine von den Horizonten der Kupfergruben zerschnittene Bergflanke in sich zusammensank und die nahezu entvölkerte Stadt unter sich begrub. Am nächsten Tag stand eine ungeheure, rotgoldene Staubwolke über dem Gebirge, die schließlich von südlichen Winden zerteilt wurde und dann wie eine vielgliedrige Wetterfront auf das Meer zukroch.

Jener rostzerfressene Bus, der in den Sommermonaten manchmal eine Horde Kupfersucher über eine uralte, aus dem Felsen geschlagene Paßstraße zu den Schutthalden von Limyra brachte, wurde für die Tage und Stunden dieser Fahrt zum dröhnenden Archiv allen Wissens über die untergegangene Stadt. Wenn die Ausgräber auf den Bänken des Busses hockten und sich im Lärm des Motors ihre Erfahrungen zubrüllten, wenn sie Schächte aushoben und mit Schaufel und Spitzhacke nach bronzenem Hausrat, Schmuck und Waffen wühlten, nach Kupferkabeln und Werkzeug und schließlich in ihrem überladenen Gefährt wieder an die Küste zurückkehrten, erstand Limyra noch einmal.

Es war, als trieben die Kupfersucher ihre Schächte nicht bloß in den Schutt einer Katastrophe, sondern in die Zeit selbst. An jeder von Grünspan überzogenen Fibel haftete die Erinnerung an Frauen, die solchen Schmuck noch in ihren Gräbern und bis in alle Ewigkeit hätten tragen sollen; von den zu schwarzen Sägen verrotteten Klingen der Dolche und Äxte tropfte das Blut vergessener Schlachten, und in Kesseln ohne Boden garte das Fleisch ausgestorbener Tiere. Aus jedem Schacht rauchte die Vergangenheit.

Die Kupfersucher öffneten Gräber mit der gleichen Ungerührtheit, mit der sie auch verschüttete Schafställe freilegten oder die Kammer eines im Schlaf vom Bergsturz überraschten Bewohners der Stadt — gleichgültig ob von einer Steinlawine oder schon lange vor der Katastrophe von Menschenhand begraben, *alles* wurde von ihnen wieder ans Licht gehoben, weil den Dingen von den vielen Bedeutungen, die sie in der Welt von Limyra besessen haben mochten, nur eine einzige geblieben war — der Wert des Kupfers. Kabel, Statuetten, Armreifen, Amulette zum Schutz vor dem in der Tiefe der Bergwerke lauernden Unheil — die Ausgräber schmolzen, was sie fanden, noch im Schutt der Grubenstadt zu flachen Barren ein, die dann über jedem Schlagloch der Rückfahrt aneinanderschlugen und dabei klangen wie polternde Steine.

Cotta hatte bei Phineus und in Famas Laden wohl gelegentlich von diesen Expeditionen gehört, das verbeulte Gefährt, das einem Mechaniker aus Constanta gehörte, aber noch nie zu Gesicht bekommen. Der Bus erschien alljährlich nur in den wenigen Wochen zwischen dem Hochsommer und den ersten Stürmen des Herbstes in der eisernen Stadt und war dann zumeist schon mit grölenden Passagieren besetzt. Denn der Mechaniker durchfuhr vor jeder Reise nach Limyra die erreichbaren Dörfer und Einöden der Schwarzmeerküste so lange, bis auch der letzte Platz seines Gefährts vergeben war. In diesem Jahr aber hatte man in Tomi vergeblich auf ihn gewartet.

Cotta fühlte seine zerschundenen Hände, die schmerzenden Füße im türkisblauen Wasser des Tümpels, watete bis zu den Knien auf den versunkenen Schienen dahin und saß dann erschöpft an eine der umgestürzten Loren gelehnt, starrte in die Tiefe, starrte über Bergrücken in den allmählich erlöschenden Himmel: Vor Anbruch der Nacht würde er weder Trachila noch Tomi wieder erreichen.

Obwohl ihm in seinem Schwebezustand zwischen der imperialen, unbezweifelbaren Wirklichkeit Roms und den Unbegreiflichkeiten der eisernen Stadt nichts beängstigender erschienen war, als eine Nacht allein in diesem Gebirge verbringen zu müssen, fügte er sich schließlich und begann sich auf diese Prüfung vorzubereiten, schnürte seinen Tragsack auf, errichtete vor dem Eingang eines eingestürzten Stollens einen Windschutz aus Schrott und Steinen, sammelte Gestrüpp für ein Feuer und schlug zwei rostige Konservenbüchsen aus Famas Laden mit einem Faustkeil auf, weil er in seinem Tragsack weder einen Büchsenöffner noch ein Messer fand. Mit bloßen, von Olivenöl triefenden Händen aß er mürbe Fische, eingelegten Mais und Brot.

Die Sonne sank. Ein blaues, samtiges Dunkel stieg vom Meer auf, nahm den Dingen ihre Farben, scheuchte die Tiere des Tages in Höhlen, Kuhlen oder in die Kronen der Schlafbäume und lockte die Fauna der Nacht aus dem Schutz ihrer Verstecke; aber was nun durch die tiefe Dämmerung huschte, kroch, flog, bewegte sich so behutsam und leise, daß Cotta um sich herum nur eine friedvolle Stille empfand.

In eine Decke gehüllt lag er auf dem sandigen Boden, im schwarzen Maul eines Stollens, der schon nach wenigen Metern von einer Barriere aus Felsbrocken und gesplitterter Pölzung versperrt war, lag unbehelligt in der Nacht, tief unter sich die Ebene des Meeres, die unsichtbare Küste, und hatte das Gefühl, mit seinen Schultern, seinem Rücken, seinem ganzen Körper am Gewölbe eines ungeheuren Raumes zu haften, und blickte so nicht mehr zu den Sternen *empor,* sondern hinab in eine grundlose, von Milliarden Funken durchschwebte Tiefe.

Nichts störte Cottas Schlaf in dieser Nacht. Schnarchend lag er bis zum Morgengrauen in der Stolleneinfahrt, aus der manchmal der Atem des Gebirges über ihn hinwegstrich, modrige, vom Schutt des Einsturzes gehemmte Zugluft. Behütet von sommerlichen Träumen, an die er sich nie mehr erinnern sollte, sah er weder den Aufgang noch den Untergang des Mondes und hörte auch das Geheul nicht, das in einer Schlucht unter dem Mondschein anhob und erst mit seinem Erlöschen wieder verstummte.

Im Schutz seiner Träume war Cotta inmitten des letzten der taub gewordenen Bergwerke Limyras so geborgen wie in den Gärten Sulmonas, deren steinerne Einfriedungen, Treppen und Marmorstatuen im Verlauf einer Nacht die Sonnenwärme abstrahlten. Er hörte das Geklirr von Gläsern, die Gespräche und das Gelächter kleiner Gartengesellschaften aus den von Bougainvilleablüten umwölkten Terrassen; sanfte Geräusche, die sich in Oliven- und Orangenhainen verloren. Inmitten der unermeßlichen Steinwüsten der Schwarzmeerküste war er eine Larve, die in Sand, Moos und lindgrüne Flechten gebettet ihre Erweckung erwartete. Kurz vor Morgengrauen erwachte er; sein erster Gedanke galt Naso, der nun gewiß ebenso Nacht für Nacht in diesem Gebirge schlief, ein

Römer, der nicht nur die Säulenhallen des Imperiums, sondern noch das Steindach seiner letzten Zuflucht mit dem freien Himmel vertauscht hatte. Er fürchtete die Wildnis nicht mehr.

Als die Oktobersonne über die Grate emporstieg und die Leblosigkeit der Steinwüsten jenseits der Baumgrenze in ein unerbittliches Licht tauchte, hatte Cotta die verfallene Kupfermine schon seit Stunden hinter sich. Beharrlich, als ob diese eine Nacht ihn mit dem Gebirge um Jahre vertrauter gemacht hätte, stieg er seinem Ziel entgegen. An diesem Vormittag kreisten auch die Aasvögel wieder über jenen Felswänden, in deren Schatten Trachila liegen mußte.

Vor Cottas Entschlossenheit verloren Hindernisse ihre Kraft; er kam so stetig voran, daß er erschrak, als er um die Mittagszeit auf das erste Zeichen Trachilas stieß, jenes zerschlagene Standbild eines Hundes, das ihm schon einmal im Weg gelegen war. Er hatte Nasos letzten Ort erreicht — und doch glich kaum ein Graben dieser Landschaft seiner Erinnerung. Die Felswände hoben sich so weiß und leuchtend vom verwitterten Grau des Gebirges ab wie ein frisch eröffneter Steinbruch. Wo kahle, von den Erosionskräften abgeschliffene Bergrücken gewesen waren, klaffte ein Gewirr schwarzer Risse, und in den ebenmäßigen, wie Zeltbahnen abfallenden Schotterhalden lagen haushohe Felsblöcke.

Als Cotta den letzten Anstieg überwand, der ihn noch von Trachilas Ruinen trennte, kamen ihm die Aasvögel so nahe, daß er das Rauschen ihrer Schwingen hörte, aber keinen Schrei; stumm zogen sie Bannkreis um Bannkreis um Nasos Zuflucht. Und dann, im Bruchholz einer zerschmetterten Kiefer, sah Cotta auch die Beute, die sie mit den Beilen ihrer Schnäbel zerteilt hatten: Dort lag ohne Augen, die Seiten aufgerissen, den Balg leergehackt und von schillernden Fliegenschwärmen bedeckt, der Kadaver eines Wolfes.

Trachila lag unter Steinen: In jener wüsten Abgeschiedenheit, in die sich Roms Dichter vor der Feindseligkeit der eisernen Stadt geflüchtet hatte, konnten
selbst Ruinen nicht bestehen.

Die zerfallenen Mauern des Weilers, das Haus des
Verbannten, der Brunnen — fast alles, was hier noch
an das Dasein von Menschen erinnert hatte, war
zermalmt und fortgerissen worden von einer Stein-

lawine, deren breite, von Trümmern und Splittern übersäte Bahn hinaufwies an ein Bollwerk von Schroffen und Überhängen. Aus diesen Wänden dort oben mußte die Lawine losgebrochen sein, ein Sturm aus Steinen, der innerhalb von Sekunden auf Trachila zu und über Trachila hinweggerast war; die Bahn verlor sich in den blauen Tiefen einer Schlucht. Kaum ein Mauerrest, kaum ein Fundament hatte dieser Gewalt widerstanden. Ein halber Torbogen ragte noch wie der Arm eines Ertrinkenden aus dem Schutt, und im Schatten eines ungeheuren Felsblocks, der sich in der Senke vor Nasos Garten verkeilt hatte, sah Cotta noch einen Rest jenes wuchernden Dickichts aus Dornen und Farnen, das die von ihren Schneckenmänteln befreiten Menhire verbarg. Unversehrt war auch der Maulbeerbaum, über und über blauschwarz geschmückt mit seinen Früchten.

Geschlagen vom Gefühl einer jähen, hoffnungslosen Verlassenheit ging Cotta am Kadaver des Wolfes vorüber auf den Torbogen zu; da erhoben sich die Fliegenschwärme aus dem blutverkrusteten Balg und zersprangen zu einem Hagel schwirrender, schillernder Schlossen. Er schlug die Hände vors Gesicht, durchlief diesen Schauer und schrie vor Ekel. Aber nur die Aasvögel wichen vor seinem Schrei in größere Höhen zurück. Die Fliegen prasselten taub und blind für die Verzweiflung eines Römers noch aus der Bewegung des Aufschwirrens wieder auf den Kadaver hinab und tauchten ihre Rüssel in die süße Verwesung.

Ein heller, metallischer Glanz lag über dem Schutt von Trachila. Für einen Augenblick empfand Cotta

diesen Schimmer wie das Nachleuchten der Schmeiß-
fliegenschwärme — als hätten sie im Auf- und Nieder-
schwirren die Seide ihrer Flügel abgestreift und als
verwehende, flirrende Lichtspuren in der Herbstluft
hinterlassen. Erst an jener Stelle, an der das Haus des
Verbannten gestanden hatte, merkte er, daß aller
Glanz vom Geröll des Lawinenstrichs ausging, ein
winterlicher Schein, der auch den geborstenen Felswänden hoch oben ihre Farbe gab. An manchen Ab-
brüchen des Bergsturzes war dieser Glanz schon
schwärzlich behaucht, ermattet von der Oxidation,
an anderen Stellen aber so hell und strahlend wie die
Silberkaraffen, Bestecke und Vasen in den Vitrinen
an der Piazza del Moro, wenn an schönen Nachmit-
tagen das Sonnenlicht durch die Baumkronen und
offenen Fenster auf die Glaskästen des Salons fiel.

Erz. Das Geröll, das Trachilas Ruinen unter sich
begraben oder fortgerissen hatte, war Bleiglanz und
Silbererz; eine schreckliche Welle des Reichtums, die
auf ihrem Weg in die Tiefe alles Leben von den Steilhängen geschliffen hatte, Krüppelkiefern, Grasnarben,
Wölfe und ihre Beute ...

Zumindest ein Bewohner Trachilas aber mußte der
Katastrophe entkommen sein, denn immer noch
säumten Dutzende Steinmale den Lawinenstrich,
hockten von Lumpen umflattert auf Felskuppen oder
zwischen zerschmetterten, nach Harz duftenden
Stämmen; einige hatten den Bergsturz im Schutz
erratischer Blöcke unversehrt überstanden, die meisten
aber waren erst nach dem Unheil aus Trümmern
errichtet und wie Triumphzeichen auf die Rücken
erstarrter Geröllstürme gesetzt worden.

Noch wie betäubt vom Anblick Trachilas, bemerkte Cotta dünne Rauchschwaden, die aus dem Schatten einer Klamm wehten und war plötzlich hellwach: Kaum fünfzig Schritt von ihm entfernt qualmte dort in einer Felsnische der gußeiserne Herd aus dem Haus des Verbannten; vor der offenen Haustür hockte Pythagoras, ein widerspenstig flatterndes, blaues Tuch über die Knie gebreitet, das er zu beschriften schien. Neben dem Alten aber, dem Silberlicht der Halden entzogen, gestützt auf einen Steinkegel wie auf ein Lesepult und einen Arm zur nachlässigen Geste erhoben, stand Naso, der Dichter Roms.

Den Blick auf das Herdfeuer gerichtet, schien Naso zu seinem Knecht zu sprechen. Cotta erkannte den Tonfall der Stimme und verstand doch kein Wort, hörte das Klingen des Blutes in seinem Kopf, hörte die Windstöße, die dem Verbannten Satz für Satz von den Lippen nahmen und in die Halden hinauftrugen. Pythagoras Hand aber flog über das blaue Tuch, als müßte er in rasender Eile die Worte festhalten, bevor sie verwehten.

Jetzt wurde die Zeit langsamer, stand still, fiel zurück in die Vergangenheit. Eine verschimmelte Orange kollerte über die Mole der eisernen Stadt. Die *Trivia* stampfte durch ein gewalttätiges Meer. Ascheflocken stoben aus einem Fenster an der Piazza del Moro, und umlodert von einem Feuerornament aus zweihunderttausend Fackeln stand eine schmale Gestalt vor einem Strauß Mikrophone im Stadion Zu den Sieben Zufluchten. Erst aus diesem brausenden Oval schnellte die Zeit wieder zurück in den Schutt von Trachila:

Ich habe Naso gefunden, ich habe den verbannten, totgeglaubten, verschollenen Dichter Roms gefunden. Inmitten aller Verwüstung, auf den Trümmern der letzten Zuflucht des einst berühmtesten Mannes der Residenz, empfand Cotta eine Erleichterung, als sei ein erstickendes Gewicht von ihm genommen worden. Der Anblick dieser beiden Männer vor dem qualmenden Herd, der Anblick des in Rauch gehüllten Dichters in der nachlässigen Pose seiner Rede im Stadion riß ihn aus der Umklammerung der eisernen Stadt in die Wirklichkeit Roms zurück. Und so stürzte er auf den Verbannten zu, schrie, schwenkte die Arme, lachte, strauchelte im Geröll und spürte weder aufgeschlagene Knöchel noch eine zum Zerreißen überspannte Sehne. Er hatte Naso endlich gefunden.

Als Cotta nach kaum fünfzig achtlosen Laufschritten durch das Silbererz, an dem er sich die Füße schlimmer wund schlug als an allen Hindernissen des Weges nach Trachila, die Klamm erreichte und aus dem Glanz der Halden in den Schatten der Felswand stolperte, als der jähe Lichtwechsel ihm für einige Augenblicke die Sehkraft nahm, als er in seinem Rücken noch das Kollern losgetretener Steine hörte und einen Gruß hervorkeuchte, war er allein.

Gewiß, der Herd stand qualmend vor ihm; die Feuertür war zersprungen, im gußeisernen Mantel klaffte ein Riß; ein Windstoß hatte die alte, tief zwischen angekohlten Ästen und weißer Asche verborgene Glut neu entfacht. Gewiß, auch ein blaues, beschriftetes Tuch flatterte und schlug im Wind; aber der Fetzen lag nicht über Pythagoras Knie gebreitet, sondern war in ein plumpes Steinmal geflochten, das aus der Ferne wohl einem kauernden Menschen gleichen konnte — und nicht der Dichter Roms lehnte an einem zweiten Kegel, sondern ein vom Geröllstrom entrindeter Kiefernstamm, der wohl als Brennholzvorrat benützt worden war; abgeschlagene Äste lagen um den Herd verstreut. Nur ein einziger, armdicker Ast war der Verstümmelung entgangen; von vergeblichen Keil- oder Messerhieben gekerbt und mit dem Stamm immer noch fest verwachsen, wies er auf Cotta und über ihn hinweg in die Tiefe. Dort glitzerte das Meer. Cotta war allein.

Der beißende Rauch, den ihm der umspringende Wind entgegentrieb, zwang ihn aus seiner Erstarrung. Erst jetzt spürte er den Schmerz in seinem Fuß so heftig, daß ihm die Augen tränten. Stöhnend humpelte er auf den blauen Fetzen zu, stützte sich an dem Steinmal ab, ließ sich zu Boden sinken, saß an den Kegel gelehnt, und das flatternde Tuch schlug ihm jedesmal ins Gesicht, wenn der Wind für Sekunden von West nach Süd umsprang. Er hob keine Hand zur Abwehr. Das Feuer wurde kleiner, erlosch. Der Herd erkaltete. Cotta starrte auf dieses von einer Steinlawine ausgeworfene Stück Schrott und fühlte, wie eine Kraft aus seinem Inneren aufstieg, die zuerst sachte, dann immer heftiger an ihm zu rütteln begann. Asche schneite aus der dunklen Öffnung der Feuertür, weiße, feine Asche. Kein Zweifel, er mußte verrückt geworden sein.

Verrückt: Seltsam, daß die Steine immer noch da waren, sich von ihm aufheben und fortschleudern ließen. Auch der zerrende Schmerz in seinem Fuß war da, der halbe Torbogen im Schutt, der Tragsack und der Glanz der Halden. Er war verrückt geworden, aber die Welt hatte ihn trotzdem nicht verlassen, sondern harrte geduldig bei ihm aus, ihrem letzten Bewohner. Das Meer blieb bei ihm. Das Gebirge. Der Himmel.

Und dann riß ihm der Krampf, der ihn schüttelte, den Mund auf: War es ein Gebrüll, ein Lachen, ein Schluchzen; er wußte es nicht. Er hörte seine Stimme aus einer großen Ferne, war außer sich, irgendwo hoch oben in den schimmernden Felsen und sah in der Verwüstung Trachilas einen Verrückten kauern; an einem kalten Herd dort in der Tiefe einen zerschundenen Mann. Ein flatterndes, blaues Tuch schlug ihm die Tränen aus dem Gesicht, schlug ihm auf den Mund. Immer wieder. Bis er endlich aufhörte zu schluchzen, zu schreien, zu lachen. Und dann wurde es wunderbar still.

In dieser Stille kehrte er aus der Höhe der Felsen wieder zurück in sein Herz, in seinen Atem, seine Augen. Der quälende Widerspruch zwischen der Vernunft Roms und den unbegreiflichen Tatsachen des Schwarzen Meeres verfiel. Die Zeiten streiften ihre Namen ab, gingen ineinander über, durchdrangen einander. Nun konnte der fallsüchtige Sohn einer Krämerin versteinern und als rohe Skulptur zwischen Krautfässern stehen, konnten Menschen zu Bestien werden oder zu Kalk und eine tropische Flora im Eis aufblühen und wieder vergehen ... Also beruhigte er sich und griff nach dem schlagenden Tuch und las die Fragmente jener mit Kohle, armenischer Erde und Kreide gekritzelten Schrift, deren verwischte Spuren er auch an allen anderen Steinmalen finden sollte.

> *. . . Stacheln*
> *aus Silber*
> *. . . der Donner . . .*
> *. . . ungeschützt*
> *das Herz . . .*
> *der Schlachterin*
> *. . . eine Nachtigall*

Zwei Tage verbrachte Cotta in den Trümmern von Trachila. Er löste den blauen Streifen aus dem Steinmal und umwickelte damit seinen geschwollenen Fuß. Zur Nacht errichtete er einen Windschutz aus Erzen vor der Felsnische, entfachte ein großes Feuer neben dem Ofen und schlief eingerollt im Schein der Glut. Von Schmeißfliegen umschwirrt und geplagt von seinem Ekel, bedeckte er den Kadaver des Wolfes mit Schotter und Steinen, die er zu einer Kuppel zu schlichten versuchte. Es mißlang. Der Wolf lag schließlich doch nur unter einem rohen Steinhaufen, den die Fliegen noch stundenlang nach Schlupflöchern absuchten. Die Aasvögel verschwanden.

Auch das Dickicht von Nasos Garten betrat er im Verlauf dieser beiden Tage, eine von Geröll umflossene Oase im Schatten des Felsblocks, und fand die behauenen, beschrifteten Säulen, Quader und Menhire, wie er sie aus der Aprilnacht seines ersten Besuches in Erinnerung hatte, eingesunken in die Erde, schief oder umgestürzt, verwahrlosten Grabmalen ähnlicher als Gedenksteinen. Von der Glut des Sommers durch ein Laubdach aus Lorbeer, Farn und Schlehdorn geschützt, hatte aber eine neue Generation Schnecken Besitz ergriffen von den Menhiren und sich über dem Text zu pulsierenden, glitzernden Mänteln zusammengeschlossen. Nur an wenigen Stellen war die Gravur der Inschriften ausgespart geblieben, als hafte an den winzigen Flechten in diesen Vertiefungen noch Essiggeruch, ein Aroma des Todes, das einen Schreckensraum um die Worte freihielt; ja es war, als *belagerten* die Schnecken jeden einzelnen Buchstaben, bis auch die letzte Erinnerung an den Untergang aus ihm verdampft wäre, um dann geduldig und unbeirrbar über alle Zeichen im Stein hinwegzukriechen und Wort für Wort unter ihren Leibern zu begraben.

Cotta humpelte durch die Trümmerwelt Trachilas wie ein Überlebender durch den Schutt einer geschleiften Stadt, ziellos und verstört zuerst, allmählich gefaßter und schließlich sogar bereit, im Geröll nach brauchbaren Resten zu wühlen ... Aber in Trachila war nichts geblieben als ein gußeiserner, gesprungener Herd und Worte, auf Fetzen gekritzelte, in den Stein geschlagene Worte. Also schritt er dieses Archiv verblichener Zeichen Kegel für Kegel ab, löste die Fähnchen aus dem Stein, sprach, was noch lesbar war, als sinnlosen, wirren Text in die Stille — und füllte seinen Tragsack mit den Lumpen. Denn unter vielen zerstörten Inschriften und Worten flatterten auch Namen, die er kannte, im Wind, Namen von Bewohnern der eisernen Stadt.

Als nach zwei Tagen der Proviant erschöpft und seine Zähne violett verfärbt waren von den wässrigen Früchten des Maulbeerbaumes, hockten immer noch ungelesene Steinmale auf Felsnadeln und Graten, die er mit seinem verletzten Fuß nicht zu erreichen vermochte. Der Hunger drängte ihn zur Rückkehr an die Küste. Er würde wiederkommen, bevor der letzte Buchstabe aus den Fetzen gewaschen war.

Gestützt auf die Krücke einer Astgabel, Schritt für Schritt unter Schmerzen, stieg Cotta am Morgen eines stürmischen Oktobertages ans Meer hinab.

In der Abenddämmerung erreichte er die Bucht der Balustraden. Dort fand ihn der Branntweiner, der mit zwei Maultieren und großen Körben an den Strand gekommen war, um von der Brandung gemahlenen Schotter zu holen. Phineus sah die Erschöpfung des Römers, band die Körbe vom Tragsattel los und bot ihm ein Maultier an. Im Halbschlaf, ein zusammengesunkener, schwankender Reiter, erreichte Cotta das Seilerhaus nach Sonnenuntergang, wie er es vorzufinden erwartet hatte. Fenster und Türen standen offen. Lycaons Haus war verlassen.

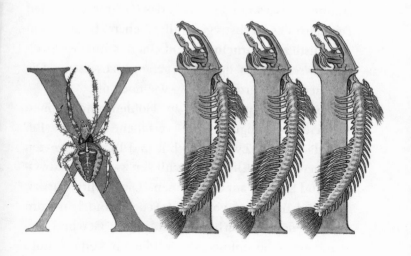

Tomi glich einer Stadt im Krieg: Mehr und mehr
Gebirgsbewohner flüchteten mit ihrem Vieh an die
Küste, weil Moränen und Steinlawinen ihre Gehöfte
und Weiden verwüstet hatten. Die Hochtäler versanken im Schutt. An manchen Tagen klirrte das Geschirr in den Schränken Tomis unter seismischen
Wellen, während in der Bucht der Balustraden Erker
und Gesimse abbrachen und sich noch im ummauer-

ten Hafenbecken Brecher von einer solchen Größe aufbäumten, daß die Boote an Land gezogen werden mußten. Es war, als schüttle das Gebirge unter den Schleiern des Herbstregens alles Leben ab, um es an der Küste zu sammeln und auf einem schmalen Streifen zwischen Fels und Flut gefangenzusetzen. Die eiserne Stadt wurde lebendig wie noch nie.

Die Flüchtlinge fanden in Höhlen und Ruinen Unterschlupf, legten über verfallene Mauern Behelfsdächer aus Zweigen, Schilf und Blech, pflanzten Lupinen um ihr Elend und schliefen zwischen Schweinen und Schafen auf den Steinen. Die Nächte wurden hell und flackernd von ihren Feuern und laut vom Gekläff der Schäferhunde und dem Geschrei betrunkener Obdachloser, die in Phineus Keller Schutz vor dem Regen suchten. Manche dieser Bergbewohner waren noch nie an der Küste gewesen. Über und über mit Amuletten gegen die Wut jener Geister behangen, denen sie ihr Unglück zuschrieben, klagten sie in einem unverständlichen Dialekt, schleuderten von den Klippen Opfergaben in das anbrandende Meer, Bernstein, Tonfiguren und aus Haaren geflochtene Kränzchen — und sangen, wenn das Wasser endlich ruhiger wurde, an der Mole atemlose, monotone Strophen.

Kaum ein Tag verging ohne Streit und Prügeleien zwischen den Barbaren aus dem Gebirge und den Bewohnern der eisernen Stadt. Manche Erzkocher hielten nun die Fensterläden ihrer Häuser auch tagsüber geschlossen und warfen Steine und Abfall über die Mauern oder gossen Jauchekübel aus, wenn Flüchtlinge durch die Gassen gingen.

Nur der Branntweiner schien sich über die täglich wachsende Schar dieser Unglücklichen zu freuen. Neben Famas Laden war sein Keller einer jener Orte, an denen Berg- und Küstenbewohner einander nicht ausweichen konnten. Phineus milderte und durchtränkte das Elend seiner neuen Gäste mit Wermut und Wacholderschnaps und nahm dafür von ihnen in Zahlung, was sie aus der Zerstörung ihrer Täler und Almen hatten retten können; so füllten sich die kahlen Steinkammern seines Hauses allmählich mit roh gegerbten Häuten, Schnitzwerk und Mineralien; der Innenhof wurde zum Schweinepfuhl, in dem er an Regentagen bis über die Knöchel im Morast versank.

Phineus verließ seinen Keller in dieser Zeit des Geschäfts auch in der Nacht nicht mehr, sondern schlief in einem Holzverschlag, der einem Hundezwinger ähnlich neben der Theke stand. Nur durch einen groben Leinenvorhang vom Tumult und dem Dunst der Besäufnisse getrennt, lag er in diesem Verschlag auf einem Stahlrohrbett und versuchte sich die Gesichtszüge jener Schatten vorzustellen, die über den Vorhang huschten und taumelten, bis er einschlief.

Wenn aber an der Theke Streit ausbrach oder der Schankbursche mit einem Betrunkenen handgreiflich wurde und ihn unter Flüchen und Verwünschungen zur Treppe zerrte, platzte der Branntweiner aus der dünnen Schale seiner Träume, riß den Vorhang zurück, saß schmerbäuchig, nackt inmitten schmutziger Laken und begann mit einer unter der Matratze hervorgezogenen Brechstange so lange auf das Stahlrohr seines Bettes einzuschlagen, bis es über diesem Geläute für einige Augenblicke still wurde im Keller; wortlos und drohend zeigte er dann mit der Brechstange auf den vermeintlichen Urheber des Tumults, riß den Vorhang wieder zu und fiel mit einem lauten Seufzer ins Gewühl der Laken zurück. Dieses Schauspiel wiederholte sich nun fast jede Nacht.

Seit seiner Rückkehr aus Trachila lebte Cotta allein im Haus des Seilers, das er bis in die letzten Winkel und Nischen nach Geheimnissen durchforscht und nichts gefunden hatte als Gerümpel und die verstaubten Werkzeuge und Laufmeter der Seilerei. Abend für Abend verriegelte er die eisernen Läden und das Tor wie in Erwartung eines nächtlichen Angriffs und lag dann stundenlang wach und schwitzte vor Wut über den Lärm aus den Ruinen.

Manchmal weckte ihn eine am Pflaster zerklirrende Flasche oder ein Schrei, aber wenn er dann aus dem sicheren Dunkel einer Fensternische Nachschau hielt, sah er doch nur an der Schlachthausmauer entlangtorkelnde Viehhirten, die trotz der feuchten, schwülen Novemberluft Fellmäntel trugen, sentimentale Gassenhauer grölten, plötzlich innehielten und sich unter Krämpfen übergaben ... Niemand aber, auch nicht die rohesten und besinnungslosesten unter den Betrunkenen, kam dem Seilerhaus in diesen Nächten zu nahe oder versuchte gar, das Tor aufzustoßen. Cotta war zum Hüter eines gemiedenen Hauses geworden, mehr noch: Er wurde von den Erzkochern stillschweigend als der neue Herr dieses Hauses angesehen, das allmählich wieder ins Dickicht zurücksank; Efeu umfing die Außenmauern und verdunkelte Fenster um Fenster, bis manche Läden sich nicht mehr öffnen ließen und unter den wächsernen Herzen der Blätter verschwanden. Cottas verletzter Fuß schmerzte ihn kaum noch, wurde aber so wetterfühlig, daß er an Regentagen und zum Mondwechsel keine Schuhe ertrug. Also ging er an diesen Tagen barfuß.

Die Bewohner der eisernen Stadt schienen den Seiler ebensowenig zu vermissen, wie sie die Nachricht vom Untergang Trachilas bewegte ... Wer Garn brauchte, Schnüre oder Taue, der betrat Lycaons Werkstatt von der sonnenhellen Gassenseite, wühlte hastig und unter Aufsicht des Römers im staubigen Chaos, bis er das Gesuchte gefunden hatte, und bezahlte mit einer Handvoll Münzen, die Cotta dann mit der gleichen Achtlosigkeit in eine Blechschachtel warf, mit der auch Lycaon alles Geld in seinen Panzerschrank geworfen hatte. Auch an der Garnhaspel sah man den Römer nun an manchen Vormittagen stehen und hörte aus der Reeperbahn das vertraute Ächzen der Seilwinden.

Auffällig und neu an Lycaons Haus war einzig das Gewirr von Wimpelgirlanden, das Cotta quer durch die Werkstatt und noch über die gedeckte Veranda gespannt hatte — es waren die auf Hanfschnüre gereihten Fetzen, die er aus den Steinmalen von Trachila gelöst und an die Küste gerettet hatte. Ähnlich den zahllosen Parolen und Geboten, die in den Straßen der Residenz auf Spruchbändern und Anschlagtafeln aushingen, um Roms Bürger stets an die Fülle ihrer Pflichten zu erinnern, schaukelten nun im Seilerhaus die bekritzelten, verblichenen Fähnchen aus Trachila an kreuz und quer gespannten Schnüren.

Cotta versuchte die Fetzen zu ordnen: Jede Schnur trug einen Zusammenhang, trug einen Namen und alles, was sich mit diesem Namen verbinden ließ — *Arachne* . . . *Möwen* . . . *Seide* . . . Wohin aber waren die vielen Namen von Pflanzen und Steinen zu hängen, die er auf dem ausgelaugten Gewebe entzifferte? Auf Echos Schnur? Auf jene des erstarrten Fallsüchtigen? Das Spiel, als bloßer Behelf zur Sichtung eines Lumpenbündels begonnen, ließ ihn manchmal tagelang nicht los.

Arachne wußte nichts. Arachne hatte nur ihre Hände zusammengeschlagen und die Finger zu unverständlichen Zeichen gekrümmt, als er ihr ein Tuchstück zeigte, das ihren Namen trug.

Phineus lachte und wischte mit dem bekritzelten Fetzen über seine Theke, bevor er ihn dem Römer zurückgab.

Tereus las seinen Namen mit Mühe, zuckte wortlos die Achseln und beugte sich dann wieder über einen Bottich voll Salzlake.

Nur Fama erinnerte sich. Die Trauer um ihren Sohn hatte sie geschwätzig, bedürftig nach Zuhörern gemacht; selbst den mit Amuletten behängten Flüchtlingen aus dem Gebirge, die sich vor den Regalen und dem von Kerzen umflackerten Standbild ihres Sohnes drängten und sie verständnislos anstarrten, beschrieb sie ihr Unglück in endlosen Geschichten und besänftigte die Ungeduld der Zuhörer mit Magenbitter und Kautabak . . .

Fama erinnerte sich: Solche Fetzen wie diesen hier habe der Knecht des Verbannten in den Häusern Tomis gesammelt, wenn er um Vorräte an die Küste

herabkam — Schürzen, zerschlissene Kleider, abge-
legtes Kinderzeug, um daraus im Gebirge nach dem
Muster von Wegzeichen seltsame Steinmänner zu
errichten.

Pythagoras sei in einem kalten, stürmischen Sommer mit der *Argo* und noch lange vor Nasos Ankunft
an die Küste der eisernen Stadt geraten; ein Erfinder,
ein Gelehrter, der vor dem Regime eines Despoten
aus seiner griechischen Heimat geflohen war. *Samos*
nannte er diese Heimat und schwärmte von der Kraft
der Zeit, die nicht nur den Despoten dieser Insel, sondern alle Herrschaft von Menschen über Menschen
zermürben und in eine heitere Gemeinsamkeit verwandeln werde. Aber die Briefe und Zeitungsblätter,
die ihn im Lauf der Jahre erreichten, widerlegten
ihn.

Ein Jahrzehnt oder länger bewohnte der Grieche
ein Steinhaus am Strand einer tief eingeschnittenen
Bucht südlich des Kaps von Tomi — eine Notunter-
kunft für Küstenfischer, die auf der Heimfahrt von
schwerem Wetter überrascht wurden und dort das
Ende eines Unwetters abwarteten. Diese vom Meer
an seinen Strand gezwungenen Fischer blieben lange
Zeit der einzige Umgang des Einsiedlers; manchmal
nahmen sie ihn an Bord ihrer Kähne mit nach Tomi,
wo er wohlgelitten war, weil er wie ein Bote der
Erleichterung immer nur nach glücklich überstandenen Stürmen erschien; so wurde es zur Gewohnheit, ihn zu beschenken. Schwer beladen keuchte er
nach solchen Besuchen über Saumpfade zurück in
seine Verlassenheit, saß dort zwischen Treibholz und
Tang und schrieb in den Sand, damit die Wellen seine

Worte und Zeichen aufleckten und ihn dazu anhielten, immer wieder und anders und neu zu beginnen.

In die Krone einer Kiefer, des einzigen Baumes seiner Bucht, hatte er drei Windharfen gehängt und hörte an der Harmonie der an- und abschwellenden Klänge, wann Sturm und damit Besuch vom Meer zu erwarten war. In den langen Jahren der Stille und Abgeschiedenheit begann er Selbstgespräche zu führen und redete schließlich wirr, wenn er in die eiserne Stadt kam, hielt vor dem Schlachthaus Ansprachen über die Schande der Fleischfresserei, bis Tereus ihn durch die offenen Fenster mit Schafsherzen und Gedärmen bewarf.

Pythagoras behauptete, in den Augen von Kühen und Schweinen den Blick verlorener, verwandelter Menschen ebenso zu erkennen wie im Gestarre eines betrunkenen Erzkochers schon das Lauern des Raubtiers; behauptete, im Verlauf der Wanderung seiner eigenen Seele die gepanzerten Körper von Echsen und Offizieren bewohnt zu haben und aus diesen schäbigen Inkarnationen durch Schüsse erlöst worden zu sein; behauptete, er habe Städte wie Troia und Karthago aus dem Stein aufwachsen und in den Staub zurücksinken sehen — und galt längst als verrückt, als an einem blaßblauen Frühsommertag die *Trivia* in den Hafen der eisernen Stadt einlief und unter dem Gegaffe des Hafenpublikums ein Verbannter von Bord ging: Eskortiert von zwei Wachen des Grenzschutzes schritt Naso damals das Fallreep hinab, unterschrieb in der Hafenmeisterei ein Bündel Formulare mit Blaupausen und hockte immer noch schweigend zwischen seinem Gepäck an der Mole, als der Schoner

Stunden später wieder ablegte und bei gutem Wind außer Sicht geriet.

In der Verzweiflung dieses Verbannten erkannte Pythagoras seinen eigenen Schmerz, ja sein eigenes Schicksal wieder und ging an diesem Tag nicht mehr an seinen Strand zurück. Unaufhörlich redend half er dem Römer, ein leerstehendes Haus zu beziehen, das ihm in einer toten Gasse zugewiesen worden war, blieb die ersten Tage des Exils und dann über Wochen und Monate bei ihm und begleitete ihn schließlich in die Einöde von Trachila, als die Feindseligkeit der eisernen Stadt den Verbannten an diesen letzten Ort verstieß. Als Tomi endlich begriff, daß der Herr ebenso harmlos war wie der Knecht, wollte aber weder der eine noch der andere wieder in das Haus an der Küste zurück. Trachila war ein sicherer Ort.

Pythagoras fand in den Antworten und Erzählungen Nasos nach und nach *alle* seine eigenen Gedanken und Empfindungen wieder und glaubte mit dieser Übereinstimmung endlich eine Harmonie entdeckt zu haben, die der Überlieferung wert war: Also schrieb er nicht länger in den Sand, sondern begann Inschriften zu hinterlassen, wohin er auch kam — zuerst waren es nur die Tische im Keller des Branntweiners, die er mit Nägeln und einem Taschenmesser gravierte, später schrieb er mit Tonscherben an Hauswände und mit Kreide an die Bäume und beschriftete gelegentlich auch entlaufene Schafe und Schweine.

Battus, seufzte Fama und wischte sich Tränen aus den Augen wie immer, wenn sie auf ihren Sohn zu sprechen kam, Battus habe von seinen Streifzügen durch die Geröllhalden manchmal ebensolche Fetzen wie Cotta mitgebracht, obwohl sie ihm diese Ausflüge seiner Fallsucht wegen immer wieder verboten und ihn zur Strafe auf Holzscheiten habe knien lassen.

Daß dieses Stück Tuch, das Cotta ihr auf den Ladentisch gelegt und glattgestrichen hatte, ihren Namen trug, habe nichts zu bedeuten, — denn Pythagoras verstieg sich in seiner Verehrung des Dichters schließlich so weit, daß er alles zu bewahren versuchte, was Naso aussprach, jeden Satz, jeden Namen. In Trachila war er dem Spott und dem Protest der Erzkocher entzogen, die sich gegen eine Beschriftung ihrer Häuser und Gartenmauern mit Eimern voll Wasser, Hunden und Steinwürfen zur Wehr setzten; in Trachila gab sich der Grieche ganz seiner Leidenschaft hin und begann um *jedes* Wort Nasos ein Denkmal zu errichten, steinerne Kegel bis hinauf an die Abbrüche der Gletscher und noch auf die schroffsten Zinnen und Felsnadeln, zum Zeichen dafür, daß er, Pythagoras von Samos, mit seinen Gedanken und Meinungen über die Welt nicht mehr allein war.

Der Dezember kam, ohne daß auch nur ein einziges Mal Schnee fiel in Tomi. Der milde, stetige Wind, der manchmal zum Orkan anschwoll, löste auch die mächtigsten Regenfronten immer wieder auf und trieb dann eine neue, scheinbar unzerreißbare Wolkendecke übers Meer heran; zwischen diesen Erneuerungen des eisengrauen Himmels aber wurden manche Tage so heiter und warm, daß auf den Gartenmauern Decken und Kissen zum Lüften auslagen, die Fischer ihre kieloben an der Mole aufgereihten Boote kalfaterten und manchmal sogar zu Wasser ließen und in die Bucht hinausruderten, bis eine aufrauchende

Wolkenwand sie wieder in den Hafen zurückscheuchte. Die Küste blieb grün.

Cotta wartete. Das verebbende und wiederkehrende Grollen aus dem Gebirge und die Berichte von Flüchtlingen, die immer noch aus den Hochtälern kamen und von Toten, versprengten Herden und begrabenen Hütten erzählten, ließen vorerst jeden weiteren Gang nach Trachila als sinnloses Wagnis erscheinen. So verging kaum ein Tag, an dem er nicht Stunden in Famas Laden zubrachte; ein Glas Tee vor sich, hockte er auf einem Schemel neben Battus Statue, las in vergilbten, stockfleckigen Zeitschriften aus der letzten Lieferung der *Trivia*, ging der Krämerin manchmal zur Hand, rollte Fässer, stapelte Kisten und kam immer wieder, weil Fama so vertraut und fürsorglich mit ihm sprach, als wäre er hier nie ein Fremder gewesen.

Während sie ihre armselige Kundschaft aus dem Gebirge bediente, Wolle, Opale und ranzig riechende Bälge prüfte, die ihr von den Flüchtlingen zum Tausch angeboten wurden, beklagte sie das eigene und fremde Unglück, schimpfte auf die Beschwerden des Lebens an dieser Küste und nannte als Beispiele für die Wahrheit ihrer Jammerreden immer auch die Namen von Bewohnern Tomis, deren Schicksale sie in langen, oft widersprüchlichen Erzählungen ausbreitete. Cotta saß auf seinem Schemel, hörte ohne Fragen zu und nahm dabei manchmal den gleichen stupiden Gesichtsausdruck an, mit dem auch Battus dem Lamento seiner Mutter gefolgt war: Die Küstenbewohner schienen die Flüchtlinge aus dem Gebirge weniger ihrer Bedürftigkeit oder ihrer ungeschlachten Fremdheit wegen zu hassen, sondern vor allem, weil sie in der Armut noch des zerlumptesten Obdachlosen ihre eigene Vergangenheit wiedererkannten.

Aus Famas Klagen erfuhr Cotta nach und nach, daß nicht nur das Schicksal des griechischen Knechtes demjenigen seines Herrn ähnlich war, sondern daß an der Küste Tomis *alle* Schicksale einander zumindest in einem Punkt glichen: Wer immer sich in den Ruinen, Höhlen und verwitterten Steinhäusern Tomis heimisch gemacht hatte, kam selbst aus der Fremde, aus dem Irgendwo. Wenige zerzauste struppige Kinder ausgenommen, schien es in Tomi keinen Menschen zu geben, der seit seiner Geburt hier lebte, keinen, der anders als auf Fluchtwegen oder den verworrenen Routen des Exils an diese Küste verschlagen worden war.

In Famas Gerede war die eiserne Stadt bloß ein erloschener Ort, kaum mehr als ein Durchgangslager, in das man durch unglückliche Verkettungen und Fügungen des Schicksals geriet, um dann hier wie in einer Strafkolonie zwischen Ruinen zu leben, bis man von der Zeit oder einem Zufall aus dieser Wildnis befreit wurde oder einfach verschwand wie Echo, wie Lycaon und so viele vor ihnen, die irgendwann hier aufgetaucht, eine Zeitlang in diesem Schutt gehaust hatten und wieder verschwunden waren.

Die taubstumme Weberin zum Beispiel hatte die Küste Tomis auf dem Schiff eines Purpurfärbers erreicht, eines Griechen, der zwischen den Riffen nach Brandhörnern suchte, unscheinbaren Stachelschnekken, aus deren Schleim er die Farbe der Imperatoren gewann, ein wunderbares, tiefes Rot, das man ihm in den Hafenstädten Italiens mit Saphiren aufwog. Aber das Färberschiff war vor der Bucht der Balustraden in einen Sturm geraten, auf ein Riff gelaufen und gesunken — und die Taubstumme an eine Korkboje geklammert an den Strand getrieben. Als einzige der fünf oder sechs Geretteten dieses Untergangs blieb Arachne am Ort ihrer Rettung . . .

Oder Tereus! Nach Famas Erzählungen war der Schlachter mit seiner Procne von den Schneelawinen eines plötzlichen Tauwetters nicht anders aus einem Hochtal gejagt worden als nun die Schäfer und Bauern von den Muren. In den Höhlen Tomis hatte Tereus monatelang vergeblich auf eine Schiffspassage nach Byzanz gewartet, hatte schließlich begonnen, in einem Schwemmwasserbecken des Baches Vieh gegen Bezahlung zu schlachten, und tötete und zerteilte seine Opfer mit einer solchen Geschicklichkeit, daß man ihm nach und nach alle Fleischerarbeit überließ. Er vergaß Byzanz, machte eine Ruine wieder bewohnbar — und blieb . . .

Und dann Phineus: Fama war stolz darauf, den Branntweiner in den vielen Jahren seit seiner Ankunft in Tomi noch niemals gegrüßt zu haben, und nannte ihn einen Gauner, den selbst die Pferdebremsen mieden; er war in einem August auf dem Kutschbock von Cyparis als Begleiter des Liliputaners mitgekommen — ein Schnapsverkäufer, der einen Mund voll Spiritus nahm und damit Flammenzungen blies, Klarinette spielen konnte und einen Korb voll Schlangen vorführte, die er sich um den Hals legte oder um seine tätowierten Arme. Als die Reptilien nach drei Vorstellungen in einem Feuer verbrannten, das ein abergläubischer Schweinehirt an das Schaustellerzelt legte, um Tomi von diesen unheilbringenden Kriechtieren zu befreien, verlangte Phineus so brüllend Entschädigung von den Bewohnern der eisernen Stadt, drosch mit einer Brechstange gegen Tore und Mauern und drohte, den Brandstifter zu erschlagen, daß man ihm schließlich aus den Fenstern Geld zuwarf und ihm für die Tage bis zu seiner Abfahrt ein leerstehendes Haus zur Unterkunft anbot.

Als der Liliputaner aber in jenem August seinen Projektor wieder verpackte und weiterzog, blieb Phineus zurück. Vielleicht ermuntert durch die Ängstlichkeit, mit der man seine Wut zu besänftigen versuchte, nahm er das verlassene Haus in Besitz, füllte es mit seiner aus dem Feuer geretteten Habe, rußigen Bündeln, Ballonflaschen groß wie Eselsbäuche, setzte aus einem Koffer voll Glas einen Destillierapparat zusammen und verwandelte sich so innerhalb eines einzigen Tages vom umherziehenden Schausteller in den Branntweiner von Tomi.

Zwar sprach er noch lange nach dieser Verwandlung vom Weiterziehen und vom Reisen, von den Oasen Afrikas, von Passatwinden und Dromedaren, grub sich dabei aber doch immer tiefer in den Felsengrund der eisernen Stadt ein und erweiterte mit Schwarzpulver und Meißel eine Höhle unterhalb seines Hauses zum Keller, in dem er sauren Wein und Zuckerrübenschnaps lagerte und zu jeder Tages- und Nachtzeit Gäste bewirtete. Von allen Unternehmungen des Branntweiners war es ganz besonders dieser Keller, der Famas Neid, ja ihren Haß heraufbeschwor und eine lange Feindschaft begründete. Denn Famas

Kunden, die früher ein Melassefaß ihres Ladens als Tisch benützt und dort klebrigen Likör getrunken hatten, wechselten im Lauf der Zeit in Phineus Keller, wenn sie trinken wollten; auf die Reihe ihrer grellbunten Likörflaschen senkte sich der Staub.

Wenn Cotta auf dem Schemel neben dem steinernen Battus saß und ihr zuhörte, fühlte sich die Krämerin oft an die verschwundene Geselligkeit erinnert, die Phineus an sich gezogen hatte; dann trauerte sie dem Lärm und dem Geschrei der Markttage nach, weinte über Battus, der sich damals die Finger an den Nesselgirlanden des Likörregals verbrannte und sprach mit wachsender Bitterkeit von der Welt, die sich auch mit aller Kraft nicht halten und nicht bewahren ließ. Was kam, verging.

Seit mit Battus auch der Mittelpunkt ihrer eigenen Geschichte versteinert und erloschen war, beurteilte Fama die Schicksale der Bewohner Tomis nur noch danach, ob das fremde Unglück leichter oder schwerer wog als ihr eigenes. Der einzige Mensch, mit dem sie sich niemals verglich, war Thies der Deutsche, der Salbenrührer, der Totengräber: Vor Jahrzehnten hatte ihm der Huftritt eines Zugpferdes den Brustkorb so zertrümmert, daß ihm die Rippen seiner linken Seite wie gebrochene Pfeile aus dem Fleisch gezogen werden mußten; seither schlug in diesem Mann ein ungeschütztes Herz. Jeder Sturz, jeder Stoß oder Faustschlag, der seine eingesunkene, von Narben zerfurchte Brust traf, konnte ihn töten.

Thies war auf einer Bahre in die eiserne Stadt gekommen; getragen von durchziehenden Viehhirten, die ihn blutüberströmt im Geröll an der Straße nach

Limyra gefunden hatten und zum Sterben ans Meer bringen wollten, schaukelte er durch die Gassen. Unten am Hafen, dort, wo jetzt nur noch von Wermut und Ginster überwachsene Grundmauern zu sehen waren, stand damals noch ein Hospital, die Krankenstation des Bergwerks, in der zerschlagene Knappen auf ihre Krücken warteten oder Staub und Blut aus ihren Lungen husteten.

Sieben Monate lag Thies in diesem Hospital festgebunden an einem Eisenbett und sank manchmal in eine tagelange, tiefe Bewußtlosigkeit; aus seiner Brust ragte ein Beet silberner Röhrchen, durch die Wundflüssigkeit und Eiter abtropften, und wenn seine Verbände erneuert wurden, breitete sich ein solcher Gestank um ihn herum aus, daß man ihn schließlich einmal jede Woche die wenigen Stufen zur Mole hinabtrug, ihm dort im frischen Wind die Bandagen abnahm und seine Wunden versorgte. Dann hörte man ihn noch im letzten Haus der eisernen Stadt und bis hoch hinauf in die Geröllhalden schreien; es war ein solches Schmerzgebrüll, daß Fama sich an jedem dieser Verbandstage ins Innere ihres Ladens flüchtete, die Hände an die Ohren preßte und zusammengekauert darauf wartete, daß dieses Schreien in ein Gewimmer überging und endlich verstummte. Was damals aber jeder Bewohner Tomis erwartete und im Schrecken dieses Schmerzgebrülls manchmal herbeisehnte, trat nicht ein: Der Invalide starb nicht, er genas.

Thies war der letzte Veteran einer geschlagenen, versprengten Armee, die auf dem Höhepunkt ihrer Wut selbst das Meer in Brand gesetzt hatte. Noch jetzt rollte durch die Alpträume des Totengräbers

immer wieder der längst verebbte Geschützdonner
mit einer so schmerzhaften Stärke, daß er im Schlaf
den Mund aufriß, um seine Trommelfelle vor dem
Platzen zu bewahren; dann sah er Panzerkreuzer und
Lazarettschiffe in die Tiefe fahren und in Brand ge-
schossene Ölteppiche gegen die Küste treiben. Constanta, Sewastopol, Odessa und mit ihnen die blühend-
sten Städte des Schwarzen Meeres verschwanden noch
einmal und immer wieder hinter einem Vorhang aus
Feuer, und inmitten einer verwüsteten, eroberten
Stadt mußte Thies in jedem dieser Träume vor das
Tor einer Lagerhalle treten, mußte die schweren
Torflügel öffnen und dann den schrecklichen Anblick
der Menschheit ertragen:

In diesem steinernen, fensterlosen Raum waren die
Bewohner eines ganzen Straßenzuges zusammen-
gepfercht und mit Giftgas erstickt worden. Das Tor
hatte dem Ansturm der Todesangst, der Qual und
Verzweiflung standgehalten, einer Welle keuchender,
um Atem ringender Menschen, die in den Ritzen und
Fugen des Tores vergeblich nach einem Hauch Zugluft gesucht hatten; die Starken waren auf den Leichnamen der Schwachen höher und höher gekrochen,
aber gleichgültig und getreu den Gesetzen der Physik
waren ihnen die Schwaden des Gases nachgestiegen
und hatten schließlich auch die Starken in bloße Trep-
penstufen für die Stärksten verwandelt, die sich als
Krone dieser Menschenwelle in den Tod quälen
mußten, besudelt mit Blut und Kot und zerschunden
vom Kampf um einen einzigen Augenblick Leben.

Der Kampf war jedesmal längst vorüber, und die
Opfer lagen mit offenen Mündern, in Krämpfen er-

starrt, wenn Thies den ersten Torflügel öffnete und aus einer Wolke bestialischen Gestanks die Ordnung der Menschheit auf sich zustürzen sah. Dann erwachte er. Dann schrie er. Dann mußte seine Verlobte ihn halten und besänftigen, mußte Proserpina ihm wieder und wieder vorsagen, daß dieses Tor Vergangenheit war und nun für immer offenstand, daß, was ihn so schwarz umgab, nur die Nacht von Tomi war und nicht der Tod, nur die eiserne Stadt, nur das Meer. Immer wieder mußte sie es ihm sagen.

Irgendwann in diesen Kriegsjahren, als beinah alles, was zu vernichten und zu verlieren, vernichtet und verloren war und viel umkämpftes Land wieder an die Wildnis zurückfiel, hatte Thies ein solches Grauen erfaßt, daß er eines Nachmittags aus einer Militärkolonne ausbrach, die durch Schluchten und über Pässe ihrem Untergang entgegenzog. Ohne zu wissen, warum ihn das Entsetzen gerade in diesem besonderen Augenblick überfiel und ihm jeden weiteren Schritt im Troß unmöglich machte, richtete er sich auf dem Kutschbock eines Lastkarrens plötzlich auf, riß den Zügel herum, begann wie von Sinnen auf das Zugpferd einzupeitschen und raste die Paßstraße zurück in die Tiefe. Kein Befehl wurde ihm nachgebrüllt. Auch kein Schuß fiel. Nur einige müde, erschöpfte Gesichter wandten sich nach dem Deserteur um und dann wieder der Marschroute zu.

Thies raste bergab, hörte das Aufschlagen verlorener Lasten hinter sich, Munitionskisten, Stacheldrahtrollen, Signalstangen, und trieb das Pferd unaufhörlich an, obwohl der Karren unter den Schlägen der Fahrt zu bersten drohte. Ihm war, als bliebe ihm in diesem

Dahinjagen doch der ganze Troß nah, als käme nicht er von der Stelle, sondern nur die Tiefe blau, grün und schwarz auf ihn zu, Steine, Gebüsch. Von Trümmern, Kadavern und Toten gesäumt, entrollte sich die Paßstraße vor ihm.

Und dann drängte sich jener Felsvorsprung in seine Fahrt, der ihn zu einem jähen Ausweichmanöver zwang. Er riß den Zügel so heftig an sich, daß das Pferd den Kopf in den Nacken warf und sich aufbäumte und der Karren ins Schleudern geriet. So verlor auch Thies seinen Halt. Seine Fäuste öffneten sich, Zügel und Peitsche entflogen ihm. Kopfüber stürzte er auf das Pferd zu, bekam noch im Fallen Haare zu fassen, den Flachs des Roßschweifs, krallte sich fest. Aber von den Peitschenhieben in panische Angst versetzt, dampfend vor Anstrengung, schlug das Pferd aus, trat mit aller Wucht seiner Hinterhand gegen ein reißendes, unsichtbares Gewicht, gegen ein Raubtier, gegen einen Peiniger, gegen Thies Brust und spürte, wie das Zerren augenblicklich nachließ — und setzte sich verstört wieder in Trab.

Bevor ihm ein Blutschwall aus dem Mund fuhr und ihm der Schmerz das Bewußtsein nahm, sah Thies einen weiß wirbelnden Himmel, sah ein donnerndes Gebäude aus Achsen, Balken und Planken, das über ihn hinwegglitt, ein häßliches Haus, und sah auch den seltsam fröhlich vorüberjagenden Zaun der Radspeichen, den er festzuhalten versuchte und der ihn mit sich fortriß.

Er war der Welt schon sehr fern, als man ihn fand. Tief unter ihm schleifte ein Pferd an einer Deichsel Trümmer hinter sich her, zog eine wirre Spur durch die Gerste eines Terrassenfeldes und war später nur mit Mühe zu fangen. Thies lag in seinem schwarzen Frieden und merkte nicht, daß man ihn aufhob, und nicht, wohin man ihn trug. Es dauerte siebzehn Tage, bis der erste Lärm der Fremde durch einen blutigen Schleier zu ihm drang, Schmiedehämmer, der Klagelaut eines Esels, Stimmen, ein Name: Tomi.

Obwohl Thies an seinem Heimweh nach den kalkweißen Sandbänken Frieslands stets schlimmer zu leiden hatte als an den Folgen seiner Verwundung, obwohl er manchmal über seinen Salbentiegeln saß und mit offenen Augen von im Watt verlorenen Vogelinseln und den von Kühen und Silbermöwen belebten Weiden der Halligen träumte, hatte er doch niemals die Absicht gezeigt, in seine Heimat zurückzukehren. Nach so vielen Toten, die er gesehen, und so viel Vernichtungswut, die er erlebt hatte, glaubte er den Weg zurück zu den Küsten seiner Herkunft für immer verloren; nichts konnte wieder werden wie es war.

Am Ende eines langwierigen, durch die Umstände der Schiffspost und endlose Winter in die Jahre verschleppten Briefwechsels wurde ihm Geld aus einem Invalidenfonds zugesprochen; davon kaufte er ein brachliegendes Feld, auf dem er Nachtschattengewächse und Kräuter zu ziehen begann. Nach und nach machte er sich mit der Rezeptur jener Arzneien vertraut, die auch seine eigenen Wunden hatten vernarben lassen, rührte Salben, zerstampfte trübe Kristalle zu Pulver, verkaufte Tinkturen in tiefblauen Fläschchen — und fand schließlich in einem entlegenen Weiler sogar eine Frau, die sein Leben in der eisernen Stadt teilen wollte und dann doch nur mit wechselndem Widerwillen bei ihm blieb: Proserpina, seine Verlobte, die ihn Jahr für Jahr vergeblich zu einer gemeinsamen Reise in die Herrlichkeit Roms zu bewegen versuchte, ihn nach tagelangem Streit manchmal verließ und doch immer wieder in sein stilles, von einem Geruch nach Myrrhe und Aloe erfülltes Haus zurückkehrte.

Aber mit welcher Leidenschaft sich auch Proserpina um ihren Bräutigam bemühte — an seiner mürrischen Schwermut konnte ihre Liebe nichts ändern. Denn seitdem er sich von Hufen und vom Krieg zerschlagen aus dem Koma wieder erhoben hatte und ein ungeschütztes Herz unter seinen Narben trug, lebte Thies in Wahrheit nur noch für die Toten. So wirksam sich seine Arzneien und Tinkturen auch erwiesen, in seinem Innersten blieb er doch davon überzeugt, daß den Lebenden nicht mehr zu helfen war, daß es keine Grausamkeit und keine Erniedrigung gab, die nicht jeder von ihnen in seinem Hunger, seiner Wut, Angst oder bloßen Dummheit verüben *und* erleiden konnte; jeder war zu allem fähig.

Allein in den Gesichtern der Toten glaubte er manchmal einen Ausdruck der Unschuld zu entdecken, der ihn rührte und den er mit bitteren Essenzen zu konservieren suchte, bis er die Schrecken des Verfalls mit Erde und Steinen bedeckte. Als Totengräber kannte Thies nichts Wehrloseres, nichts Hilfloseres als einen Leichnam. Und so wusch er jene, die man ihm zur Bestattung übergab, so behutsam wie Säuglinge, machte sie wohlriechend, tat sie in schöne Kleider, bettete sie in ihre Truhe und errichtete über den Gräbern seine kunstvollen Kuppeln aus Stein zum Zeichen dafür, daß der Tod doch alles war.

Wenn Thies in Phineus Keller saß, wortkarg und aufmerksam, gelang es dem Branntweiner manchmal, ihn ins Gespräch zu ziehen. Dann erzählte er von Küstenstrichen so endlos und flach wie das Meer bei Windstille, auch von schwarzweißen Kühen und versunkenen Wäldern und hatte einmal sogar das Hemd geöffnet und einer betrunkenen Runde seine Narben gezeigt, an denen sein Herzschlag zu sehen war. *Wenn Thies aber sprach, dann flocht er einen immergleichen Satz in seine Reden ein, einen Kalenderspruch, von dem Fama behauptete, Naso habe ihn aus Rom mitgebracht* — und der für Thies schließlich so kennzeichnend wurde, daß man insgeheim mitzählte und Wetten darüber abschloß, wie oft er sein Wort wohl diesmal verwenden würde. Thies fühlte den Spott, und doch kam ihm die Banalität immer wieder über die Lippen, weil sie alles enthielt, was er erlebt und was die Welt ihm gezeigt hatte, *der Mensch ist dem Menschen ein Wolf.*

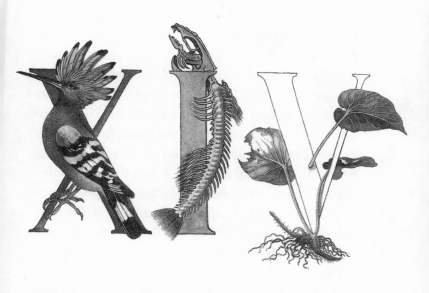

Der Winter blieb ohne Schnee. Kein Rauhreif verglaste die Zweige. Im Windschatten von Mauern und Felsen standen blaßgelbe Sträucher in Blüte.

Als die Sonne ihren imaginären südlichen Wendepunkt durchlief und die Tage unmerklich wieder länger zu werden begannen, zerschlug eine Bö das Fenster von Cottas Dachkammer und riß so heftig an den Läden, daß der Blendrahmen aus dem Mauer-

werk brach. Die Kammer wurde unbewohnbar.
Unaufhaltsam kroch der Schimmel in der Feuchtigkeit dieser Tage auch über die Vogelschwärme, den
großen Himmel, die Paradieswälder und flachen
Hügelwellen der Wandbehänge hinweg und vertrieb
Cotta in die trockenen Winkel der Seilerwerkstatt.
Also schlug er sein Lager zwischen verstaubten Trossen, Haspeln und Spulen auf und überließ das Obergeschoß Hornissen und rauchbraunen Türkentauben,
die, von zerbrochenem Glas und leeren Fensterhöhlen
magisch angezogen, Raum für Raum des Seilerhauses
kolonisierten. Über die Wände zogen Ameisenheere
und lieferten sich lautlose Schlachten um Daunenfedern, unverdaute Körner aus dem Taubenkot und
den schillernden, leergefressenen Panzer eines Rosen-
käfers.

Wenn Cotta aus Famas Laden, aus ihren Erzählungen und Klagen in das verfallende Haus zurückkehrte,
schritt er manchmal bis spät in die Nacht seine Wimpelgirlanden ab, die immer noch wie die Dekoration
eines Lumpenballs kreuz und quer durch die Seilerei
gespannt waren — und verglich das Gerede der Krämerin mit den Fragmenten und Namen auf den gebleichten Fetzen aus Trachila.

Wovon die Krämerin auch sprach und worüber sie
auch klagte — das meiste davon glaubte er im Verlauf dieser labyrinthischen Wanderungen durch die
Seilerei auf den bekritzelten Fetzen wiederzuerkennen; Thies ungeschütztes Herz, Phineus Schlangen.
Und auch wenn ihm vieles an diesen Inschriften unverständlich blieb, kam er an einem dieser Abende
doch zu dem Schluß, daß die Steinmale von Trachila

nicht viel mehr enthielten als das Getratsche der Krämerin, Schicksale, Legenden und Gerüchte dieser Küste, von Naso und seinem griechischen Knecht gesammelt, ins Gebirge getragen und aufgezeichnet in einem kuriosen, kindischen Spiel mit der Überlieferung. Was hier so fleckig und zerfranst an seinen Wäscheleinen hing und jenseits der Baumgrenze an Steinmalen im Wind flatterte, war das Gedächtnis der eisernen Stadt.

Über der Monotonie des Regens, der die Menschen in diesen Wochen in ihren Häusern, Höhlen und mit Planen überspannten Ruinen gefangenhielt, schien sich das Gebirge zu beruhigen. Das Donnern der Steinlawinen und Muren wurde ferner und schwächer und blieb an manchen Tagen ganz aus. Die ärmsten unter den Flüchtlingen begannen ihre Rückkehr in die verwüsteten Hochtäler vorzubereiten; größer als im Schlamm der eisernen Stadt konnte das Elend auch in den Trümmern ihrer Gehöfte und Weiler nicht sein.

Wenn der Regen manchmal für Stunden nachließ oder einer kurzen, tropfenden Stille wich, standen sie in Gruppen vor ihren Zufluchten, starrten in die Wolken und gerieten regelmäßig darüber in Streit, ob dieser schmale Streifen helleren Graus am Horizont tatsächlich das Zeichen einer Wetterbesserung sei, das Zeichen zum Aufbruch nach der begrabenen Heimat — oder doch wieder nur das Licht einer trügerischen Hoffnung. Manchmal standen sie noch gestikulierend in Schlammrinnsalen und beschimpften einander schreiend, wenn sich die Wolken längst wieder zu einer tiefziehenden, eintönigen Front geschlossen hatten und der Regen gleichmäßig und schwer wie je herabrauschte.

Selbst die nächste Umgebung der eisernen Stadt war in Nebel und Wasserschleier gehüllt, unsichtbar die schwarzen Felswände über der Bucht der Balustraden, das Meer bis auf wenige Wellenreihen vor der Küste im Verborgenen, die Berge in Wolken; es war, als zögerte der bis an die Stein- und Schieferdächer herabgesunkene Himmel, jene ungeheure Verwerfung des Küstengebirges zu enthüllen, das Ergebnis aller von Lawinen und Muren begleiteten Bewegungen im Stein, das an einem strahlenden Jännertag offenbar werden sollte.

Die Zeit der Menschen schien in diesem Regen stillzustehen, die Zeit der Pflanzen zu fliegen. Die Luft war so warm und schwer, daß noch in den dünnsten Krumen und Nährböden Sporen keimten, Samen aufsprangen und namenlose Sprößlinge ihre Blätter entrollten. Wer nach einer einzigen Stunde Schlaf erwachte, glaubte sich von Schimmelfäden umsponnen. Alles, was zu seinem Dasein nicht mehr brauchte als Feuchtigkeit, Wärme und das graue Licht dieser Tage, gedieh, wucherte. Erlosch ein Feuer, kroch blühendes Unkraut aus der Asche. Brennholz schlug aus. Verstohlen und mit glasigen Wurzeln zuerst, dann mit grünen Fingerchen, betörenden Blüten und schließlich mit zähen, von bemooster Rinde gepanzerten Armen griff die Wildnis nach der eisernen Stadt.

Obwohl der Rost, die uralte Farbe Tomis, unter dem regenglänzenden Grün allmählich verschwand, fraß er doch im Verborgenen und von der Feuchtigkeit verheerend beschleunigt weiter; unter Blüten und Efeu wurden die eisernen Fensterläden löchrig, brüchig wie Pappe, zerfielen; geschmiedete Zäune knickten ein, aller Zierat, metallene Lilien, Lanzenblätter und auch die Geländer der Stege über den Bach brachen ab; Drahtgitter verrotteten wie Geflechte aus Gras.

Unter den Umarmungen der Zweige war schließlich nicht mehr zu erkennen, ob ein Wetterhahn oder eine Giebelfigur noch an ihrem Platz stand oder längst zerfallen war. Das wuchernde Grün ahmte die Formen, die es umfing, anfänglich spielerisch und wie zum Spott nach, wuchs dann aber nur noch seinen eigenen Gesetzen von Form und Schönheit gehorchend weiter und unnachgiebig über alle Zeichen menschlicher Kunstfertigkeit hinweg.

Anfang Jänner kroch eine Pflanze tief ins Innere der Seilerei — eine blaue Winde, die sich unbehelligt um Cottas Lumpengirlanden zu ranken begann. Als ob sie die Fetzen aus Trachila schmücken wollte, führte sie die Locken ihrer Triebe die Wäscheleinen entlang, steckte hier einer zerrissenen Hemdbrust Broschen und Orden aus Trichterblüten an, faßte dort ein Stück Futterseide in einen Kranz aus Blättern und verband und verwob die Girlanden allmählich zu einem einzigen Baldachin, einem schwankenden Himmel, den Cotta so gleichmütig hinnahm wie den Efeu der Mauern, wie das Moos auf den Treppen.

Vielleicht hätte er dieses Gespinst aus Lumpen, Schnüren und Blüten niemals wieder entwirrt und die gebleichten Kritzeleien ebenso vergessen, wie er auch Famas Gerede und allmählich selbst Rom vergaß, wäre nicht an einem Jännermorgen diese verwilderte Frau durch die Gassen der eisernen Stadt geirrt, ein barfüßiges, von der Krätze und Geschwüren entstelltes Wesen, dessen Erscheinen schließlich nicht nur die Zerstörung des Himmels im Seilerhaus, sondern den Einsturz von Cottas Welt zur Folge haben sollte.

Die Fremde kam aus den Wolken, kam in die Reste eines Umhangs gehüllt aus den Nebelbänken, die sich an diesem Morgen wie Fischsilber von der Meeresoberfläche lösten, aufflogen und über die Dächer Tomis und die Geröllhalden glitten. Die ganze Küste lag in einer weißen, von Wasserdampf erfüllten Stille. Der Regen hatte aufgehört.

Den Blick unverwandt auf den Weg gerichtet, stolperte die Fremde auf das Meer zu und schien nicht zu bemerken, daß sie längst nicht mehr von den Felsabstürzen der Einöde, sondern von Häusern umgeben war, daß sie nicht mehr durch Klammen und Schluchten, sondern durch Gassen lief. Sie wollte ans Meer. Von der eisernen Stadt, von der Menschenwelt, nahm sie keine Notiz und wurde zunächst auch selbst kaum bemerkt: Es gab so viele Zerlumpte, so viele Armselige in diesen Tagen.

Endlich an der Mole, stand sie an ein kieloben liegendes Boot gelehnt und starrte wie erleichtert ins Leere. Erst als sie nach Stunden immer noch wie vom Teer der Kalfaterung an die Planken geklebt in ihrer Unbeweglichkeit verharrte und dabei manchmal rohe unverständliche Laute ausstieß, wenn eine Woge an den Wellenbrechern des Hafenbeckens zerschäumte, wurden einige Kinder auf sie aufmerksam, die an der

Kaimauer Muscheln aufschlugen und die Wehrlosigkeit dieser Fremden rasch erkannten. Sie begannen Steinchen nach ihr zu werfen, kamen näher, zogen an ihren Lumpen, sprangen lachend zurück, stießen sie mit Stöcken und Ästen an und kreischten vor Vergnügen, wenn die Fremde unter den Stößen Schreckenslaute von sich gab. Sie verscheuchte nicht einmal die Fliegen, die an den Geschwüren ihrer Wangen fraßen, schlug aber plötzlich nach einem Stück Brot, das ihr Itys, der Sohn des Schlachters, auf einen Stock gespießt entgegenhielt.

Vielleicht war die Frau stumm und sprach mit ebensolchen fliegenden Fingern wie die taube Weberin. Also wurden ihr mit zehn und mehr kleinen Händen Zeichen gemacht; Fäuste, winkende Arme und wie zu einem Schattenspiel gekrümmte Finger sprangen auf sie zu, bis ein gellender Schrei dieses Gewirr sinnloser Zeichen zum Erstarren brachte und alle Arme wie die Blätter einer Mimose erschreckt nach unten sanken.

Aber es war nicht die Fremde, die geschrien hatte; es war Procne, die dicke, atemlose Schlachterin. Als habe dieser Schrei die Aufmerksamkeit der ganzen Stadt auf ein einziges Schicksal gelenkt, wandte Tomi sich nun dieser schrecklichen Fremden zu; Erzkocher kamen angelaufen, schwarzgekleidete Frauen, Flüchtlinge, Bergleute.

Procne hatte im Schlachthaus Würste gestopft und durch das offene Fenster ihr Söhnchen an der Mole gesehen, hatte es inmitten einer aufgeregten Kinderhorde und zu nah am Wasser gesehen, vergeblich nach ihm gerufen und war dann die Treppe zur Mole

hinabgekeucht, um Itys in ihre Obhut zurückzu-
zerren — war plötzlich vor dieser Frau gestanden, die
ins Leere starrte, und hatte in diesem zerstörten, von
Fliegen geplagten Antlitz Philomela erkannt, ihre
Schwester.

Dem Schrei der Schlachterin folgte eine entsetzte
Stille, der Stille das Getrommel der Laufschritte. Die
Fremde spürte, daß eine Stadt auf sie zulief, wandte
sich vom Meer ab und Procne zu, schien aber das im
Fett versunkene Gesicht nicht zu erkennen und öffnete
den Mund zu einem Stöhnen, und jetzt sahen die
Neugierigen, daß die Stummheit dieser Frau ganz
anderer Art war als das Schweigen der Weberin. Die
Fremde hatte an der Stelle des Mundes nur eine
nässende, schwarz vernarbte Wunde; ihre Lippen waren zerrissen, Zähne ausgebrochen, die Kiefer zerschlagen. Diese stöhnende Frau, die sich nun von Procne
in die Arme nehmen ließ, hatte keine Zunge mehr.

Das sollte Philomela sein? Das an der Mole versammelte Tomi erinnerte sich an ein hübsches Gesicht,
an ein kaum zwanzigjähriges Mädchen, das im
Schlachterhaus Därme geputzt und über dampfenden
Trögen Hühner gerupft hatte und in allem das Gegenteil der schwerfälligen, in ihrem Fett gefangenen
Procne gewesen war. Philomela hatte nicht besser
als eine Stallmagd im Haus ihrer Schwester gelebt und
war vor Jahren im Gebirge zu Tode gestürzt; ihren
Leichnam allerdings hatte man nie gefunden ...
Philomela ...?

Tomi erinnerte sich an diesem Morgen auch an
Gerüchte, die damals an der Küste erzählt wurden,
unter den Drohungen des Schlachters aber wieder

verstummt waren; was blieb, was bleiben durfte, war nur die Chronik eines Unglücks:

Tereus hatte ein Maultier mit Fleisch für ein Lager von Bernsteinsuchern bepackt und war mit Procnes Schwester, die ihn auf solchen Gängen manchmal begleitete, ins Gebirge gezogen. Noch am Abend dieses Tages aber, in den Stunden nach einem Sommergewitter, vom Meer stieg der Dunst nicht anders auf als jetzt, kam der Schlachter zerkratzt und atemlos die Halden herabgerannt und schrie unter Tränen, das Lasttier habe auf einem Saumpfad gescheut, sei ausgeglitten und gestürzt und habe seine Schwägerin mit in die Tiefe gerissen.

Trotz seiner Erschöpfung wollte Tereus keine einzige Stunde der Ruhe für sich, sondern hastete mit Helfern, die schwer an ihren Seilen, Fackeln und Windlichtern trugen, zurück ins Gebirge.

Zwei Tage und Nächte suchten sie nach dem Mädchen und fanden im Dämmerlicht einer Schlucht, deren Grund von Spalten und Rissen zerklüftet war, doch nur den zerplatzten Kadaver des Maultiers, umgeben von weit verstreuten Würsten, Speckseiten und gepökeltem Fleisch; in den Felsabstürzen jaulten Schakale vor Gier und versuchten vergeblich, zu diesem vom Himmel gefallenen Fraß hinabzuklettern. Was dort unten zerschmettert im Schatten lag, war nur mit Seilen zu bergen. Philomela, hieß es damals, mußte wohl durch einen dieser schwarz aufklaffenden Risse am Grund der Schlucht in unerreichbare Tiefen hinabgestürzt sein.

Und nun war sie hier, war sie wie der Tod selbst in der eisernen Stadt erschienen, ein verstümmeltes, zum

Schweigen gebrachtes Opfer, das in Procnes Armen wimmerte und keine Frage zu verstehen schien und kein besänftigendes Wort. Sie ertrug keine andere Berührung als die von Procnes rot geschwollenen Händen und krümmte sich vor Angst, wenn auch nur der Schatten eines Mannes auf sie fiel.

Obwohl die eiserne Stadt an diesem Morgen begriff, daß die Schwester der Schlachterin nicht nur ihre Zunge und ihre Schönheit, sondern auch den Verstand verloren hatte und alle Fragen vergeblich waren, wurden sie doch hundertmal und öfter gestellt, einer wandte sich ratlos an den anderen, und der letzte fragte sich selbst, murmelte vor sich hin, um die einzige Antwort, den einzigen Namen nicht aussprechen zu müssen, der allen auf der Zunge lag. Verstohlen blickte man sich in der Menge nach dem Schlachter um. Aber Tereus war nicht unter den Neugierigen. Sein Boot fehlte auch.

Philomela, geborgen in Procnes Umarmung und doch einer weißen, nach Salz riechenden Unendlichkeit nah, schien menschliche Stimmen nicht anders wahrzunehmen als das Gezeter der Möwen, das Tosen der Brandung. Erst als sich der Branntweiner an die beiden Frauen heran und in Philomelas Blick drängte, seinen Mund aufriß, die Zunge herausstreckte, mit seiner hohlen Faust umschloß und der Verstümmelten den schrecklichsten Augenblick ihres Lebens mit einer schrecklichen Geste in die Erinnerung zu reißen versuchte und *wer?* schrie, *wer?*, schien Philomela für einige Herzschläge aus ihrer Ferne in die Welt der Vernunft und Grausamkeit zurückzukehren und zu erkennen, daß sie unter Menschen war, starrte mit einem Ausdruck des Entsetzens in ihre Gesichter; sah die überwucherten Ruinen der eisernen Stadt aufragen, Nester, die von den Steilhängen brachen, sah das viele fremde Grün der Küste und inmitten dieser Wildnis eine weiße, unter der Sonne aufleuchtende Wand, über deren abblätterndem Kalk in glücklicheren Zeiten die Bilder des Filmvorführers gehuscht waren.

Phineus, der diesen Augenblick ihrer Wachheit empfand und fürchtete, Philomela werde in die Unerreichbarkeit zurücksinken, ohne ein Zeichen, einen Hinweis hinterlassen zu haben, brüllte ihr die Frage nach ihrem Peiniger wie einer Schwerhörigen immer wieder vor, bis Thies den Tobenden von den beiden Frauen wegzuzerren versuchte.

Da sah Philomela dem Branntweiner in die Augen, daß er verstummte und seinen Blick abwenden mußte und hob ihren Arm, langsam, wie aus einer unendlichen Müdigkeit und zeigte auf das Haus des Schlachters, auf eine von Efeu und wildem Wein gefaßte, leere Wand.

Als Tereus am Tag von Philomelas Wiederkehr bei
leichtem Westwind in den Hafen Tomis einlief und
sein Boot an der Mole vertäute, lag die Küste schon in
tiefer Dämmerung. Er hatte das ruhige Meer dieses
Tages genützt und Fischreusen und Hakenkränze über
die Buchten verstreut. Nun empfing ihn eine schwei-
gende Stadt. Die Gassen und Plätze waren wie aus-

gestorben; der Himmel zeigte zum erstenmal seit Wochen Sterne.

Müde trug Tereus seinen Fang nach Hause, zwei Körbe schöner Fische, von denen sich einige immer noch wanden oder den Rest ihrer Lebenskraft mit kurzen, rasenden Flossenschlägen verpraßten.

Der Schlachter bemerkte nicht, daß ein Spalier von Schatten vor ihm zurückwich in das Dunkel von Türstürzen, Nischen und Torbögen. In manchen Wohnungen wurden die Lichter gelöscht, damit die Schatten aus schwarzen Fenstern sehen konnten, wie die Bestie durch die Gassen ging.

Das Schlachterhaus blieb so dunkel und atemlos wie die Stadt, als Tereus das Tor aufstieß, seine Fischkörbe auf einer Steinbank abstellte und einen Gruß in die Finsternis rief. Dann flammte hinter den Fenstern Licht auf. Dann huschten zwei Schatten aus dem Haus und verschwanden zwischen den Ruinen; Procne zog ihre Schwester mit sich in die Nacht.

Und dann, fast mechanisch wie der Stundenkasper einer Puppenuhr, deren Räderwerk Porzellanfiguren durch auf- und zuklappende Türchen verschwinden und wiederkehren und ihre Aufeinanderfolge als den Lauf der Zeit erscheinen läßt — trat Tereus in das Tor seines Hauses, das nun hell erleuchtet war und auch den Vorplatz und das in der Gasse wuchernde Gestrüpp beschien.

In seinen Armen, an denen noch die matten Lichter von Fischschuppen glänzten, hielt er seinen Sohn, trug ihn behutsam die Stufen zum Brunnen hinab. Aber wie Itys Kopf in dieser Umarmung und bei jedem Schritt seines Vaters pendelte, wie seine nackten Füße baumelten und aneinanderschlugen, erkannte die eiserne Stadt, noch ehe sie das blutgetränkte Hemd des Kindes sah, daß Itys tot war.

Tereus schrie nicht; weinte nicht. Tereus, der selbst das Schlachtvieh zu überbrüllen vermochte, wenn es sich in Todesangst gegen den Zerrstrick stemmte, stieg jetzt so zögernd, so ratlos zum Brunnen hinab, hielt den kleinen Leichnam an sich gepreßt, legte ihn sachte auf den von den Zugseilen der Wassereimer gerippten Steinen nieder. Erst als er dem Toten das Hemd abstreifte und aus einer klaffenden Stichwunde Blut und Wasser lief, hörten alle, die nahe genug und wie gebannt im Verborgenen standen, daß der Schlachter stöhnte, hörten eine vom Schmerz verwandelte Stimme, die so fremd und ungeheuerlich war wie die Klage der Verstümmelten.

Tereus wusch seinen Sohn für das Grab, drückte seine Stirn gegen die scharfen Ränder der Wunde, und die reglose Stadt im Dunkel begriff, daß dieser Tod nicht nur die hilflose, blinde Rache für Philomelas Verstümmelung war, sondern das Ende eines Jahrzehnts der Verzweiflung. Procne hatte ihren Sohn herausgenommen aus der Zeit und zurückgelegt in ihr Herz.

Tereus ließ das blutige kleine Hemd am Brunnen zurück, als er Itys wieder ins Haus trug. Er brachte sein Kind zu Bett, deckte es mit einem weiß gestärkten Tuch zu, nahm eine Axt und verließ das Haus für immer. Wer ihn sah, wie er mit dieser Axt blind in Nischen und Gestrüpp schlug, wie er den Schein seiner Lampe langsam über die Schuttböden von Ruinen gleiten ließ und an den Feuern der Flüchtlinge die

Decken von den Kauernden riß und dann stumm und achtlos über die Glut hinwegstieg — der wußte, daß der Schlachter Procne suchte, um sie zu töten. Aber keine Hand und keine Stimme erhoben sich, um ihn zu besänftigen oder zu trösten. Wie die Wildnis teilnahmslos aus hundert Augen ein Raubtier seine Beute jagen sieht, sah Tomi den Schlachter auf der Spur einer Frau, die schon verloren war.

Keine Tür der eisernen Stadt hätte dieser Axt stand-zuhalten vermocht: Allein von der Finsternis ge-schützt hockte Cotta in einer Fensternische des Seiler-hauses und verfolgte den Schein von Tereus Wind-licht, eine flackernde Unruhe, die durch die Gassen sprang, in der Schwärze eines Schuppens, einer Höhle verschwand, wiederkehrte, durch das Dickicht eines Gartens brach und wirre Schatten über Mauern und Fassaden trieb.

Hielt dieses Licht inne, glaubte Cotta schon den Lärm der Entdeckung aufbrechen zu hören, Lauf-schritte, das Kollern von Steinen ... Aber es blieb still. Er wagte weder Licht zu machen noch seinen Ort zu verlassen, als er an der Tür zur Werkstatt eine erstickte Stimme hörte, einen zornigen, wie durch einen Knebel hervorgestoßenen Laut. Dann wurde die Tür behutsam geöffnet, und er erkannte das matte Weiß eines entblößten Armes, Procne, die ihre ver-störte Schwester in dieses Versteck nachzog; sie flü-sterte beruhigend auf Philomela ein, legte ihr die Hand auf den Mund.

Philomela wehrte sich gegen den Weg durch die Dunkelheit, wollte bleiben, wo sie war, wollte schla-fen. Dicht an der nun weit offenstehenden Tür,

Schatten vor dem dunklen Grau des Hofes, ließen sich die beiden Frauen nieder. Cotta schwieg; zuerst überrascht und ratlos, dann aber aus Angst, ein einziges Wort, ein Schritt in ihre Nähe könnte die Frauen so erschrecken, daß sie flüchteten oder vor Entsetzen schrien und so die Axt und das flackernde Licht ins Seilerhaus riefen; stumm lehnte er sich zurück in das tiefe Dunkel der Nische, bis er in seinem Rücken die Blätter der Winde fühlte, die durch dieses zerbrochene Fenster ins Haus gedrungen war.

Obwohl die Verstümmelte nun an den großen, warmen Leib ihrer Schwester gelehnt saß und schlief und nicht länger besänftigt zu werden brauchte, flüsterte Procne unaufhörlich auf sie ein, als müßte nun, da ein jahrelanges Schweigen endlich gebrochen war, jeder verlorene Tag noch einmal heraufbeschworen werden, um das erloschene Gedächtnis Philomelas mit einer neuen Geschichte zu erfüllen.

Cotta wurde so müde, daß er Procne manchmal nur noch aus einer großen Ferne hörte, eine leise, seltsam wohlklingende Stimme. So kauerten sie zu dritt in der Nacht, verbunden allein durch diese unaufhörliche Stimme, die in die Träume der Verstümmelten und in die Müdigkeit des Römers hinabklang, eine wunderbare Besänftigung, die Cotta so gefangennahm, daß er schließlich nicht mehr auf Worte und Sätze achtete, sondern nur noch auf diesen melodischen Klang, und darüber Tereus und jede Bedrohung vergaß. So verging Stunde um Stunde der Nacht.

Es war kurz vor Morgengrauen, über dem östlichen Meer lag schon eine Ahnung, daß aller Dunst und alle Wolken zerrissen und verflogen waren, als Cotta aus einem Sekundenschlaf erwachte und das Seilerhaus erfüllt schien von dieser sanften Stimme, einem *Gesang* von solchem Zauber, als wäre die Schönheit Procnes, ihre Jugend und ihr verlorenes Glück in reinen Klang verwandelt wiedergekehrt. Aber als Cotta den Kopf hob, um ein Zeichen dieser Verwandlung in der Dunkelheit zu erkennen, sah er den Schlachter. Sah den matten Glanz der Axt in der Tür. Tereus hatte die Mörderin seines Sohnes endlich gefunden.

Was nun geschah, war nur die Erfüllung dessen, was längst auf den Fetzen und Wimpeln von Trachila geschrieben stand.

Der Gesang verstummte. Tereus hob die Axt, um zu tun, was ihm Trauer und Haß befahlen. Sprang seine Opfer an. Aber nicht zwei Frauen hoben abwehrend die Arme, sondern zwei aufgeschreckte Vögel breiteten die Flügel aus; ihre Namen waren im Archiv von Trachila verzeichnet: Schwalbe und Nachtigall. Mit rasenden Flügelschlägen durchmaßen sie die Seilerei, schnellten durch das zerbrochene Fenster ins Freie und verloren sich im nachtblauen Himmel, noch ehe aus dem krummen Stiel der Axt ein weiterer Schnabel, aus Tereus Armen Schwingen und seine Haare zu braunen und schwarzen Federn geworden waren. Ein Wiedehopf folgte den beiden Geretteten in einem geschwungenen, wellenförmigen Flug, als gleite er auf dem Nachhall von Procnes Stimme dahin.

An diesem Morgen stieg die Sonne aus einem gleißenden Meer und tauchte ein fremdes, verwandeltes Küstengebirge in klares Licht. Befreit von allen Nebeln und Wolkenfronten der Regenzeit und umringt von geborstenen Graten, den Schuttbarrieren der

Steinlawinen und verworfenen Steilhängen, ragte ein neuer Berg in den Himmel; der Faltenwurf seiner Flanken war bis hoch über die Baumgrenze mit wucherndem Grün bedeckt und der Kranz seiner Gipfel mit Firn. Von einer großen Beharrlichkeit aus der Tiefe der Erde den Sternen entgegengestemmt, erhob sich dieses Massiv über die subtropische Wildnis der Küste bis in die toten, tiefblauen Regionen der Eiswolken. Aller Lärm der Verwerfungen, das Donnern der Geröllströme und noch das sanfte Rieseln des Sandes war nun verstummt. Eine erschöpfte Stille lag über den Schluchten und Halden.

Unsinnig heiter wie ein Kind saß Cotta allein in der Seilerei inmitten seines zerrissenen Himmels, wühlte in den Fetzen des Baldachins, löste beschriftete Fähnchen aus den Blütenranken und Blättern der Winde und las manche Inschriften laut in den leeren Raum wie einer, der Gerümpel sortiert und die Namen der Dinge noch einmal ausspricht, bevor er sich für immer von ihnen trennt und sie fortwirft.

Daß Tereus der Wiedehopf war und Procne die Nachtigall, stand auf diesen Fetzen, Echo der Widerhall und Lycaon ein Wolf ... Nicht nur die vergangenen, auch die zukünftigen Schicksale der eisernen Stadt flatterten an den Steinmalen von Trachila im Wind oder glitten nun enträtselt durch Cottas Hände. Auch der Name jenes von Schnee gekrönten Massivs, dessen Glanz er durch die geborstenen Fenster schimmern sah, war auf den Lumpen verzeichnet — *Olymp*. Mächtiger als alles, was sich jemals über den Spiegel des Schwarzen Meeres erhoben hatte, warf dieser Berg seinen Schatten auf die Küste der eisernen Stadt.

Es war später Vormittag, als Tomi zögernd aus diesem Schatten trat und Cotta das Seilerhaus verließ. Als ein weißglühendes Bild allen Feuers stieg die Sonne in den Zenit. Phineus, der Holzasche auf ein Rübenbeet streute, tippte sich an die Stirn, als er den Römer durch die Gassen gehen sah: Der war verrückt; der mußte verrückt geworden sein; in ein murmelndes Selbstgespräch versunken schritt er dahin; um den Hals trug er ein Geflecht aus Ranken, Fetzen und Schnüren und schleifte Lumpengirlanden wie papierene Drachenschwänze hinter sich her.

Cotta hörte die Worte nicht, die man ihm zurief, und bemerkte auch keine Hand, die ihm winkte; hörte wohl das Gezeter der Lachmöwen, die Brandung, auch Vogelsang und das Rascheln von Palmfächern im Wind — aber keine menschliche Stimme mehr; hatte allein die Bilder vor Augen, die ihm die Inschriften auf seinen Lumpen verhießen: Das Schlachthaus war nur noch ein bemooster Felsen, an dem eine Schar Nebelkrähen ihre Schnäbel schärfte; die Gassen waren Hohlwege durch dorniges, blühendes Dickicht und ihre Bewohner in Steine verwandelt oder in Vögel, in Wölfe und leeren Hall. Über Arachnes Klippe rauschte ein ungeheurer Möwenschwarm auf; befreit aus den Kettfäden verschimmelter Webbilder stürzten die Vögel in einen Himmel, dessen Blau wolkenlos war.

Erfüllt von einer Heiterkeit, die mit jedem Schritt wuchs und manchmal kichernd aus ihm hervorbrach, stieg Cotta durch wüstes Geröll den Halden von Trachila entgegen, dem neuen Berg. Hier war Naso gegangen; *dies* war Nasos Weg. Aus Rom verbannt, aus dem Reich der Notwendigkeit und der Vernunft, hatte der Dichter die *Metamorphoses* am Schwarzen Meer zu Ende erzählt, hatte eine kahle Steilküste, an der er Heimweh litt und fror, zu *seiner* Küste gemacht und zu *seinen* Gestalten jene Barbaren, die ihn bedrängten und in die Verlassenheit von Trachila vertrieben. Und Naso hatte schließlich seine Welt von den Menschen und ihren Ordnungen befreit, indem er *jede* Geschichte bis an ihr Ende erzählte. Dann war er wohl auch selbst eingetreten in das menschenleere Bild, kollerte als unverwundbarer Kiesel die Halden hinab, strich als Kormoran über die Schaumkronen der Brandung oder hockte als triumphierendes Purpurmoos auf dem letzten, verschwindenden Mauerrest einer Stadt.

Daß ein griechischer Knecht seine Erzählungen aufgezeichnet und um jedes seiner Worte ein Denkmal errichtet hatte, war nun ohne Bedeutung und bestenfalls ein Spiel für Verrückte: Bücher verschimmelten, verbrannten, zerfielen zu Asche und Staub; Steinmale kippten als formloser Schutt in die Halden zurück, und selbst in Basalt gemeißelte Zeichen verschwanden unter der Geduld von Schnecken. Die Erfindung der Wirklichkeit bedurfte keiner Aufzeichnungen mehr.

Die einzige Inschrift, die noch zu entdecken blieb, lockte Cotta ins Gebirge: Er würde sie auf einem im Silberglanz Trachilas begrabenen Fähnchen finden oder im Schutt der Flanken des neuen Berges; gewiß aber würde es ein schmales Fähnchen sein — hatte es doch nur zwei Silben zu tragen. Wenn er innehielt und Atem schöpfte und dann winzig vor den Felsüberhängen stand, schleuderte Cotta diese Silben manchmal gegen den Stein und antwortete *hier!*, wenn ihn der Widerhall des Schreies erreichte; denn was so gebrochen und so vertraut von den Wänden zurückschlug, war sein eigener Name.

EIN OVIDISCHES REPERTOIRE

Mit drei Ausnahmen stammen alle *kursiv* gesetzten Passagen dieses Repertoires aus den *Metamorphoses* des Ovid (zitiert nach der Übertragung in deutsche Prosa von Michael von Albrecht, München 1981). Die Ausnahmen: Unter *Augustus I, Augustus II* und *Cotta Maximus Messalinus* sind Fragmente aus Ovids *Epistulae ex Ponto* zu lesen (frei zitiert nach der Übertragung in deutsche Hexameter von Wilhelm Willige, Zürich/Stuttgart 1963). Die Schreibweise der Namen und die Kurzfassung der Schicksale in der *Alten Welt* folgen der Mythologie Ovids.

Gestalten der Letzten Welt

Actaeon
Auf dem Jahrmarkt von Byzanz beauftragt ein durchreisender Filmvorführer namens → Cyparis einen Kulissenmaler mit der Verzierung der Deckplane seines Pferdefuhrwerks. Im Verlauf eines Vormittags entsteht ein tiefrotes Gemälde, das einen Hirsch zeigt, der von einer Hundemeute zerrissen wird. Als Cyparis nach der Bedeutung dieses Bildes fragt, erzählt ihm der Maler die Geschichte eines Jägers, der sich in einen gejagten Hirsch verwandelte; den Jäger nennt er Actaeon.

Gestalten der Alten Welt

Actaeon
Held aus Boeotien; gerät auf der Fährte eines Hirsches in eine Felsengrotte und überrascht dort die Jagdgöttin Diana beim Bad mit ihren Nymphen. Diana, wütend, daß ein Sterblicher sie nackt sieht, bespritzt den Jäger mit Quellwasser und verwandelt ihn:

> *... wehe, nun flieht er vor den eigenen Dienern! Er wollte rufen: »Actaeon bin ich, erkennt euren Herrn!« Doch die Worte gehorchen seinem Willen nicht, der Äther hallt wider von Gebell ... Wie gern wollte er das Wüten seiner Hunde mitansehen, statt es selbst zu spüren! Von allen Seiten umstellen sie ihn, vergraben ihre Schnauzen in seinem Leibe und zerfleischen ihren Herrn in der Truggestalt des Hirsches ...*

Alcyone

Weibliche Hauptrolle eines Melodrams, das der Filmvorführer → Cyparis über die Mauer des Schlachthauses von Tomi flimmern läßt. Ein Porträtplakat der römischen Charakterdarstellerin Antonella Simonini, die in der Rolle der Alcyone bis weit über die Grenzen des augustäischen Imperiums berühmt wurde, schmückt die Tür von → Famas Laden.

Alcyone

Tochter des Windgottes Aeolus, Gattin des → Ceyx; Königin von Trachis. Versucht vergeblich, ihren Gemahl vom Seeweg abzuhalten, als dieser eine Wallfahrt nach dem Heiligtum des Apollo von Claros auf sich nehmen will. Ceyx segelt nach der Küste Kleinasiens, gerät in einen Sturm und kommt mit allen seinen Gefährten um. Alcyone erwartet monatelang am Felsenstrand von Trachis die Rückkehr ihres Gemahls und stürzt sich von einer Klippe ins Meer, als sie Ceyx Leichnam in den Wellen treiben sieht:

. . . hier also sprang Alcyone in die Tiefe, und — ein Wunder, daß sie es konnte — sie flog! Mit soeben gewachsenen Federn flatterte sie durch die leichte Luft und streifte als Vogel . . . über die Oberfläche der Wellen hin; und während des Fluges ließ sie aus dünnem Schnabel ein Zwitschern ertönen, das traurig klang und voller Klage war . . .

Arachne

Die taubstumme Weberin von Tomi; bewohnt das Wärterhaus des verfallenden, längst erloschenen Leuchtturms der eisernen Stadt; webt Geschichten, die sie von → Nasos Lippen liest, in ihre Teppiche ein. Als das Meer in der Bucht vor der Stadt sich eines Morgens schwefelgelb verfärbt, ist sie die einzige, die den verstörten Küstenbewohnern diese Farbe mit ihren Fingerzeichen zu deuten weiß: Das sei bloß der übers Wasser herangetriebene Blütenstaub von Pinienwäldern.

Arachne

Tochter des Purpurfärbers Idmon von Colophon; weithin berühmt für ihre Webkunst. Fordert Pallas Athene, die jungfräuliche Göttin des Krieges, der Wissenschaften und Künste heraus: *Ich, Arachne, webe schöner und kunstvoller als selbst die Göttin.* Tatsächlich sind Arachnes Teppiche, auf denen sie die Liebesabenteuer der olympischen Götter darstellt, makellos, ja sie übertreffen die Gewebe Athenes. Zornig zerreißt Pallas die Webbilder Arachnes und schlägt

Was sind Pinien? fragt man sie. Arachne selbst hat sich der Küste Tomis nicht anders genähert als diese schwefelgelben Schleier: Sie kam mit dem Schiff eines Purpurfärbers, der zwischen den Riffen nach Brandhornschnecken suchte; das Schiff lief auf und sank; an eine Korkboje geklammert trieb die Taubstumme damals an den Strand und blieb als einzige der wenigen Geretteten in der eisernen Stadt.

sie mit dem Weberschiffchen. Arachne kränkt diese Demütigung so sehr, daß sie versucht, sich zu erhängen:

... mitleidig stützte Pallas die Hängende und sprach: »*Bleib zwar am Leben, aber hänge, Vermessene! Und damit du dich für die Zukunft nicht in Sicherheit wiegst: Dieselbe Strafe soll als Gesetz für dein Geschlecht und für die späten Enkel gelten.*«

Sie besprengte sie dann schon im Weggehen mit Säften von Hecates Kraut. Kaum hat das unheilvolle Zaubermittel ihr Haar berührt, ist es schon dahingeschwunden und mit ihm Nase und Ohren. Winzig wird der Kopf, und auch der ganze Körper ist geschrumpft; an ihren Seiten hangen dürre Finger statt der Beine; alles übrige beherrscht der Bauch; doch aus ihm entläßt sie einen Faden und übt ihre frühere Webkunst jetzt als Spinne aus ...

Ascalaphus
Bernsteinhändler aus Sulmona, der von einer Schwarzmeerfahrt mit anderer Post aus Tomi auch → Nasos Vermächtnis nach Rom bringt — eine kolorierte Ansichtskarte der eisernen Stadt. An → Cyane gerichtet, enthält diese Karte den einzigen Wunsch, der dem Verbannten am Ende bleibt: Leb wohl.

Ascalaphus
Dämon der Unterwelt; verrät, daß → Proserpina von einem Granatapfel der Unterwelt gegessen hat. Proserpina ist damit dem Schattenreich verfallen; aus Rache für diesen Verrat verwandelt sie Ascalaphus in einen Vogel:

... Er verliert sein Wesen, wird in gelbbraune Flügel gehüllt, schwillt am Kopf an, die Nägel wachsen in die Länge und biegen sich zurück; kaum kann er die Federn, die ihm an den untätigen Armen wuchsen, bewegen. So wird er ein häßlicher Vogel, der Vorbote künftiger Trauer, der scheue Uhu, ein böses Zeichen für die Sterblichen ...

Augustus I

Imperator und Held der Welt; macht ein Nashorn — das Geschenk des Protektors von Sumatra — zu seinem Wappentier und Herrschaftsabzeichen; betrachtet dieses Nashorn aus einem Erkerfenster des Palastes täglich und stundenlang — und verjagt einen Berichterstatter mit einer ärgerlichen Handbewegung, als dieser ihn dabei stört und vom Skandal einer Rede des Dichters Publius Ovidius → Naso berichten will. Die Bürokratie nimmt sich der Interpretation dieser Handbewegung an und deutet die ärgerliche Geste schließlich als das Verbannungsurteil über den Dichter.

Augustus (63 v. o bis 14 n. o)

Erster römischer Kaiser; Sohn von Caesars Nichte Atia; aus vermögender, nicht sehr vornehmer Familie. Ursprünglich nach seinem leiblichen Vater *Octavius* genannt, heißt er seit seiner Adoption durch seinen Großonkel Caesar, der ihn auch als Haupterben einsetzt, *Octavianus*; nennt sich nach Caesars Ermordung 44 v. o *Gaius Iulius Caesar*, ab 38 v. o *Imperator Caesar Divi Filius*, ab 27 v. o *Augustus*, ab 12 v. o *Pontifex Maximus*, ab 2 v. o *Pater Patriae* — und wird vier Wochen nach seinem Tod zum *Gott* erklärt.

Unter seiner Herrschaft wird der Statue Caesars das abgeschlagene Haupt des Brutus zu Füßen gelegt, verüben Antonius und Cleopatra Selbstmord, wird Jesus von Nazareth geboren, Ovid ans Schwarze Meer verbannt und die Schlacht im Teutoburger Wald geschlagen . . .

. . . Augustus, der Vater des Vaterlandes, der Caesar, gehört allen — und von diesem Allgemeingut gehört ein Bruchstück auch mir . . . Wenn ich ihn sehe, glaube ich Rom zu sehen, gleicht er seiner Stadt doch an Majestät und Charakter . . . alles kommt ihm zu Ohren, nichts bleibt ihm verborgen, was auch geschieht auf der Welt . . .

Augustus II

Als *Tiberius Claudius Nero* von → Augustus I adoptiert und zu seinem Nachfolger bestimmt; behält das Nashorn als Wappentier und Herrschaftsabzeichen bei; widerruft kein Gesetz und

Augustus (42 v. o bis 37 n. o)

Zweiter römischer Kaiser; Sohn des Tiberius Claudius Nero und der Livia Drusilla aus dem Geschlecht der Claudier; zunächst nach seinem leiblichen Vater genannt; von → Augustus I ad-

hebt auch kein Verbannungsurteil auf; eifert seinem göttlichen Vorgänger in allen Fragen und Entscheidungen der Macht so sehr nach, daß er schließlich auch dessen Namen annimmt und sich als *Iulius Caesar Augustus* anbeten läßt. Verfügt, daß fünfzehn Schlachtschiffe der römischen Kriegsflotte auf Tragwiegen und Rollen vom Tyrrhenischen Meer nach Rom geschleift werden, um zu zeigen, daß *jeder* Träger des Namens Augustus selbst das steinige Land zum Meer werden lassen kann und das Meer zum Spiegel seines Triumphes.

optiert, nachdem dieser sich in Livia Drusilla verliebt und sie zu seiner Frau gemacht hat. Tritt die Nachfolge seines Stiefvaters an und bewahrt sein Erbe als *Tiberius Gaius Iulius Caesar Augustus.*

. . . Wenn der Caesar erscheint, kommt selbst der Gladiator unversehrt aus der Arena — so viel Stärke verleiht ihm allein der Anblick dieses Gesichtes . . . Ich aber, Caesar, habe, bei der Entstehung des Weltalls beginnend, die Dichtung bis in Deine Zeit geführt . . .

Battus
Sohn der Krämerin → Fama und eines Mineurs; leidet an der Fallsucht und an dem Zwang, sich der Existenz der Dinge immer wieder versichern zu müssen, indem er sie anfaßt, befühlt und ihre Namen ausspricht. Um ihn von ihren Waren fernzuhalten, nagelt Fama Girlanden aus Brennesseln an die Regale, an denen sich der Fallsüchtige die Finger immer wieder verbrennt, weil er nicht imstande ist, aus dem Schmerz zu lernen; wird am Ende seines Lebens zu Stein.

Battus
Messenischer Hirt; beobachtet, wie der Götterbote Mercurius gestohlene Rinder davontreibt und schwört ihm gegen das Bestechungsgeschenk einer Kuh, zu schweigen. Mercurius zieht weiter, kehrt in der Gestalt eines Fremden zurück und stellt den Hirten auf die Probe. Battus bricht seinen Eid.

. . . da lachte der Sohn der Atlastochter und sagte: »Mich verrätst du an mich, Wortbrüchiger, mich verrätst du an mich?« und verwandelte das meineidige Herz in einen harten Stein, der auch jetzt noch Index heißt. So steht der Stein, der nichts dafür kann, seit alters in Verruf . . .

Ceyx
Männliche Hauptrolle eines Melodrams, das der Filmvorführer → Cyparis an einem Aprilabend über die Mauer des Schlachthauses von Tomi flimmern läßt.

Ceyx
Sohn des Morgensterns, Gatte → Alcyones; König von Trachis; läßt sich von den beschwörenden Bitten seiner Gattin nicht von einer Wallfahrt nach Claros ab-

Aber anders als die Rolle der → Alcyone ihrer Darstellerin, brachte jene des Ceyx ihrem Darsteller kein Glück. Der neapolitanische Schauspieler Omero Dafano beging Selbstmord, nachdem in der römischen Filmzeitschrift *Colosseo* ein Verriß seiner Leistung als Ceyx erschienen war.

halten; kommt in einem Seesturm um, sein Leichnam treibt nach der Felsenküste von Trachis zurück. Dort entdeckt ihn Alcyone und stürzt sich aus Trauer ins Meer:

... So erbarmen sich endlich die Götter, und beide werden in Vögel verwandelt. Gleichem Schicksal blieb ihre Liebe auch jetzt noch unterworfen, und der Ehebund wurde auch zwischen den Vögeln nicht gelöst: Sie vereinigten sich und werden Eltern. Sieben freundliche Tage zur Winterszeit brütet Alcyone im Nest, das über dem Wasser hängt. Dann ruht die Welle des Meeres, die Winde bewacht Aeolus, läßt sie nicht ins Freie hinaus und überläßt seinen Enkeln das Meer ...

Cotta

Cotta ist einer von vielen: In den Jahren der augustäischen Herrschaft verlassen immer mehr Untertanen und Bürger Roms die Metropole, um der Apparatur der Macht zu entgehen, der allgegenwärtigen Überwachung, den Fahnenwäldern und dem monotonen Geplärre vaterländischer Parolen; manche fliehen auch vor der Rekrutierung oder bloß vor der Langeweile eines bis in die lächerlichsten Pflichten vorgeschriebenen Staatsbürgertums. Weitab von der Symmetrie eines geordneten Lebens suchen sie irgendwo an den verwildernden Grenzen des Imperiums nach einem Leben ohne Aufsicht. Im Jargon der Regierungsblätter wie in den Akten der Polizei heißen Reisende dieser Art *Staatsflüchtige.*

Cotta Maximus Messalinus

Jüngster Sohn des Redners Valerius Messalla Corvinus; Dichter und Redner, Freund des Ovid; wird von den Geschichtsschreibern Plinius und Tacitus mehrmals erwähnt — etwa, daß er den Standpunkt des *Tiberius* im Senat vertreten habe und später vom Kaiser selbst gegen den Vorwurf der Majestätsbeleidigung in Schutz genommen worden sei. Stirbt vermutlich an einem vergifteten Heilmittel. Sechs Briefe Ovids vom Schwarzen Meer (Epistulae ex Ponto) sind an ihn gerichtet:

... Cotta, hoffentlich erreicht dich der Glückwunsch, den ich dir sende; er soll sich erfüllen an dir ... Wunderst du dich, daß ich noch schreibe? Ich wundere mich selber darüber und frage mich, wozu das alles noch gut sein soll. Vielleicht hat das

Volk recht, wenn es glaubt, daß Dichter verrückt seien — bin ich doch selbst das beste Beispiel dafür; ich schreibe immer noch, streue Saat auf wüstes Land . . . Daß ich Hoffnungen auf meine Freunde gesetzt habe — sie werden es mir verzeihen. Diesen Fehler werde ich gewiß niemals wieder begehen . . . Ich fühle mich längst abgestumpft gegen alles Leid. Ich kam hierher. Und hier werde ich sterben . . . für die meisten war ich ja schon tot, als mein Stern sank . . .

Cyane

Frau des verbannten → Naso; eine menschenscheue Schönheit aus einer der großen Familien Siziliens; versucht in der Hoffnung auf eine baldige Begnadigung ihres Mannes, das gemeinsame Haus an der Piazza del Moro zu erhalten. Vergeblich. Das Anwesen verkommt. Die Fontänen sinken in die Brunnen zurück. Die Spiegel der Teiche bedecken sich mit Piniennadeln und Laub. Schon im zweiten Jahr der Verbannung Nasos flüchtet Cyane aus dem unaufhaltsamen Verfall in eine dunkle, von Plüsch und Samt gedämpfte Etage an der Via Anastasio und berichtet in ihren Briefen an das Schwarze Meer vom Leben eines Hauses, dessen Fenster längst vernagelt sind.

Cyane

Sizilische Wassernymphe; stellt sich dem Gott der Unterwelt in den Weg und versucht, ihn am Raub → Proserpinas zu hindern; der Gott schleudert wütend sein Königsszepter in die Flut, spaltet die Erde und fährt mit der Geraubten hinab ins Schattenreich.

. . . Cyane grämt sich über die Entführung . . . und über die Mißachtung der Rechte ihrer Quelle, trägt still im Herzen eine unheilbare Wunde, verzehrt sich ganz in Tränen und verflüchtigt sich zu dem Wasser, dessen große Gottheit sie eben noch gewesen war.

Cyparis

Zwergwüchsiger Filmvorführer aus dem Kaukasus, der in den Dörfern der Schwarzmeerküste nicht nur Filme zeigt, sondern auch türkischen Honig und

Cyparissus

Schöner Jüngling auf Ceos; Liebling Apollos, des Gottes der Dichtkunst, der Musik, Wahrsagung und Heilkunde. Tötet aus Versehen seinen zahmen Hirsch:

Alaunstein verkauft und einen Hirsch zu Marschmusik auf der Hinterhand tänzeln läßt. Cyparis liebt sein Publikum. Wenn der Projektor nach langwierigen Vorbereitungen das Antlitz eines Helden ins Riesenhafte vergrößert und eine weiße, leere Wand zum Fenster in Urwälder und Wüsten werden läßt, sitzt der Liliputaner geborgen in der Dunkelheit und betrachtet die Gesichter der Zuschauer im blauen Widerschein. In ihrem Mienenspiel meint er die Macht und die Unerfüllbarkeit seiner eigenen Sehnsüchte wiederzuerkennen. Manchmal schläft er während der Vorführung ein und träumt von Bäumen, von Zedern, Pappeln, Zypressen, träumt, daß er Moos auf seiner Haut trägt. Dann springen ihm an den Füßen die Nägel auf, und aus seinen krummen Beinen kriechen Wurzeln, die ihn tiefer und tiefer mit seinem Ort zu verbinden beginnen. Schützend legen sich die Ringe seiner Jahre um sein Herz. Er wächst.

... Heiß war es und Mittag. Von der Sonnenhitze glühten dem Strandkrebs am Himmel die Scheren. Müde legte sich der Hirsch auf dem Rasenteppich nieder und kühlte sich im Schatten der Bäume. Da traf ihn Cyparissus nichts ahnend mit dem spitzen Jagdspeer. Als er ihn an der bösen Wunde sterben sah, beschloß auch er zu sterben ... und erbittet von den Himmlischen als letzte Gabe, allezeit trauern zu dürfen ... da wurden seine Glieder allmählich grün, und das Haar, das ihm eben noch in die schneeweiße Stirn hing, begann ein struppiger Schopf zu werden, sich starr aufzurichten und mit schlankem Wipfel zum gestirnten Himmel aufzublicken. Da seufzte der Gott auf und sprach betrübt: »Du wirst von mir betrauert werden, andere betrauern und allen Trauernden beistehen.«

Deucalion

Gestalt aus der Überlieferung → Echos, die → Cotta von einem *Buch der Steine* erzählt, an dem der verbannte Dichter Naso vermutlich geschrieben habe: Deucalion sei in diesem Buch als der letzte Mann erschienen, ein Überlebender des Weltunterganges, der gemeinsam mit seiner Geliebten → Pyrrha auf einem Floß eine allesvernichtende Flut überstanden habe. Die Ein-

Deucalion

Sohn des Titanen Prometheus, Gatte der → Pyrrha, mit der er die große Flut überlebt, in der Iuppiter das Menschengeschlecht ertränkt. Als das Wasser fällt, stranden die beiden auf ihrem Floß an den Abhängen des Parnaß, suchen Trost in einem verschlammten Tempel und erhalten dort die Eingebung Steine hinter sich zu werfen. Ohne den Sinn dieses Orakels zu erkennen,

samkeit der Überlebenden, sagt Echo, sei gewiß die schlimmste aller Strafen.

folgen Deucalion und Pyrrha dem Rat:

... und in kurzer Zeit bekamen durch die Macht der Götter die von Männerhand geworfenen Steine das Aussehen von Männern ... Daher sind wir ein harter, ausdauernder Menschenschlag und legen Zeugnis davon ab, woraus wir entstanden sind.

Echo

Vertraute → Cottas, seine Geliebte für eine Nacht und sein Opfer; leidet an einem Schuppenfleck, der unstetig über ihre Gestalt wandert. Verschwindet dieser Fleck unter ihren Kleidern, ist Echo von einer berückenden Schönheit; kehren die Schuppen aber auf ihr Antlitz zurück, bereitet ihr nicht nur jede Berührung, sondern schon ein gaffender Blick einen solchen Schmerz, daß von ihr läßt und sie meidet, wer sie liebt. Wenn auch heimlich, wird Echo doch von vielen Bewohnern der Schwarzmeerküste geliebt; Viehhirten wie Erzkocher suchen sie im Schutz der Dunkelheit manchmal auf, um sich in Echos Armen in Säuglinge, in Herren oder in Tiere zu verwandeln. Ihre Liebhaber wissen sich durch Echos Verschwiegenheit von allen Vorwürfen und aller Scham geschützt und hinterlassen dafür im Schutt einer Ruine Bernstein, Felle, getrockneten Fisch und Töpfe voll Fett.

Echo

Nymphe, die → Iuppiters Gattin Iuno durch lange Gespräche hinhält, wenn der Gott sich mit seinen Gespielinnen vergnügt. Zur Strafe für dieses Bündnis mit ihrem untreuen Gemahl nimmt Iuno Echo das Sprachvermögen: Sie vermag nur noch die letzten Worte zu wiederholen, die an sie gerichtet werden. Unglücklich lebt Echo dahin, bis sie auf den schönen Jüngling Narcissus trifft und ihm in Liebe verfällt; unfähig etwas anderes zu lieben als sein eigenes Bild, verschmäht Narcissus die Nymphe, die aus Trauer darüber in die Wildnis flieht.

... Die Verschmähte hält sich im Wald versteckt, verbirgt schamhaft das Gesicht im Laub und lebt von nun an in einsamen Höhlen. Doch die Liebe bleibt und wächst noch aus Schmerz über die Zurückweisung. Sorgen gönnen ihr keinen Schlaf und zehren den Leib jämmerlich aus; Magerkeit läßt die Haut schrumpfen, in die Luft entschwindet aller Saft des Körpers, nur die Stimme und Gebein sind übrig. Die Stimme bleibt, das Gebein soll sich in Stein verwandelt haben ... Alle können sie hören. In ihr lebt nur der Klang.

Fama
Krämerin von Tomi; Witwe eines Kolonialwarenhändlers; zeugt mit einem durchreisenden Mineur → Battus, den Fallsüchtigen; versucht in einer verzweifelten Stunde, ihr mißratenes Kind mit einem Absud aus Zyklamen und Seidelbastblüten wieder aus der Welt zu schaffen, hängt schließlich aber so sehr an ihm, daß sie geschwätzig und süchtig nach Trost und Zuhörern wird, als sie Battus tatsächlich verliert; erzählt → Cotta die Lebensgeschichten der Bewohner Tomis.

Fama
Göttin des Gerüchtes.

... Es gibt einen Ort in der Mitte des Erdkreises ... von dort kann man alles, was irgendwo geschieht, sehen, sei es auch noch so weit entfernt, und jede Stimme dringt an das lauschende Ohr. Fama wohnt dort und hat sich an der höchsten Stelle ein Haus gebaut ... Tag und Nacht steht es offen; es ist ganz aus tönernem Erz; überall hallt es, wirft die Klänge zurück und wiederholt, was es hört ... wahre und erlogene Geschichten wirbeln zu Tausenden durcheinander, und es herrscht ein Gewirr von Stimmen. Die einen füllen unbeschäftigte Ohren mit Gerede, die anderen tragen das Erzählte weiter, und das Maß des Erfundenen wächst ...

Hector
Titel des ersten Teiles einer von → Cyparis während der Karwoche in Tomi vorgeführten Heldentrilogie: Der Film zeigt den Untergang Troias und die Niederlage seines tapfersten Verteidigers Hector, der schließlich so lange um die Mauern seiner eigenen Festung geschleift wird, bis sein furchtbarer Tod an einer langgezogenen Meute von Hunden sichtbar wird, die sich um die weithin verstreuten Fetzen seines Fleisches balgen.

Hector
Sohn des Priamus und der Hecuba, des letzten Königspaares von Troia; berühmtester aller troianischen Helden; wird im zehnten Jahr des Krieges um die Stadt von Achilles erschlagen und nackt um die Mauern geschleift; sein Vater fällt ebenfalls, seine Mutter wird von den Griechen verschleppt:

... »Troia, leb wohl! Wir werden dir entrissen.« So rufen die Troianerinnen, küssen die Erde und verlassen die rauchenden Häuser ihrer Vaterstadt. Als letzte bestieg Hecuba ihr Schiff — ein bejammernswerter Anblick! Man fand sie inmitten der Gräber ihrer Söhne. Während sie sich an den Grabhügeln festklammerte und die Gebeine küßte, zerrten Ithakerhände sie fort — dennoch packte sie die

Asche ihres Sohnes: Hectors Asche
nahm sie und trug sie am Busen mit
sich fort. An Hectors Grabhügel
ließ sie graues Haar von ihrem
Scheitel als ein armseliges Toten-
opfer, Haar und Tränen, zurück.

Hercules

Titel des zweiten Teiles einer von
→ Cyparis in Tomi vorgeführten
Heldentrilogie: Der Film zeigt
das Leben des unbesiegbaren
Kriegers Hercules, der sich
schließlich mit seinen eigenen
Händen zerfleischt; er stirbt an
einem vergifteten Hemd, das er
sich überstreift, dessen Gewebe
augenblicklich mit seiner Haut
verwächst, wie siedendes Öl zu
brennen beginnt und nicht anders wieder abzustreifen ist als
mit dem Leben selbst. Hercules
reißt sich dieses Hemd mit seiner
Haut und seinem Fleisch vom
Leib und legt seine tropfenden
Sehnen bloß, die Schulterblätter,
den Brustkorb, einen roten
Käfig, in dem seine Lungen ver-
glühen, sein Herz. Er fällt.

Hercules

Sohn → Iuppiters, des Königs
aller Götter, und der sterblichen
Alcmene; vollbringt neben vielen anderen Taten zwölf große
Arbeiten im Dienst des Königs
von Argos; kämpft mit dem
Flußgott Achelous um die schöne
Deianira, gewinnt sie, tötet den
Centauren Nessus, der ihm die
Frau wieder entführen will; wird
durch ein mit dem Blut des Nessus getränktes Hemd, das ihm
die nichtsahnende Deianira im
Glauben schickt, dadurch würde
ihre Liebe erneuert, tödlich ver-
giftet. Rasend vor Schmerz
schleudert Hercules den Überbringer des Hemdes, → Lichas,
ins Euboeische Meer und verbrennt sich dann selbst auf einem
Scheiterhaufen im Oetagebirge:
... Kaum hat er die sterblichen
Glieder abgestreift, erstarkt der
bessere Teil seines Wesens. Größer
begann er zu erscheinen und in er-
habener Würde heilige Scheu zu er-
wecken. So entführte ihn der all-
mächtige Vater in einer Wolken-
hülle und trug ihn im vierspännigen
Wagen mitten unter die strahlenden
Sterne.

Iason

Thessalischer Seefahrer, der mit
einem zum Marktfrachter abge-
takelten Kriegsschiff die Häfen
der Schwarzmeerküste ohne alle

Iason

Sohn des Königs Aeson von Iolcus; Erbauer des Schiffes *Argo*;
wird von seinem Onkel Pelias,
der Aeson die Herrschaft entreißt.

Regel und Vorhersehbarkeit anläuft und oft Verwirrung, Streit und Haß zurückläßt. Denn der Thessalier führt nicht nur Handelswaren aller Art mit sich, die er gegen Eisenbarren, Felle und Bernstein eintauscht, sondern hat stets auch eine Schar von Auswanderern an Bord, stellungslose Handwerker, ins Elend geratene Bauern, Bewohner der Ghettos von Thessalonike, Volos und Athen ... allen verspricht Iason eine goldene Zukunft am Schwarzen Meer und nimmt ihnen für einen stickigen Platz im Zwischendeck das letzte Geld ab. Erst an den verfallenden Piers von Odessa und Constanta, vor den ausgebrannten Docks von Sewastopol oder an irgendeinem öden Küstenstrich erkennen Iasons Passagiere die Vergeblichkeit ihrer Hoffnungen. Aber dann fehlen ihnen längst schon die Mittel und die Kraft für eine Rückkehr nach Griechenland. Also gehen sie an den trostlosesten Orten von Bord und suchen zwischen Ruinen nach einem Schatten ihres Glücks.

Icarus
Motiv einer Tapisserie, die → Cotta im Haus der taubstummen Weberin → Arachne betrachtet; das Bild: Leere Weite, gewebt aus Fäden blauer, weißer und silbriger Farbschattierungen, ein Blick auf das ruhige unter der Sonne liegende Meer, der Himmel sommerlich heiter bewölkt, die Dünung sanft, darüber vereinzelt Möwen, aber keine Küste, keine Insel, kein Schiff. Sehr fern,

nach Colchis an der Ostküste des Schwarzen Meeres geschickt, um dort dem König Aeetes das goldene Vlies abzujagen. Iason erreicht Colchis mit seinen Gefährten bei gutem Wind, erfüllt mit Hilfe von Aeetes Tochter → Medea alle Prüfungen, die ihm dort auferlegt werden, bemächtigt sich des goldenen Vlieses und kehrt mit Medea als seiner Gemahlin nach Iolcus zurück.

... Nach vielen Abenteuern waren sie endlich unter dem berühmten Iason zu den reißenden Wellen des schlammigen Phasis gelangt. Während sie vor den König treten, das goldene Vlies ... fordern und ihnen als schreckliche Bedingung schwere Arbeiten aufgebürdet werden, entbrennt die Tochter des Aeetes in heftiger Liebe. Nachdem sie lange mit sich gerungen hat und die rasende Leidenschaft durch Vernunft nicht überwinden konnte, sprach sie: »Vergeblich, Medea, leistest du Widerstand ...«

Icarus
Sohn des attischen Baumeisters, Erfinders und Mörders Daedalus. Nachdem er in Athen seinen Neffen und Schüler Percix aus Neid getötet hat, ist Daedalus an den Hof des Königs Minos von Creta geflüchtet, hat dem Tyrannen das Labyrinth von Knossos gebaut, ihm neue Schiffsmodelle und anderes Kriegsgerät entworfen — und will schließlich doch aus dem Schutz und der

hart an der Schneide des Horizonts, verschwinden zwei zerrissene Schwingen wie die Arme eines Ertrinkenden im Wasser, die Spannweite groß wie die eines Kondors. Die Fontänen des Aufschlags steigen um diese Schwingen hoch, weiße Lanzen, und aus der Höhe schaukeln und taumeln verlorene Federn nach, feine Flügelbinden und Daunen, die sich dem Meer langsamer nähern dürfen als der schwere Körper, den solche Schwingen getragen haben. *Icarus.* Der Name jenes geflügelten Wesens, das im Meer verschwindet, ist eines von den vielen Fingerzeichen der Taubstummen, die Cotta aus ihren Händen auffliegen sieht und nicht versteht.

Gewalt des Minos fliehen; also baut er Schwingen für sich und seinen Sohn; sie fliegen aus dem Palsat von Knossos auf und übers Meer. Aber Icarus läßt sich von seiner Begeisterung mitreißen und steigt höher und höher:

... *Die Nähe der zehrenden Sonne macht das duftende Wachs, die Fessel der Federn, weich. Hingeschmolzen war das Wachs; er rudert mit den nackten Armen, bekommt ohne sein Flugwerk keine Luft mehr zu fassen, und der Mund, der noch den Namen des Vaters hinausschreit, wird vom blauen Wasser verschlungen ... Doch der unglückliche Vater, nun kein Vater mehr, rief: »Icarus! — Icarus«, rief er, »wo bist du, unter welchem Himmelsstrich soll ich dich suchen?« ... da erblickte er die Federn in den Wogen, verfluchte seine Künste und legte den Leib in ein Grab ...*

Itys

Sohn des Schlachters → Tereus und seiner Frau → Procne, Neffe der → Philomela; verstümmelt sich einen Finger, als er während einer Filmvorführung in das Sirren des Ventilators greift, mit dem → Cyparis die Lampen seines Projektors kühlt. Die Flügelblätter des Ventilators verteilen das Blut des Kindes in winzigen Tropfen auf die Vorführmaschine des Liliputaners: Ein böses Omen, sagt → Proserpina. Tatsächlich wird Itys im nächsten Jahr das Opfer einer Tragödie.

Itys

Sohn des thrakischen Königs → Tereus und der attischen Königstochter → Procne; Neffe der Prinzessin → Philomela; ahnt sein Schicksal, als er hört, wie Procne seinen Vater verflucht:

... *Während Procne noch zu Ende sprach, lief Itys auf seine Mutter zu ... Sie blickte ihn erbarmungslos an und sprach: »Ach, wie ähnlich bist du deinem Vater.« Sie verliert kein Wort mehr und rüstet sich zur traurigen Tat ... Freilich, als der Sohn vor ihr stand, die Mutter begrüßt, ihren Hals mit den kleinen Ärmchen an sich gezogen und ihr unter kindlichen Koseworten Küsse gegeben hatte, wurde die Mutter gerührt ...*

Iuppiter

Fastnachtsmaske im Narrenumzug von Tomi: Ein Mann, der sich unter dem Gewicht eines Bauchladens krümmt, auf dem er eine von Salpeterblüten überwucherte Batterie trägt, einen elektrischen Apparat, der einen Kranz Glühbirnen rhythmisch aufblitzen läßt.

Iuppiter

Gott des himmlischen Lichtes, König der Götter, Herr des Silbernen Zeitalters; Sohn des Saturnus und der Rhea, Bruder und Gatte der Iuno, Bruder des Neptunus und des Dis; stürzt gemeinsam mit seinen Brüdern den Vater in die Unterwelt und teilt sich mit ihnen die Herrschaft über den Kosmos; durch das Los fallen ihm Himmel und Erde zu.

... Hoch oben gibt es eine Straße; sie ist bei heiterem Himmel zu sehen. Milchstraße heißt sie, schon am weißen Lichtschimmer ist sie leicht zu erkennen; auf ihr führt der Weg ... zum Hause des großen Donnerers.

Lichas

Missionar der Altgläubigen, der alljährlich um die Osterzeit mit einem Fischkutter vom Bosporus nach Tomi kommt, um in der Dämmerung der verwahrlosten, von Flechten und Schimmelpilzen befallenen Kirche eine Litanei von Torturen vorzulesen, denen Mitglieder seiner Sekte unter römischer Herrschaft erlegen sind; unterbricht an einem Karfreitag die Filmvorführung von → Orpheus Tod mit dem Geschrei, daß an einem solchen Tag allein der Qualen und Leiden des gekreuzigten Beherrschers der Welt gedacht werden müsse; zwingt → Cyparis mit Glockengeläute zum Abbruch der Vorstellung.

Lichas

Diener, der → Hercules ein mit Centaurenblut getränktes Hemd überbringt, an dem der Held sterben soll. Hercules, dem Gift dieses Hemdes und seinem Schmerz schon beinahe erlegen, schleudert Lichas ins Euboeische Meer:

... Lichas, als er von starken Armen ins Leere geworfen wurde, soll vor Schreck das Blut aus den Adern gewichen sein. Aller Flüssigkeit beraubt, wurde er, wie die Frühzeit berichtet, in harten Stein verwandelt.

Lycaon

Der Seiler von Tomi; vermietet → Cotta ein unheizbares, mit

Lycaon

Arcadischer Tyrann; will → Iuppiter, der in Menschengestalt bei

grellfarbigen Wandteppichen ausgestattetes Zimmer im Dachgeschoß seines Hauses; beschäftigt → Echo zeitweilig als Dienstbotin; schläft zwischen Garnhaspeln und Seilwinden in einem Winkel seiner Werkstatt und geht auch an Frosttagen barfuß; verwahrt in einem Panzerschrank neben zerknittertem Papiergeld, schwärzlichem Silberbesteck und einer Armeepistole auch einen steingrauen, von Motten zerfressenen Wolfsbalg.

ihm einkehrt, im Schlaf töten und setzt dem Gott zur Prüfung seiner Allwissenheit Menschenfleisch vor. Iuppiter läßt den Palast des Tyrannen in Flammen aufgehen; Lycaon ergreift die Flucht:

... erschrocken flieht er in die ländliche Stille, heult dort auf und versucht vergeblich zu sprechen. Von seinem Wesen bekommt seine Rache alle rasende Wut; seine gewohnte Mordlust läßt er am Kleinvieh aus und freut sich auch jetzt noch am Blutvergießen. In Zotteln verwandeln sich die Kleider, in Schenkel die Arme. Er wird zum Wolf und behält dabei die Spuren seiner früheren Gestalt: Die Grauhaarigkeit ist geblieben, geblieben die gewalttätige Miene, geblieben die leuchtenden Augen, geblieben das Bild der Wildheit.

Marsyas

Köhler aus einem Hochtal von Limyra; einer von → Echos Freiern; wartet nach ihrem Verschwinden eine Nacht lang vergeblich auf sie, betrinkt sich und verwüstet ihr Haus; bringt die Bewohner der eisernen Stadt mit seinem Geschrei und einer seltsamen Musik um den Schlaf; wird im Morgengrauen von → Tereus in eine Viehtränke geworfen, aus der → Procne ihn herauszieht und so vor dem Ertrinken bewahrt. Gefangen in seinem Rausch und in schwere Träume verstrickt, liegt der Köhler einen Vormittag lang auf den bemoosten Steinen vor der Tränke; einziger Mensch an der Küste der eisernen Stadt, der

Marsyas

Satyr, Meister der Doppelflöte; wird von Apollo, dem Gott der Dichtkunst und Musik, geschunden, weil der Satyr ihn zum musikalischen Wettstreit herausgefordert und unvergleichlich schön gespielt hat. Apollo hängt Marsyas mit dem Kopf nach unten an einen Baum:

... Während er noch schrie, wurde ihm die Haut oben über die Glieder abgezogen, und alles war eine einzige große Wunde: Überall strömt Blut hervor, offen liegen die Sehnen da, und ohne Haut pulsieren die bebenden Adern. Man könnte im Innern die zuckenden Organe und an der Brust die durchscheinenden Fibern zählen. Um ihn weinten die Faune, die Waldgötter,

über Echos Verschwinden Trauer
empfindet.

die auf dem Lande wohnen, seine
Brüder, die Satyrn, Olympus, der
ihm auch jetzt noch lieb war und
alle, die auf jenen Bergen wolletra-
gende Herden und gehörntes Vieh
weideten. Die fruchtbare Erde wurde
feucht; feucht geworden, nahm sie
die fallenden Tränen auf und sog sie
bis in die tiefsten Adern ein. Sie
verwandelte sie in Wasser und ent-
ließ sie in die freien Lüfte. Daher hat
Marsyas seinen Namen, Phrygiens
klarster Strom . . .

Medea

Titelfigur einer Tragödie → Nasos, die an allen Theatern des
Imperiums gefeiert wird und
ihren Dichter in eine Berühmtheit verwandelt. → Cotta glaubt
diese Figur als Fastnachtsmaske
im Narrenumzug von Tomi
wiederzuerkennen — ein riesenhaftes, rot besudeltes Weib mit
einem Oberkörper aus Holz und
Stroh, das mit dünnen Armen,
die aus ihrem Schoß hervorwach-
sen, einen Pappschädel wieder
und wieder hochschleudert und
mit gellenden Schreien auf-
fängt: In Nasos Tragödie schlach-
tete Medea den eigenen Bruder,
zerstückelte den Leichnam und
schleuderte seinen abgeschlagenen Kopf gegen die Klippen.

Medea

Titelfigur einer verschollenen
Tragödie des Ovid; Tochter des
Königs Aeetes von Colchis, Enkelin des Sonnengottes, große
Zauberin; verliebt sich in → Iason, hilft ihm das goldene Vlies
zu gewinnen, folgt ihm als seine
Gattin nach Iolcus, tötet dort
Iasons Onkel, tötet Iasons Braut,
seine und ihre eigenen Kinder,
flieht zu König Aegeus nach
Athen, wird seine Gemahlin und
versucht seinen Sohn Theseus zu
vergiften; flieht. Besitzt neben
vielen anderen Zauberkräften
auch die Macht, die Zeit umzukehren und alles Leben zu ver-
jüngen:
. . . sie siedet das starke Zauber-
mittel im aufgesetzten Kessel . . .
Dort läßt sie Wurzeln, die sie im
haemonischen Tal geschnitten hat,
Samen, Blüten, und schwarze Säfte
kochen. Sie gibt noch Steine aus dem
fernen Osten hinzu und Sand, über
den das zurückströmende Wasser
des Ozeans hinspülte. Dazu Rauh-
reif, gesammelt in einer Nacht, in
welcher der Mond nicht unterging,
die verrufenen Flügel und das

*Fleisch der Vampireule und die
Eingeweide des Werwolfs, der seine
Tiergestalt in die eines Mannes zu
verwandeln pflegt; auch fehlt nicht
die dünne, schuppige Haut der
Schildkrötenschlange ... nicht die
Leber des langlebigen Hirsches; dazu
tat sie noch zum Überfluß Schnabel
und Kopf einer Krähe, die neun-
hundert Jahre erlebt hatte. Nachdem
die Barbarin mit diesen und tausend
anderen Dingen, die keinen Namen
haben, ihr übermenschliches Unter-
fangen vorbereitet hatte, rührte sie
alles mit einem schon längst verdorrten Ast des friedlichen Ölbaums
um und mischte das Unterste mit
dem Obersten. Siehe, da wird der
alte Stock, der sich im heißen Kessel
im Kreise bewegt, zuerst grün, bald
darauf belaubt er sich und wird
plötzlich schwer von schwellenden
Oliven; wo immer das Feuer aus
dem hohlen Kessel Schaum hervor-
spritzen ließ und glutheiße Tropfen
auf die Erde fielen, wird es am
Boden Frühling, Blumen und wei-
cher Rasen sprießen auf ...*

Memnon

Asylant aus Äthiopien; abergläubischer Gärtner in → Nasos
Villa an der Piazza del Moro;
schneidet am Morgen nach einem
großen Auftritt des Dichters die
Hecken im Park, veredelt einen
Wildkirschenbaum — und deutet einen riesigen Taubenschwarm, der an diesem Morgen
das Anwesen überfliegt und den
Himmel verfinstert, als ein Zeichen des Glücks. In Wahrheit
enthält dieser Taubenschwarm,
dessen Schatten über das Haus,
den Park, das ganze Viertel da-

Memnon

König von Äthiopien; Sohn Au-
roras, der Göttin der Morgen-
röte, und des in eine unsterbliche
Zikade verwandelten Tithonus;
Memnon wird als letzter Bun-
desgenosse der Troianer von
Achilles erschlagen; während
sein Leichnam auf dem Scheiterhaufen brennt, bittet Aurora
→ Iuppiter unter Tränen, ihr
Leid zu lindern:

*... Iuppiter hatte zustimmend
genickt, als plötzlich Memnons
hoher Scheiterhaufen, an dem die
Flammen steil emporloderten, zu-*

hinhuscht, schon die Farbe des Schwarzen Meers.

sammenstürzte und schwarze Rauchwolken den Tag verdunkelten, als dünste ein Strom breite Nebelschwaden aus, unter die kein Sonnenstrahl dringen kann. Schwarz fliegt die Asche empor, ballt sich zusammen, verdichtet sich zu einem Leib und bekommt eine feste Erscheinung; Farbe und Seele erhält sie vom Feuer; die eigene Leichtigkeit lieh ihr Flügel, und zuerst war sie einem Vogel ähnlich, bald aber ein wirklicher Vogel. Er flatterte mit den Flügeln; zugleich mit ihm flatterten zahllose Schwestern, die auf gleiche Weise entstanden waren. Dreimal umkreisen sie den Scheiterhaufen, und wie aus einem Munde erschallt dreimal ein Klagegeschrei ...

Midas

Titelfigur einer Komödie → Nasos, die in Rom zu einem Skandal führt. Das Stück handelt von einem musikbegeisterten Reeder aus Genua, dem in einer rasenden Geldgier alles zu Gold wird, was er berührt. Im Schlußakt sitzt der Reeder bis zum Skelett abgemagert, starrend vor Schmutz und von Eselsohren verunstaltet, in einer goldenen Wüste; in seinem langen Monolog fallen auch in Palindromen und Schüttelreimen verborgene Namen von stadtbekannten Aufsichtsratsvorsitzenden, Abgeordneten und Richtern. Nach drei umjubelten Aufführungen läßt ein Senator aus Ligurien, der in Genua und Trapani Werften besitzt, die Komödie verbieten. Ein berittener Polizeitrupp hindert das Publikum mit Stahlruten am Betre-

Midas

König von Phrygien; wird von Bacchus, dem Gott des Weines und des Rausches, mit der Eigenschaft begabt, daß alles, was er berührt, zu Gold wird:

... Noch ohne so recht an seine Macht zu glauben, zog er von einer niedrigen Steineiche einen grünenden Zweig herab: Der Zweig wurde golden. Er hebt einen Stein vom Boden auf: Auch der Stein erglänzt in blaßgelbem Gold. Eine Erdscholle hat er berührt: Durch die machtvolle Berührung wird die Scholle zu gediegenem Metall ... Kaum kann sein Sinn die eigenen Hoffnungen fassen: Alles stellt er sich golden vor. Während er sich noch freute, setzten ihm die Diener Tische vor, mit Leckerbissen beladen und reich gedeckt mit Röstkornbrot. Aber berührte er nun Ceres Gaben mit der Hand, so wurden die Gaben

ten und die Schauspieler am Verlassen des Theaters; dabei werden Schauspieler wie Zuschauer verletzt, die dann in ihren goldenen Kostümen und festlichen Kleidern blutend und klagend auf den Freitreppen liegen, bis sie weggezerrt werden. Der Skandal zeitigt für Naso gänzlich unerwartete Wirkungen — auch die Fisch- und Limonadenhändler, die Geldwechsler und Analphabeten kennen nun seinen Namen; er wird *populär*.

der Ceres hart. *Wollte er Speisen mit gierigem Biß zerkleinern, überzog rötliches Metall die Speisen, kaum daß der Zahn sie berührte* . . . *Entsetzt über das neuartige Unheil, wünscht der arme Reiche seinen Schätzen zu entfliehen. Was er eben noch erfleht hat, haßt er. Selbst die größte Fülle kann seinen Hunger nicht stillen; brennender Durst dörrt ihm die Kehle aus, und wie er es verdient, quält ihn das verhaßte Gold.*

Naso, Publius Ovidius

Der Dichter Roms; wird mit Liebeselegien bekannt, der Tragödie *Medea* berühmt, erst mit der Komödie *Midas* aber *populär*. Unter den Schlägen der Politik entsteht um seine Person ein Fächer von Mythen: Gilt er den einen als exzentrischer Poet, verehren ihn andere als Revolutionär, fürchten ihn als Staatsfeind oder verachten ihn als luxussüchtigen Opportunisten. Gewiß ist am Ende nur, daß der Dichter ans Schwarze Meer verbannt wird; aus Verzweiflung über dieses Schicksal verbrennt er das Manuskript seines Hauptwerkes, von dem sein Publikum nur Bruchstücke aus Lesungen und den Titel kennt: *Metamorphoses*. Nach diesem Fanal verschwindet der Dichter an einer barbarischen Küste. Rom trauert oder triumphiert; rätselt: Welcher Fehler hat Naso die Verbannung eingebracht, wo begann sein Weg ans Ende der Welt? Wenn es nicht der einzige Grund für seinen Sturz war, dann hat

Naso, Publius Ovidius

Der Dichter Roms; geboren als Sohn eines Landadeligen 43 v. o in Sulmo; Studium der Rhetorik in Rom; Bildungsreisen nach Kleinasien und Griechenland. Verzichtet nach einer kurzen Beamtenkarriere auf die Chance einer Senatorenlaufbahn und widmet sich (vom väterlichen Vermögen unterstützt) ganz der Literatur; nach diesem Verzicht und dem frühen Tod von Nasos Bruder, einem begabten Redner, begräbt die Familie in Sulmo alle Hoffnungen auf einen weiteren gesellschaftlichen Aufstieg — und wird von Ovid überrascht: Schon mit seinen ersten Liebeselegien hat er großen Erfolg und wird schließlich zum gefeierten Dichter. Was für eine Sensation, als dieser hochberühmte, mondäne Mann im Jahre 8 n. o durch kaiserliche Kabinettsorder ohne Gerichtsverfahren nach Tomi am Schwarzen Meer verbannt wird, ans Ende der Welt. Über die Hintergründe dieser Verbannung (die ohne Gerichtsurteil

doch gewiß jene Nachlässigkeit wesentlich dazu beigetragen, die sich Naso als einer von elf Rednern anläßlich der Eröffnung eines neuen Stadions zuschulden kommen ließ: Denn auf einen Wink des Imperators, der nach sieben Reden schon gelangweilt schien und der nun auch dem achten Redner das Zeichen aus einer solchen Ferne gab, daß Naso nur die tiefe Blässe in Augustus Antlitz wahrnahm, aber keine Augen, kein Gesicht . . ., auf einen müden, gleichgültigen Wink also trat Naso in jener Eröffnungsnacht vor einen Strauß schimmernder Mikrophone und ließ mit diesem einen Schritt das römische Imperium hinter sich, verschwieg, vergaß! die um alles in der Welt befohlene Litanei der Anreden, den Kniefall vor den Senatoren, den Generälen, ja dem Imperator unter seinem Baldachin, vergaß sich selbst und sein Glück, trat ohne die geringste Verbeugung vor die Mikrophone und sagte nur: Bürger von Rom . . .

und Vermögensverfall juristisch nur eine *Relegierung* war), werden bis ins zwanzigste Jahrhundert Bücher geschrieben; damals gilt als offizielle Begründung die Schamlosigkeit von Ovids erotischer Poesie, gegenwärtig finden jene Erklärungen die meisten Anhänger, nach denen Ovid in einen Sittenskandal um die Enkelin des Imperators Augustus verwickelt gewesen sein soll — oder als Mitwisser einer politischen Intrige des Agrippa Postumus (eines direkten Nachkommen des Augustus) aus Rom verschwinden mußte. Alle Bemühungen, eine Revision des kaiserlichen Ediktes zu erreichen, bleiben vergeblich. Ovid stirbt im Jahre 17 oder 18 n. o in Tomi; sein Grab ist unbekannt.

WERKE: *Amores* (Liebeselegien), *Ars amatoria* (Liebeskunst), *De medicamine faciei feminae* (Über die Gesichtspflege der Frauen), *Medea* (Tragödie; verschollen), *Remedia amoris* (Heilmittel gegen die Liebe), *Heroides* (Briefe von Heldengattinnen an ihre Männer), *Metamorphoses* (Verwandlungen; bis auf die Endkorrektur fertiggestellt, aber noch nicht erschienen, als Ovid in die Verbannung muß; aus Verzweiflung und Trauer über seinen Abschied von Rom verbrennt er eine Abschrift des Manuskriptes), *Fasti* (Römischer Festkalender; unvollendet), *Epistulae ex Ponto* (Briefe vom Schwarzen Meer), *Tristia* (Klagelieder).

Fast alles, was die Nachgeborenen über Ovids Leben zu wissen glauben, stammt aus dem vierten Buch der Klagelieder, das seine Autobiographie enthält und als die erste poetische Selbstdarstellung der europäischen Literatur gilt. Auch was seine eigene Bedeutung betrifft, nimmt Ovid die Geschichte vorweg, wenn er die *Metamorphoses* mit einem *Nachwort des Dichters* beschließt:

... Nun habe ich ein Werk vollendet, das nicht Iuppiters Zorn, nicht Feuer, nicht Eisen, nicht das nagende Alter wird vernichten können. Wann er will, mag jener Tag, der nur über meinen Leib Gewalt hat, die ungewisse Frist meines Lebens beenden. Doch mit meinem besseren Teil werde ich fortdauern und mich hoch über die Sterne emporschwingen; mein Name wird unzerstörbar sein, und so weit sich die römische Macht über den unterworfenen Erdkreis erstreckt, werde ich vom Mund des Volkes gelesen werden und, sofern an den Vorahnungen der Dichter nur etwas Wahres ist, durch alle Jahrhunderte im Ruhm fortleben.

Orpheus
Titel des dritten Teiles der von → Cyparis während der Karwoche in Tomi gezeigten Heldentrilogie: Der Film soll den Martertod eines Dichters vorführen, der von in Pantherfelle und Rehdecken gehüllten Frauen gesteinigt wird, gehäutet und mit Beilen und Sicheln zerstückelt... Die Vorstellung wird aber schon nach den ersten Bildern vom Missionar der Altgläubigen → Lichas unterbrochen.

Orpheus
Sohn des Apollo, des Gottes der Dichtkunst und Musik, und der Muse Calliope; berühmtester Sänger des Altertums; verliert seine Frau Eurydice durch einen Schlangenbiß, erwirkt beim Gott der Unterwelt aber ihre Freigabe und verliert Eurydice ein zweites Mal, weil er das Gebot, sich beim Weg aus der Unterwelt nicht umzuwenden, nicht einhält. Führt bei den Thracern die Knabenliebe ein und wird von rasenden Frauen als Frauenverächter zerrissen:

*... Wie im Amphitheater ein
Hirsch, der im morgenkühlen Sande
sterben muß, den Hunden zur Beute
wird, so gehen sie auf den Sänger
los und werfen alle zumal auf ihn
ihre grün belaubten Thyrsusstäbe,
die nicht zu diesem Zwecke gemacht
sind. Die einen schleudern Erd-
schollen, die anderen vom Baum gerissene Äste, andere werfen Steine.
Und damit es dem Wahnsinn nicht
an Waffen fehle, pflügten gerade
Rinder mit tiefgehender Pflugschar
die Erde, und nicht weit davon
gruben Bauern mit starken Armen
das Feld um. Kaum haben sie den
rasenden Schwarm erblickt, ergreifen sie die Flucht und lassen ihr
Arbeitsgerät zurück. Weit auf den
verlassenen Feldern verstreut liegen
Harken, schwere Hacken und lange
Karste. Dies alles packen die Rasenden, zerfleischen die Rinder, die
ihnen mit den Hörnern drohen, und
rennen zurück, dem Sänger zum
Verhängnis. Und ihn, der bittend
die Hände ausstreckt, dessen Worte
jetzt zum ersten Mal keinen Erfolg
haben und dessen Stimme alle ungerührt läßt, töten die Frevlerinnen.
Der Mund — o Iuppiter! —, den
Steine erhört, den wilde Tiere verstanden hatten, hauchte die Seele aus,
und sie entwich in die Winde. Dich
beklagten voll Trauer die Vögel,
dich Orpheus, der Schwarm der
Tiere, dich die harten Steine, dich die
Wälder, die oft deinen Liedern gefolgt waren. Entlaubt, als hätte er
sein Haar geschoren, trauerte um
dich der Baum ...*

Philomela
Eine barfüßige, verstümmelte
Fremde, die an einem Jänner-

Philomela
Tochter des attischen Königs
Pandion, Schwester der →Procne;

morgen aus dem Gebirge in die eiserne Stadt kommt und in der → Procne ihre totgeglaubte Schwester wiedererkennt. Philomela scheint keine Frage zu verstehen und kein besänftigendes Wort, wimmert in Procnes Armen und krümmt sich vor Angst, wenn auch nur der Schatten eines Mannes auf sie fällt.

von deren Mann → Tereus vergewaltigt und aus Wut über ihre Klage verstümmelt:

... So zieht er aus der Scheide das Schwert, mit dem er umgürtet ist, schleppt sie an den Haaren fort, verdreht ihr die Arme hinter dem Rücken und zwingt sie in Fesseln. Schon bot Philomela ihm die Kehle dar — sie hatte beim Anblick des Schwertes bereits gehofft, er werde sie töten —, er aber packt mit einer Zange ihre Zunge, die sich sträubte, immerfort den Namen des Vaters rief und darum rang zu sprechen, und schnitt sie mit dem wilden Stahl ab: Der Rest der Zungenwurzel zuckt noch, die Zunge liegt am Boden, und zitternd murmelt sie etwas in die blutgeschwärzte Erde ...

Phineus
Kommt als Schnapsverkäufer und Schlangenbeschwörer mit → Cyparis in die eiserne Stadt; bezieht ein verfallendes Haus, als man ihm sein Zelt und seinen Schlangenkorb verbrennt, und wird als Branntweiner von Tomi seßhaft. Zwar spricht er oft vom Weiterziehen und vom Reisen, von den Oasen Afrikas, von Passatwinden und Dromedaren, gräbt sich dabei aber doch immer tiefer in die eiserne Stadt ein, erweitert mit Schwarzpulver und Meißel eine Höhle unterhalb seines Hauses zum Keller, in dem er sauren Wein und Zuckerrübenschnaps lagert und zu jeder Tages- und Nachtzeit Gäste bewirtet.

Phineus
Äthiopischer Königssohn; versucht den Helden Perseus vergeblich daran zu hindern, die schöne Andromeda zu heiraten; wird von Perseus verhöhnt und unterliegt im Kampf, als Perseus ihm das verzaubernde Schlangenhaupt der Medusa vorhält:

... Als er versuchte, den Blick abzuwenden, versteifte sich sein Nacken; das Feuchte in seinen Augen wurde steinhart; doch das ängstliche Gesicht, die flehende Miene, die demütige Gebärde der Hände und das schuldbewußte Aussehen blieben auch dem Marmorbild ...

Phoebus

Fastnachtsmaske von → Tereus im Narrenumzug von Tomi: Geschmückt mit Goldpapierfetzen und Chromsplittern lenkt der Schlachter einen weißgestrichenen Ochsenkarren durch die Gassen und schwingt eine brennende Peitsche; → Cotta glaubt in dieser Maske eine Karikatur des Sonnengottes auf seinem Feuerwagen zu erkennen: Der Schlachter will Phoebus sein.

Phoebus

Der *Strahlende:* Beiname des Apollo, des Gottes der Dichtkunst, Musik, Wahrsagung und Heilkunst — und des Sonnengottes Sol; beide treten unter diesem Namen in den *Metamorphoses* auf: Als Phoebus schindet Apollo beispielsweise den → Marsyas, liebt den → Cyparissus und verwandelt eine Schlange, die das abgeschlagene Haupt des → Orpheus verschlingen will:

... *Endlich greift Phoebus ein und wehrt die Schlange ab, als sie zum Biß ansetzt. Er versteinert ihren offenen Rachen und läßt das Maul weit aufgesperrt, wie es ist, erstarren. Orpheus Schatten aber steigt zur Unterwelt hinab und erkennt alle Orte wieder, die er schon einmal gesehen hat. In den Gefilden der Seligen sucht und findet er Eurydice; voll Sehnsucht schließt er sie in die Arme ...*

Als Phoebus erblaßt Sol unter den Zauberliedern der → Medea und betrauert Caesars Tod:

... *Sols Antlitz war verfinstert und spendete der besorgten Erde fahles Licht. Oft sah man dicht an den Gestirnen Fackeln brennen, oft fielen mit dem Regen blutige Tropfen herab; dunkel war der Morgenstern und sein Antlitz mit schwarzem Rost gesprenkelt; besprengt mit Blut war der Wagen des Mondes ...*

Procne

Frau des Schlachters → Tereus, Mutter des → Itys, Schwester der → Philomela; begleitet ihren Gemahl kränklich und ohne Klagen

Procne

Tochter des attischen Königs Pandion, Schwester der → Philomela, Gemahlin des → Tereus; tötet ihren Sohn → Itys, um an

durch ein häßliches Leben; Tereus schlägt sie oft wortlos und ohne Zorn wie ein ihm zur Schlachtung anvertrautes Tier, als diente jeder Schlag allein dem Zweck, einen kümmerlichen Rest ihres Willens und den Ekel zu betäuben, den sie vor ihm empfindet; ihr einziger Schutz gegen ihn ist eine zunehmende Dickleibigkeit, ein mit Salben und ätherischen Ölen gepflegtes Fett, in dem diese ehemals zarte Frau allmählich zu verschwinden scheint. Als offenbar wird, daß Tereus Philomela vergewaltigt und verstümmelt hat, wird sie verrückt, nimmt ihren Sohn aus der Zeit und legt ihn zurück in ihr Herz.

Tereus die Vergewaltigung und Verstümmelung ihrer Schwester zu rächen:

... Unverzüglich zerrte sie Itys mit sich fort, wie eine Tigerin vom Ganges das saugende Kalb der Hirschkuh durch finstere Wälder schleppt ... Während der Knabe noch die Arme ausstreckt, schon erkennt, was über ihn verhängt ist, »Mutter, Mutter!« ruft und sich ihr an den Hals wirft — stößt Procne ihm das Schwert zwischen Brust und Seite, ohne den Blick abzuwenden. Schon diese eine Wunde hätte genügt, um ihn zu töten. Doch Philomela schnitt ihm mit dem Eisen die Kehle auf; die noch lebenden Glieder, in denen ein Rest der Seele zurückgeblieben ist, zerfleischen sie. Bald brodelt ein Teil davon in bauchigen Kesseln, einen anderen braten sie am Spieß; die Hallen schwimmen im Blut ...

Proserpina
Verlobte des Salbenrührers und Totengräbers von Tomi; Proserpina lasse sich von den Viehhändlern wie eine Kuh und den Bernsteinhändlern wie ein Kleinod begaffen, pflegt → Fama hinter vorgehaltener Hand zu sagen. Versucht Jahr für Jahr vergeblich, ihren Verlobten zu einer gemeinsamen Reise in die Herrlichkeit Roms zu bewegen; verläßt ihn nach tagelangem Streit manchmal, kehrt aber doch immer wieder in sein stilles, von einem Geruch nach Myrrhe und Aloe erfülltes Haus zurück. Mit welcher Leidenschaft sie sich um ihren Verlobten → Thies auch

Proserpina
Göttin der Unterwelt; Tochter → Iuppiters und der Ceres, der Göttin des Ackerbaues und der Feldfrüchte; wird von Dis, dem Herrn der Unterwelt, geliebt und geraubt, erhält schließlich aber die Erlaubnis, für die fruchtbare Hälfte des Jahres in die Oberwelt zurückzukehren:

... Jetzt ist die Göttin als ein Wesen, das beiden Reichen gemeinsam angehört, ebensoviele Monate mit ihrer Mutter zusammen wie mit ihrem Gemahl. Unversehens wandelt sich ihre Stimmung und ihr Aussehen; ist doch die Stirn, die eben noch selbst dem Pluto traurig erscheinen konnte, jetzt heiter wie

bemüht, an seiner mürrischen Schwermut kann ihre Liebe nichts ändern.

Pyrrha
Gestalt aus der Überlieferung → Echos, die → Cotta von einem *Buch der Steine* erzählt, an dem der verbannte Dichter → Naso vermutlich geschrieben habe: Pyrrha sei in diesem Buch als die letzte Frau erschienen, eine Überlebende des Weltunterganges, die gemeinsam mit ihrem Geliebten → Deucalion auf einem Floß eine allesvernichtende Flut überstanden habe. Die Einsamkeit der Überlebenden, sagt Echo, sei gewiß die schlimmste aller Strafen.

Pythagoras
Griechischer Auswanderer; gilt in der eisernen Stadt als verrückter Knecht → Nasos; hängt Windharfen in die Krone einer Kiefer und hört an ihren Harmonien das Herannahen von Stürmen und Hagelschlägen; glaubt an die Seelenwanderung, behauptet, in den Augen von Kühen und Schweinen die Augen verwandelter Menschen wiederzuerkennen und hält deshalb vor dem Schlachthaus Reden gegen die Schande der Fleischfresserei, bis → Tereus ihn mit Schafsherzen und Gedärmen bewirft. Erkennt in Nasos Schmerz sein eige-

die Sonne, die aus den besiegten Wolken hervortritt.

Pyrrha
Tochter des Titanen Epimetheus, Gattin des → Deucalion, mit dem sie die große Flut überlebt, in der → Iuppiter das Menschengeschlecht ertränkt. Als das Wasser fällt, stranden die beiden auf ihrem Floß an den Abhängen des Parnaß, suchen Trost in einem verschlammten Tempel und erhalten dort die Eingebung, Steine hinter sich zu werfen. Ohne den Sinn des Orakels zu erkennen, folgen Pyrrha und Deucalion diesem Rat:
... und aus den Steinen, welche die Frau warf, entstand das weibliche Geschlecht aufs neue ... Daher sind wir ein harter, ausdauernder Menschenschlag und legen Zeugnis davon ab, woraus wir entstanden sind.

Pythagoras
Gelehrter aus Samos; geboren um 570 v. o; verläßt die Insel unter der Herrschaft des Polykrates um 532 v. o und gründet im unteritalischen Kroton einen religiös-wissenschaftlichen Bund, dessen politische Aktivitäten schließlich mit Waffengewalt bekämpft werden; noch im hohen Alter übersiedelt Pythagoras deshalb nach Metapontion am Golf von Tarent; stirbt dort um 497 v. o. Weil er keine seiner Lehrmeinungen aufzeichnete, um die Weitergabe des Wissens an Unberufene zu verhindern, läßt sich dieses Wissen nur noch

nes Schicksal wieder, in Nasos Worten seine eigenen Gedanken und glaubt mit dieser Übereinstimmung endlich eine Harmonie gefunden zu haben, die der Überlieferung wert ist; beginnt an den Tischen des Branntweiners, an Hauswänden und Gartenmauern Inschriften zu hinterlassen und errichtet schließlich um jedes Wort des Verbannten ein Denkmal,—steinerne, von beschrifteten Lumpen umflatterte Kegel zum Zeichen dafür, daß Pythagoras von Samos mit seinen Gedanken und Meinungen über die Welt nicht allein ist.

als allgemeines Gedankengut der *Pythagoreer* darstellen (wie etwa die Lehre von der Seelenwanderung und von der Kugelgestalt der Erde, physikalische und mathematische Gesetze etc.). Im fünfzehnten Buch der *Metamorphoses* läßt → Naso den Gelehrten mit einer großen Rede auftreten, die den philosophisch-religiösen Hintergrund aller Verwandlungen beschreibt:

... Alles wandelt sich, nichts geht unter; es schweift der Geist und gelangt von dort hierher, von hier wieder dorthin, zieht ein in Glieder aller Art, geht aus tierischen in Menschenleiber über, aus uns wieder in Tiere und vergeht nie ... Es gibt im ganzen Weltkreis nichts Beständiges. Alles ist im Fluß, und jedes Bild wird gestaltet, während es vorübergeht. Ja, auch die Zeiten gleiten in ständiger Bewegung dahin, nicht anders als ein Strom. Denn stillstehen kann weder der Fluß noch die flüchtige Stunde, sondern wie die Woge von der Woge getrieben wird und im Herankommen zugleich gedrängt wird und die Vorgängerin verdrängt, so fliehen die Zeiten und folgen zugleich ...

Tereus
Der Schlachter von Tomi; schlägt im seichten Schwemmwasser des Baches Stieren den Schädel ein; wenn sein Beil dem gefesselten Vieh krachend zwischen die Augen fährt, wird jedes andere Geräusch so nebensächlich, daß selbst das Rauschen des Baches für einige Augenblicke auszusetzen und sich in Stille zu versetzen und sich in Stille zu ver-

Tereuds
Thracerkönig, der Athen im Ansturm barbarischer Horden beisteht und siegt; erhält dafür → Procne, die Tochter des attischen Königs Pandion, zur Frau; verliebt sich in seine Schwägerin → Philomela, vergewaltigt sie und reißt ihr die Zunge aus dem Mund, um sie daran zu hindern, ihn zu verraten. Als die Bluttat

wandeln scheint. Vergewaltigt und verstümmelt → Philomela, die Schwester seiner Frau → Procne. Aus Verzweiflung darüber tötet Procne ihren Sohn → Itys, das einzige Wesen, zu dem Tereus zärtlich sein konnte, und flieht mit ihrer Schwester. Tereus sucht eine Nacht lang nach der Mörderin seines Sohnes, entdeckt die beiden Schwestern im Morgengrauen im Haus des Seilers, hebt die Axt, um auf Procne einzuschlagen — da fliegt Philomela als Schwalbe auf, Procne als Nachtigall, und aus dem Stiel der Axt wird ein weiterer Schnabel, aus Tereus Armen werden Schwingen, seine Haare zu braunen und schwarzen Federn. Als Wiedehopf folgt er den beiden Geretteten nach.

dennoch offenbar wird, tötet Procne aus Rache ihren Sohn → Itys, zerteilt ihn gemeinsam mit Philomela, brät und kocht die Leichenteile und setzt sie Tereus zum Mahl vor:

. . . er ißt und begräbt sein eigenes Fleisch und Blut in seinem Leibe. Und so tief ist sein Verstand umnachtet, daß er spricht: »Ruft Itys hierher!« Da kann Procne ihre grausame Freude nicht länger verhehlen: »Drinnen bei dir ist der, nach dem du verlangst.« Er sieht sich um und fragt, wo der Knabe sei. Während er noch fragte und immer wieder rief, sprang Philomela hervor — ihr Haar war noch vom rasenden Morden mit Blut besprengt — und warf das blutige Haupt des Itys dem Vater ins Gesicht . . . Der Thraker brüllt auf wie ein Stier, stößt Tisch und Speisen von sich . . . Bald lechzt er danach, — o wenn er es doch könnte! —, sich die Brust zu öffnen und die gräßliche Speise, das darin versenkte Fleisch herauszuholen, bald weint er und nennt sich das bejammernswerte Grab seines Sohnes. Jetzt aber verfolgt er Pandions Töchter mit gezücktem Schwert. Man hätte meinen können, sie schwebten auf Flügeln — und in der Tat schwebten sie auf Flügeln. Eine von ihnen fliegt in den Wald, die andere schlüpft unter ein Dach. Er aber, von Trauer und Rachedurst beflügelt, verwandelt sich in einen Vogel: Auf dem Scheitel trägt er einen Kamm, und anstelle der langen Schwertspitze ragt der Schnabel übermäßig weit vor; Wiedehopf heißt der Vogel, und sein Aussehen ist wehrhaft.

Der Salbenrührer und Totengräber von Tomi; im Krieg von Friesland ans Schwarze Meer verschlagen; erhält per Schiffspost Geld aus einem Invalidenfonds und heißt deshalb bei den Bewohnern der eisernen Stadt *Der Reiche*. Seit ihm der Huftritt eines Zugpferdes den Brustkorb so zertrümmert hat, daß ihm die Rippen seiner linken Seite wie gebrochene Pfeile aus dem Fleisch gezogen werden mußten, schlägt in ihm ein ungeschütztes Herz. So wirksam sich seine Arzneien und Tinkturen auch erweisen, in seinem Innersten bleibt er doch davon überzeugt, daß den Lebenden nicht mehr zu helfen ist. Allein in den Gesichtern der Toten glaubt er manchmal einen Ausdruck der Unschuld zu entdecken, der ihn rührt und den er mit bitteren Essenzen zu konservieren versucht, bis er die Schrecken des Verfalls mit Erde und Steinen bedeckt. Obwohl er an seinem Heimweh nach den kalkweißen Sandbänken Frieslands schlimmer zu leiden hat als an den Folgen seiner Verwundung, ist er von seiner Verlobten → Proserpina weder zu einer Reise nach Rom noch zur Rückkehr in seine Heimat zu bewegen. Nach so vielen Toten, die er gesehen, und so viel Vernichtungswut, die er erlebt hat, glaubt er den Weg zurück zu den Küsten seiner Herkunft für immer verloren; nichts kann wieder werden, wie es war.

Schreibweise von *Dis* (Der Reiche) — römischer Name für Pluto; Sohn des Saturnus, Bruder → Iuppiters und des Neptunus; Gott der Unterwelt und Herr der Schatten; sein Reich fällt ihm durch das Los zu, das die drei Brüder nach dem Sturz des Vaters unter sich werfen; Iuppiter wird zum Herrn über Himmel und Erde, Neptunus zum Herrn der Gewässer und Meere. Daß Dis sich in → Proserpina verliebt und sie raubt, hat eine Klage zur Vorgeschichte, die Venus vor ihrem Sohn Amor geführt hat: Im Himmel, auf der Erde und im Meer — überall habe Amor gesiegt, nur das Reich der Schatten sei immer noch ohne Liebe. Also griff der Liebesgott nach seinen Waffen:

. . . Er öffnete den Köcher, ließ die Mutter wählen und legte von den tausend Pfeilen einen beiseite. Es gibt keinen schärferen, keiner trifft genauer ins Ziel, keiner gehorcht besser dem Bogen. Dann krümmte er das biegsame Horn, indem er das Knie dagegen stemmte, und traf Dis mit dem hakigen Pfeil ins Herz.

INHALT

CHRISTOPH RANSMAYR wurde 1954 in Wels, Oberösterreich geboren. Philosophiestudium in Wien. Mehrere Jahre Kulturredakteur; Mitarbeit an verschiedenen Zeitschriften. Seit 1982 freier Autor. Lebt in Wien.

Buchveröffentlichungen: *Strahlender Untergang* (1982). *Die Schrecken des Eises und der Finsternis* (1984). *Im blinden Winkel* (Hrsg., 1985).

★

Wien, im Sommer 1988

Ich bedanke mich bei der Jury des *Elias Canetti Fonds* der Stadt Wien, die mir ein Stipendium zugesprochen und damit die Arbeit an diesem Buch erleichtert hat.

Bei Brigitte Hilzensauer bedanke ich mich für ihren (oft eingeholten) Rat — und bei meiner Johanna für die unerschrockene Begleitung durch die Letzte Welt.

C. R.

DIE LETZTE WELT von Christoph Ransmayr ist erstmals im August 1988 als vierundvierzigster Band der ANDE- REN BIBLIOTHEK erschienen.